Gerade erst ist Helen mit ihrem Mann und Sohn nach Lyon gezogen. Dort freundet sie sich mit Madame Dupont an, die zurückgezogen auf dem parkähnlichen Nachbargrundstück lebt. Und bald lernt sie auch Madame Duponts charismatischen Neffen Maurice kennen, der gemeinsam mit seinem Bruder ein Gourmetrestaurant betreibt. Eine unheimliche Ausstrahlung umgibt ihn, von der sich Helen magisch angezogen fühlt. Um Maurice näher zu sein, belegt sie einen Kochkurs in seinem Restaurant. Sie ahnt nicht, dass die Brüder ein dunkles Geheimnis verbindet, das sie und ihre Familie in Gefahr bringen wird ...

Iris Hammers wurde in Mainz geboren. Sie studierte Grafik und Kommunikationsdesign in Hamburg. Danach war sie über zwölf Jahre in London als Art-Direktorin für internationale Werbeagenturen tätig. Heute lebt sie mit ihrem Mann und zwei Kindern in Lyon.

insel taschenbuch 4353

Iris Hammers

Das Erbe der Madame Dupont

IRIS HAMMERS

Das Erbe der Madame Dupont

Roman

Insel Verlag

Erste Auflage 2015
insel taschenbuch 4353
Originalausgabe

Vertrieb durch den Suhrkamp Taschenbuch Verlag
Umschlagfoto: Ignazio Sciacca/Iaif
Umschlag: cornelia niere, münchen
Satz: Satz-Offizin Hümmer GmbH, Waldbüttelbrunn
Druck: CPI – Ebner & Spiegel, Ulm
Printed in Germany
ISBN 978-3-458-36053-7

Das Erbe der Madame Dupont

Kapitel 1

1968

Er konnte sich noch genau an das erste Mal erinnern. Obwohl er noch klein gewesen war, hatte sich die Erinnerung unauslöschlich in sein Gedächtnis gebrannt. Das Gute und das Böse lagen so dicht beieinander, dass er manchmal nicht unterscheiden konnte, wo das eine anfing und das andere aufhörte. Er dachte, er würde sich vielleicht daran gewöhnen, es verdrängen, oder vielleicht würde es einfach aufhören. Das Böse. Er hatte vieles vergessen, aber nicht das erste Mal.

Es war ein Sonntag, einer der ersten warmen Apriltage, und er war mit seinen Eltern in der Kirche gewesen. Fröhlich hüpfte er an der Hand seiner Mutter nach Hause, während sein Vater noch mit einigen Männern vor der Kirche stand und redete.

Die langen schwarzen Haare seiner Mutter glänzten in der Sonne, und er sah, dass sie bewundernde Blicke erntete. Auch war ihm nicht entgangen, dass man auf ihren Bauch schaute. In ein paar Monaten würde sein Brüderchen geboren werden. Seine Mutter meinte, es könne auch ein kleines Schwesterchen sein, aber sein Vater war streng dagegen, auf keinen Fall würde es ein Mädchen werden. Sonst könnte es ja so werden wie seine Mutter, hatte sein Vater gesagt.

Ihm war das egal. Er hatte Hunger, und sie würden gleich zusammen essen. Zu Hause atmete er genüsslich den Duft der frischen Kräuter ein, die auf dem Küchentisch lagen.

Es gab für ihn keinen schöneren Duft als diesen.

Es dauerte immer eine Weile, bis sein Vater nachkam, meist war es Zeit für das Mittagessen, das seine Mutter mit viel Hingabe und Liebe zubereitete. Die Küche war immer ein angenehmer Platz, es war warm und es duftete nach Essen. Er liebte es, seiner Mutter zuzusehen, mit welcher Leidenschaft sie kochte, neue Rezepte erfand und ihn ab und zu probieren ließ. Heute hatte sie eine Suppe gekocht, eine Gemüsesuppe, die sein Vater so sehr liebte. Aber irgendetwas schmeckte anders, besser, fragend sah er sie an.

»Ich habe ein wenig Liebstöckel dazugetan, schmeckt es dir?«

Er nickte begeistert.

»Liebstöckel kommt eigentlich aus Persien und wurde vor vielen hundert Jahren nach Europa gebracht. Es ist wundervoll und hat ein intensives Aroma, deshalb nehme ich nur wenig. Man sagt ihm auch Heil- und Zauberkräfte nach.« Sie zwinkerte ihm zu und hielt ihm noch einen Löffel Suppe hin, den er lächelnd probierte.

»Du hast so einen feinen Geschmack, mein Kleiner!«

Anerkennend beugte sie sich zu ihm hinab und küsste ihn auf die Wange.

Er nahm ihren Geruch wahr, eine Mischung aus Zimt und warmer Milch, mit einem Hauch von frischer Minze. Er schloss die Augen und umarmte sie, fühlte ihr weiches langes Haar.

Noch immer konnte seine Erinnerung diesen Geschmack und Duft zum Leben erwecken.

Aber die Freundlichkeit und Wärme seiner Mutter veränderte sich im Lauf des Vormittags. Nervös schaute sie zur Küchenuhr, immer wieder, und ihre Bewegungen wurden hektischer. Er saß unter dem Küchentisch und spielte mit der Katze.

Plötzlich sprang die Tür auf. Er konnte die polierten schwarzen Schuhe sehen. Sein Vater stand im Türrahmen, die sonst ordentlich gekämmten Haare hingen ihm ins Gesicht. Mit stumpfem Blick und leicht schwankend ging er auf seine Mutter zu. Der beißende Geruch aus Rauch und Alkohol war stärker als sonst. Seine Mutter erstarrte. Für ein paar Sekunden stand die Welt still. Keiner sprach ein Wort. Er fühlte sich zwar sicher unter dem Tisch, wagte aber nicht zu atmen.

Sein kleines Herz schlug bis zum Hals.

»Die Männer im Dorf reden über dich! Es gehört sich nicht, dass du deine Haare offen trägst«, zischte sein Vater.

»Man trägt die Haare jetzt offen. Das ist modern.« Mutters Stimme war fest, aber der kleine Junge unter dem Tisch sah, wie sich ihre Hände zu Fäusten ballten.

»Ich will dieses Hippiezeug nicht! Du wirst das Haus nie wieder so verlassen. Verstanden!«, lallte er und wankte auf sie zu.

»Ja«, sie sah ihn nicht an, sondern sah zu dem kleinen Jungen unter dem Tisch.

»Schau mich an, du blöde Kuh!« Er packte sie bei den Haaren und zerrte an ihrem Kopf.

»Hör auf, bitte!«, flehte sie ihn verzweifelt an.

Er hielt inne und zögerte einen Moment. Dann ließ er sie los und sah zum Herd.

»Was hast du da gekocht?« Er streckte seine Hand aus und griff nach dem Deckel.

»Vorsicht!« Sie wollte ihn zurückhalten.

Doch er hatte schon die Hand um den gusseisernen Griff des Deckels geschlossen.

Im selben Moment schrie er auf und zog die Hand zurück.

Der Schrei ging dem Jungen durch Mark und Bein. Er presste die Katze noch fester an sich und verkroch sich in die hinterste Ecke unter dem Tisch. Er sah nur die Beine seiner Eltern und hörte, wie sein Vater Wasser über die verbrannte Hand laufen ließ.

In das Gebrüll seines Vaters mischte sich nun der ohrenbetäubende Schrei seiner Mutter. Er hatte ihren Unterarm gepackt und hielt ihre Hand dicht über den geöffneten Topf.

»Das war deine Schuld!! Ich werde dir zeigen, wie weh es tut, sich zu verbrennen!«, brüllte er.

»NEIN! NICHT! BITTE!« Sie versuchte, seinem Griff zu entkommen, aber er war stärker. Als die Fingerspitzen die kochende Flüssigkeit berührten, schrie sie so sehr, dass er sie plötzlich losließ und mit solcher Wucht von sich stieß, dass sie rückwärts gegen den Tisch fiel und sich vor Schmerzen krümmend liegen blieb. Ohne sie anzusehen, wankte sein Vater hinaus und knallte die Tür zu.

Für einen Moment herrschte Stille.

Langsam ließ der kleine Junge die Katze los, die er krampfhaft festgehalten hatte, und kroch zu seiner Mutter. Er blickte in ihr schmerzverzerrtes Gesicht.

Er konnte sehen, dass sie versuchte ihren Schmerz vor ihm zu verbergen, aber es gelang ihr nicht. Ängstlich beobachtete er, wie sie sich zum Wasserhahn schleppte und Wasser über ihre zitternde Hand laufen ließ.

Der kleine Junge umklammerte schweigend ihre Hüfte. Es war vorbei. Er würde sie nie wieder loslassen. Seinen Kopf in ihrer Küchenschürze vergrabend, nahm er den warmen Duft von Muskat wahr. Noch ahnte er nicht, dass dies erst der Anfang eines Albtraums war.

Kapitel 2

Helen stand vor dem offenen Grab. Es sah aus wie ein gigantisches Schlammloch; die weiße Rose, die sie hineinfallen ließ, versank langsam im nassen Dreck, der sich auf dem Sarg gesammelt hatte. Die schneeweißen Blütenblätter verschwanden in der dunkelbraunen zähen Pfütze. Das Grab vor ihr füllte sich mit Wasser, schwarzem Wasser. Helen sah nach oben, schwere Gewitterwolken schoben sich übereinander, wie Wasserfarben, die ineinanderliefen, Weiß wurde zu Grau, und dann Schwarz. Der Regen wurde heftiger. Das Wasser durchdrang ihre Kleider, sie fror. Die Kälte kroch in jede Faser, aber es war nicht nur die Kälte, die ihren ganzen Körper ergriff. Es war Todesangst. Sie sah sich um. Nur eine andere Person stand am Kopfende des Grabes, ganz in Schwarz, wie der Himmel. Man konnte kein Gesicht erkennen, aber Helen fühlte sich bedroht. Etwas Schreckliches würde passieren. Obwohl sich die Gestalt nicht bewegte, schien irgendetwas Bösartiges von ihr auszugehen, das direkt auf Helen zukam.

Sie wollte wegrennen, aber sie konnte sich nicht bewegen, etwas Unsichtbares zerrte an ihr. Es wurde immer stärker, und die Angst schien ihren ganzen Körper zu kontrollieren.

Sie spürte, wie sie den Boden unter den Füßen verlor und langsam in das dunkle, schlammige Loch glitt. Es wurde immer tiefer, endlos, schwarz und todbringend. Der Schlamm umschloss sie immer fester. Langsam, ganz langsam würde sie ersticken.

Sie versuchte zu schreien, aber es gelang ihr nicht. Panik ergriff sie. Der Schlamm durchdrang ihre Kleidung, sie spürte, wie ihre Sachen schwerer wurden und sie nach unten zogen. Sie konnte ihre Augen nicht öffnen, so sehr drückten die Massen auf sie. Sie ruderte mit den Armen, aber sie versank immer tiefer, immer schneller. Keine Luft mehr. Nichts mehr. Ich will nicht sterben.

»Mama! Du träumst, wach auf!« Max versuchte, seine Mutter zu wecken, die kurz nach dem Start des Flugzeugs in Hongkong eingeschlafen war. Helen murmelte etwas Unverständliches und rutschte mit ihrem Kopf auf seine Schulter.

Der ältere Herr neben Max sah irritiert zu Helen. Er hatte zu Beginn des Fluges mit ihr den Platz getauscht. Helen war es egal, wo sie saß, aber für den Herrn war es der erste Flug, und er hatte panische Angst und wollte möglichst dicht am Gang sitzen, falls das Flugzeug abstürzte, wäre er zumindest schnell am Notausgang. Max hatte nur die Augen verdreht. Helen hatte versucht, ihn zu beruhigen, umso ängstlicher sah er jetzt aus.

»Was hat denn deine Mutter? Hat sie etwa Angst, wir stürzen ab?!«

»Nein, nein, die träumt nur. Sie hat wahrscheinlich eine Schlaftablette genommen, dann redet sie ab und zu im Schlaf, alles ganz harmlos.«

Immer noch beunruhigt, wandte sich der Mann ab.

Max setzte seine Kopfhörer wieder auf. Diese unruhigen Träume kannte er. Als er kleiner war, war ihm das unheimlich gewesen, aber mittlerweile war er nur noch genervt. Irgendwann würde sie schon aufwachen. Am liebsten wäre er mit seinem Vater geflogen, der war schon vor einer Woche abgereist. Und würde sich nach seiner Konferenz in der Schweiz mit Oliver zum Skifahren treffen. Die beiden waren seit der fünften Klasse enge Freunde.

Oliver war der coolste Typ, den Max kannte.

Helen bewegte sich, in ihrem Schoß lag eine angebrochene Maxitüte M&Ms und einige davon rollten heraus. Max griff zu.

»Was ist denn los?«, fragte Helen verschlafen.

»Du hast schon wieder geträumt und gesagt, dass du nicht sterben willst. Musst du denn immer diese blöden Schlaftabletten nehmen?«

Max strich sich die blonden Locken aus dem Gesicht und aß eine Handvoll M&Ms.

»Tut mir leid. Ich habe schlecht geschlafen, aber das liegt nicht an der Schlaftablette – und was heißt hier ›immer‹?! Ich nehme fast nie welche. So ein Umzug von Kontinent zu Kontinent ist viel Arbeit. Und du weißt, dass Gregor wenig geholfen hat, er musste Projekte beenden und für Lyon schon einiges vorbereiten.«

Helen lächelte Max müde an. »Lyon wird dir gefallen, du wirst sehen. Freust du dich ein bisschen?«

»Worauf? Dass ich alle meine Freunde zurücklasse? Was soll die Frage – wir mussten doch gehen, weil Papa diesen Job unbedingt wollte.«

»Ich kann dich ja verstehen. Du kennst ja fast nichts anderes, du warst ja gerade mal drei Jahre alt, als wir aus Deutschland weggezogen sind. Meinst du, mir fällt es leicht, nach zwölf Jahren in Asien wieder nach Europa zu ziehen? Aber lass uns das Beste daraus machen! Du wirst sicher schnell neue Freunde finden.« Helen legte ihre Hand auf Max' Arm, der nach seinen Kopfhörern griff.

»Hm, wenn du meinst. Das einzige Coole ist, dass ich hoffentlich öfter Ski fahren kann. Vielleicht darf ich dann endlich mal was mit Oliver unternehmen?!«

»Das glaube ich kaum! Oliver liebt Extremsport, der ist völlig wahnsinnig!«

»Aber so cool! Schnelle Autos, Kohle ohne Ende, haufenweise Frauen.«

Max grinste, sein Blick fixierte den Bildschirm vor ihm. Helen wusste nur zu gut, dass Oliver nach außen dem Image eines tollen, erfolgreichen Casanovas und Superhelden entsprach, aber in seinem Inneren sich nach einer Familie sehnte.

»Ich glaube, wenn du richtig gut Ski fahren kannst, nehmen Oliver und Papa dich mal mit. Ist doch gar nicht so schlecht, in der Nähe der Alpen zu wohnen. Hm?!«

»Nee, so schlecht ist das nicht!« Max lächelte.

Manchmal sah sie in ihm noch den sorglosen kleinen Jungen, der mit seinem blonden Lockenkopf neben ihr herlief, ihre Hand hielt und voller Neugier die Welt erkundete. Sie hoffte, dass er in Lyon schnell Freunde finden und glücklich werden würde.

Helen sah aus dem Fenster in das Dunkel der Nacht.

Kapitel 3

Paul schwitzte aus jeder Pore seines Körpers, er hatte das Gefühl, unter seiner Maske nicht mehr atmen zu können. Nach fast zwei Stunden Unterricht war er ziemlich erschöpft. Sein Gegenüber bewegte sich blitzschnell, und der Degen verpasste seinen Arm um Millimeter. Paul sprang zurück, um dann mit voller Wucht zuzustoßen, der entscheidende Stoß. Er hatte gewonnen.

Mit einem Handschlag bedankte er sich bei seinem Fechtlehrer, nachdem er seine Maske abgenommen hatte.

»Wir sehen uns morgen wieder. Danke.«

»Paul, du bist mein bester Schüler. Ehrlich gesagt stoße ich bei dir an meine Grenzen. Lange werde ich dich nicht mehr trainieren können, du bist genauso gut wie ich.«

Paul lächelte.

»Danke, aber ich werde keinen besseren Lehrer finden als dich, wenigstens nicht in Lyon. Keinen, der meinen Rhythmus hat! Ich trainiere gerne mit dir. Ich muss jetzt los. Komm doch mal wieder zu uns ins Restaurant und bring deine Frau mit.«

Paul klopfte seinem Lehrer auf die Schulter und verschwand in der Umkleidekabine. Kurze Zeit später trat er frisch geduscht und mit einer großen Tasche auf die Straße. Es war früh am Morgen, und Lyon wachte langsam auf.

Er zog die Kapuze seines schwarzen Pullis tiefer ins Gesicht, es war kühl, und er hatte noch immer nasse Haare.

Fechten war eine Leidenschaft. Mehrmals in der Woche ging er zum Training. Paul warf seine Sporttasche in den Kofferraum seines alten Peugeots. Auf dem Weg ins Restaurant ging er gedanklich das Menü durch. Kochen war seine größte Leidenschaft.

Als er seinen Wagen parkte, sah er seinen Bruder Maurice, der vor dem Eingang stand, rauchte und telefonierte.

Seinem Gesichtsausdruck nach zu urteilen, war er ziemlich erregt; unruhig lief er auf und ab. Schließlich warf er seine Zigarette wütend auf den Boden, trat sie aus und steckte das Telefon in sein Jackett. Paul stieg aus.

»Ah, der Starkoch!«, begrüßte ihn Maurice, sein gereizter Unterton war nicht zu überhören.

»Guten Morgen, Maurice. Schon so sarkastisch am frühen Morgen. Was ist los?« Paul stellte sich zu seinem Bruder, der sich eine weitere Zigarette anzündete.

»Nichts. Mach dir keine Sorgen, ich habe alles im Griff.«

Paul sah ihn prüfend an, er kannte ihn zu gut.

»Ich dachte, du rauchst nicht mehr. Nichts ist in Ordnung. Also?«

Maurice warf Paul die Zigarette demonstrativ vor die Füße.

»Alles in Ordnung! Vertrau mir.« Er lächelte.

»Als wir dieses Restaurant eröffnet haben, hast du mir geschworen, dass ich mich um nichts kümmern muss! Du hast gesagt, dass du alles im Griff hast! Ich koche, ich brauche meine Ruhe, ich muss mich konzentrieren. Schließlich willst auch du den zweiten Stern!« Paul öffnete die Tür zum Restaurant, hielt jedoch in seiner Bewegung inne und drehte sich um.

»Es gibt nicht viele Menschen, denen ich vertraue, enttäusch mich nicht. Ich muss mich jetzt um die Flusskrebse und Garnelen kümmern. Ist alles geliefert worden? Auch die bretonischen Hummer?«

Maurice nickte.

»Alles da.«

Pauls Augen leuchteten.

»Fantastisch! Ich habe mir etwas ganz Besonderes ausgedacht. Hummerschwänze in Korianderjus mit einem Hauch von leicht karamellisierten Orangen und … ach, das wirst du nachher sehen und erleben. Köstlich!«

Maurice sah seinem Bruder nach, als sich die Eingangstür hinter ihm schloss.

Er zündete sich noch eine Zigarette an.

Er hatte alles im Griff.

Kapitel 4

1972

Die Luft war eiskalt. Dicke Schneeflocken tanzten vor der beschlagenen Fensterscheibe. Mit der Hand hatte er sich ein kleines Stück freigerieben und sah hinaus. Ein paar Freunde tollten im Schnee herum und bewarfen sich mit Schneebällen. Wie gern hätte er draußen mit ihnen gespielt! Aber seine Mutter hatte es ihm verboten. Warum, war ihm nicht ganz klar, er hatte nur Halsschmerzen und nicht einmal Fieber. In der letzten Zeit war sie viel strenger als früher. Mit dem Zeigefinger malte er Gesichter auf die Scheibe. Er sah auf die Uhr neben seinem Bett, acht Uhr. Heute war Samstag, auch gestern war er nicht in der Schule gewesen.

Vielleicht war sein kleiner Bruder schon wach? Vorsichtig stieg er aus dem Bett, der blaue Fleck auf seinem Rücken tat höllisch weh. Die Kleider auf dem Stuhl waren sorgfältig gefaltet. Er zog sich an. Er öffnete die Verbindungstür zu dem kleinen Zimmer seines Bruders, doch dessen Bett war leer. Vielleicht war er schon unten. Die Tür zum Flur war nur einen Spalt breit offen, aber man konnte schon die lauten Stimmen aus der Küche vernehmen. Auf Zehenspitzen schlich er über die alten Dielen und hielt inne. Die Stimme seines Vaters war laut und drohend.

»Jetzt reicht es mir, du dumme Kuh! Wie oft habe ich gesagt, dass du nicht zu diesen Weibern gehen sollst!«

»Hör auf, mir alles zu verbieten!« Er konnte das Schluchzen in ihrer Stimme vernehmen. »Das war doch nur der Elternabend, danach haben mich einige Mütter eingeladen, noch ein bisschen mit ihnen zusammenzusitzen. Das war alles.«

»ALLES! Ich geb dir gleich ›alles‹!« Und schon schlug er zu. Von seiner Mutter war nicht mehr als ein Wimmern zu hören. Mit der Zeit hatte sie gelernt, die Schmerzen zu unterdrücken.

»Die setzen dir doch nur noch mehr Flausen in den Kopf! Wie das hier überhaupt aussieht!!« Metall schlug auf den Boden.

»Mein schöner Teig! Du …« Weiter kam sie nicht; der Schlag, der darauf folgte, war so fest, dass seine Mutter keinen Laut von sich gab, sie fiel zu Boden, das hörte er. Er nahm die letzten zwei Stufen mit einem Sprung. Er musste zu ihr, schnell. Doch dann zögerte er. Wo war sein Bruder? In der Gewalt des Vaters? Schon wurde die Küchentür aufgerissen. Der Gestank von Alkohol, der ihm entgegenschlug, war ekelerregend.

»Geh mir aus den Augen, du kleiner Bastard!«

Sein Brüllen ging ihm durch Mark und Bein, dann knallte der Vater die Haustür zu. Mit einem Satz war er bei seiner Mutter. Sie lag auf dem Rücken, das Blut, das aus ihrem Ohr lief, vermischte sich mit dem Mehl und dem Teig.

»Mama, Mama – hörst du mich?« Er kniete neben ihr.

»Hol Hilfe«, flüsterte sie sehr leise.

Dann schloss sie die Augen. Panisch überlegte er, was er zuerst machen sollte. Das Küchenfenster öffnen und um Hilfe schreien kam nicht in Frage, sein Vater könnte vor der Tür stehen. Was war die Nummer vom Krankenwagen? Er war sich nicht sicher. Aber er kannte die Telefonnummer seines Großvaters.

Es läutete nur zweimal, bis der alte Mann abhob, aber es kam ihm vor wie eine Ewigkeit.

»Opa, schnell, du musst herkommen, schnell! Ich glaube, sie ist tot.«

Neben ihrem Körper kniend hielt er ihre von Brandnarben verformte Hand und wollte sie nie mehr loslassen. Sanft streichelte er ihr Gesicht, während sich auf dem Boden um ihn herum eine merkwürdige rosa Masse ausbreitete.

Die Zeit schien stillzustehen. Er betete, dass sein Großvater sich beeilen möge.

»Stirb nicht, Mama! Bitte!«, schluchzte er vor sich hin, als plötzlich die Tür aufgerissen wurde. Sein Großvater trug noch das Schlafanzugoberteil, er hatte nur schnell eine Hose und den dicken Wintermantel übergezogen.

»Junge, um Gottes willen, was ist passiert!?« Ohne zu zögern griff Großvater zum Telefon und rief den Notarzt an. Dann kniete auch er sich hin und fühlte den Puls seiner Tochter. Schwach, aber er war noch da.

Er streichelte ihm über den Kopf.

»Sie wird es schaffen, mein Junge! Deine Mama ist stark.« Aber der Blick, den er ihm zuwarf, war es nicht. Die stahlblauen Augen seines Opas waren voller Sorge und Angst und Wut.

»Wo ist dein Bruder?«

»Ich – ich weiß nicht.«

»Lauf und such ihn! Ich bleibe bei deiner Mutter.«

Gerade als er das obere Stockwerk abgesucht hatte, sah er aus einem der Schlafzimmerfenster den Notarztwagen, der mit Blaulicht die Straße entlangfuhr. Die Schneeballschlacht hörte auf.

Dann ging alles ganz schnell. Er wurde zur Seite geschoben, als zwei Ärzte mit einem Koffer hereinstürmten. Er saß alleine im Flur auf der untersten Treppenstufe und zitterte. Er zitterte vor Angst und Wut und fühlte sich unendlich allein. Kurz darauf wurde die Tür wieder aufgerissen. Man kam mit einer Trage zurück, und er sah, wie seine Mutter auf der Trage in den Krankenwagen geladen wurde. Auf ihrem Gesicht war eine Plastikmaske festgeschnallt.

»Wir rufen Sie an!«, sagte einer der Ärzte zum Großvater, der nur stumm nickte.

Sie sahen dem Krankenwagen hinterher.

»Es wird alles gut! Nachher fahren wir zusammen ins Krankenhaus, mein Junge!« Der alte Mann putzte sich die Nase und beugte sich zu ihm hinunter.

»Jetzt sag mir mal, wo dein Bruder ist.«

»Ich weiß es nicht, ich habe oben alles abgesucht, aber er ist nicht da.«

Sie warfen einen kurzen Blick ins Wohnzimmer, das fast nur von seinem Vater betreten wurde. Der Gestank von Alkohol, Zigaretten und Erbrochenem war unerträglich. Hier würde es kein Mensch auch nur eine Minute aushalten.

In der Küche lagen Backzutaten auf dem Boden verstreut, Mehl, zerbrochene Eier, vermischt mit Blut. Und schließlich fanden sie ihn. Aus einem winzig schmalen Spalt zwischen der Wand und dem Kühlschrank blickten ihnen die entsetzten Augen eines kleinen Jungen entgegen.

Er kannte diesen Blick. Auch er hatte vor ein paar Jahren voller Angst unter dem Tisch gesessen.

Auch als sein Opa seinen kleinen Bruder herauszog und ihn fest im Arm hielt, gab das verängstigte Kind keinen Laut von sich.

»Kommt, Jungs, ihr kommt erst mal mit zu mir! Wir packen ein paar Sachen!«

»Aber was wird Vater sagen, wenn er nach Hause kommt?«, fragte der Junge ängstlich.

»Das lass mein Problem sein!«

Fest ergriff er die Hand seines Großvaters. Er wollte sie nie wieder loslassen.

Kapitel 5

Der Taxifahrer war sehr gesprächig, er schwärmte ihnen unaufhörlich von seiner Heimatstadt vor, die Altstadt sei Weltkulturerbe, und es gebe zahlreiche berühmte Restaurants. Zum ersten Mal seit vielen Stunden war Helen entspannt, sie genoss den Redeschwall. Gregor saß neben ihr und hielt ihre Hand. Sie hatten sich am Flughafen getroffen. Gregor sprach zwar fließend Französisch, aber der Fahrer war froh, sein Englisch ausprobieren zu können, und zählte jetzt die verschiedenen kulinarischen Spezialitäten der Region auf.

Helen liebte das Kochen und hatte auch schon von der berühmten Lyoner Kochschule »Paul Bocuse« gehört. In Hongkong hatte sie diverse mehrwöchige Kochkurse gemacht; sicher würde ihr die Küche der Gourmethauptstadt Frankreichs gefallen. Auf dem Weg in die Innenstadt sah Helen schon von weitem eine weiße Basilika oben auf einem Hügel; der strahlend blaue Himmel machte das Bild perfekt. Sie wollte Max darauf aufmerksam machen, aber diesmal war er es, der schlief. Nach einer guten halben Stunde fuhren sie die steilen Serpentinen zu ihrem neuen Zuhause hoch, das Navigationsgerät zeigte an, dass sie in einem Kilometer am Ziel sein würden.

»Das ist ja sehr grün hier, meine Güte, sind die Grundstücke gigantisch! Ist unser Garten auch so groß?«, fragte Helen neugierig.

»Nein, nicht ganz so groß, aber sehr hübsch. Allerdings gibt es ein Nachbargrundstück, das uns praktisch umzingelt, und das soll riesig sein. Es ist fast ein Wald. Das hat zumindest die Agentur erzählt.«

Endlich erreichten sie ihr neues Heim auf der Flanke eines der Hügel. Sie hatten es über eine Agentur gefunden, die auch den Umzug organisiert hatte. Gregor und Helen hatten die großzügige Wohnung anhand von Fotos ausgewählt, Gregor hatte sich dann bei einem Besuch in Lyon alles angesehen und die Verträge unterzeichnet. Jetzt stand sie mit Gregor, Max und ihren fünf Koffern vor dem großen schmiedeeisernen Tor des zweistöckigen Hauses. Das Gebäude war über hundert Jahre alt und von einem Garten umgeben. Im Erdgeschoss wohnte ein älterer Herr, der aber laut Agentur fast ausschließlich bei seinem Sohn an der Côte d'Azur lebte. »Umso besser«, hatte Helen gedacht, »dann wohnen wir fast allein.« Die Zimmer waren hell und geräumig, vom Vermieter teilmöbliert, alles war frisch renoviert und die neuen Betten schlicht, aber in Ordnung. Es gab sogar Bettwäsche und Decken. In ein paar Wochen würden sie ihre eigenen Sachen haben. Bis dahin mussten sie aus dem Koffer leben. Wie würde sie die Zeit nur überleben, ohne Kleiderschränke? Wenigstens war alles Notwendige in der Küche, es gab sogar einen dunklen Holztisch und vier Stühle. Max suchte sich ein Zimmer mit Blick auf den Garten aus und warf sich sofort aufs Bett. Gregor telefonierte und spazierte dabei im Flur auf und ab. Den Gesprächsfetzen nach zu urteilen, ging es wie immer um eines seiner Projekte. Helen stand auf dem riesigen alten Balkon und bewunderte den Ausblick über die Stadt.

Während ihr Blick über den Garten schweifte, mit dem gepflegten Rasen und etlichen Laubbäumen, fiel ihr das Nachbargrundstück auf, das wirklich aussah wie ein Wald. Dicht an dicht standen dunkle Nadelbäume. Helen lehnte sich so weit wie möglich über das Geländer, um das Haus zu sehen, konnte es aber nicht entdecken. Jetzt war sie neugierig, das wollte sie sich genauer ansehen. Sie sah kurz nach Max, der auf der in Plastikfolie verpackten Matratze schlief. Gregor telefonierte noch immer und tippte dabei gleichzeitig in sein Laptop. Sie nahm den Schlüssel und zog die Etagentür leise zu. Ihre Schritte hallten im Treppenhaus. Im Erdgeschoss suchte sie nach einem Ausgang in den Garten. Außer der Wohnungstür ihres Mitbewohners gab es noch drei weitere, schmalere Türen. Hinter einer standen Mülltonnen, Besen und Ähnliches. Die zweite war offensichtlich die Kellertür. Sie war aus schwerem Metall, eine alte Steintreppe führte steil nach unten. Helen starrte in ein schwarzes Tunnelgewölbe, das sehr viel älter wirkte als das Haus selbst. Sie tastete nach einem Lichtschalter. Mit Kellern verband Helen besondere Kindheitserinnerungen. Damals waren Keller dunkel, feucht und voller Spinnen, aber der hier schien gut beleuchtet zu sein. Die Treppe führte in einen großen Raum mit niedriger Gewölbedecke, der nur schwach beleuchtet war. Rasch gewöhnten sich ihre Augen an das düstere Licht. Auf der einen Seite waren zwei alte Holztüren mit Vorhängeschlössern. Eine weitere Tür war aus altem, verrostetem Metall. Helen schaute sich fasziniert das antike große Schlüsselloch an und berührte die Tür. Die detaillierten Verzierungen waren zwar nicht richtig zu sehen, aber Helen konnte sie fühlen. Viel zu aufwendig für eine Kellertür. Ob irgendwo ein Schlüssel dazu lag? Auf dem Boden lagen diverse Kisten und Gerümpel. Die Wände waren unverputzt, und Helen tastete die Wand um die Tür herum ab, vielleicht gab es ja irgendwo einen Haken.

Vertieft in ihre Gedanken hatte sie die Schritte hinter sich nicht gehört.

»QU'EST-CE QUE VOUS FAITES ICI!?«

Helen blieb vor lauter Schreck fast das Herz stehen. Sie wirbelte herum. Vor ihr stand eine ältere Frau und schaute sie herausfordernd an.

In schlechtem Französisch versuchte Helen ihr klarzumachen, dass sie die neue Mieterin sei, und stellte sich vor.

»Je suis Sophie Vérac. La femme de ménage«, erwiderte die Frau und hielt einen Eimer mit Putzzeug hoch. Weni-

ger misstrauisch gab sie Helen die Hand und lächelte sogar.

Die Putzfrau also. Helen lächelte zurück und verabschiedete sich. Sie wollte auf keinen Fall weiter in ein Gespräch verwickelt werden, sie verstand sowieso fast nichts. Außerdem musste sie sich von dem Schreck erholen.

In den Garten kam sie durch die vordere Eingangstür. Sie ging den Rasen entlang zum Ende des Grundstückes und sah durch den Zaun auf das Nachbargrundstück. Die Nadelbäume standen so dicht, dass sich Helen nicht gewundert hätte, wenn plötzlich ein Reh aus dem Dickicht aufgetaucht wäre. Merkwürdig, das war wirklich ein echter Wald. Helen ging den Zaun entlang und stellte überrascht fest, dass ihr ganzer Garten in das Waldgrundstück nebenan eingebettet war. Sie wollte gerade wieder umkehren, als sie das Haus auf der anderen Seite entdeckte. Oder vielmehr, sie hatte den Eindruck, das Haus sah sie. Durch den dichten Wald führte ein Weg. Und am Ende stand es. Dreistöckig, grau, dunkel. In zwei Fenstern brannte schon Licht, jemand stand im Fenster und schien sie zu beobachten.

Mit einem eigentümlichen Gefühl ging Helen zurück in die Wohnung. Max schlief noch und schnarchte leise; Gregor saß in der Küche und schrieb, Helen umarmte ihn von hinten. Er hielt ihre Hände fest und drehte sich um.

»Ah, meine Liebste, ich hab euch vermisst! Max hat es ja geschmissen. Ehrlich gesagt bin ich auch etwas erledigt. Die Trips mit Oliver werden immer anstrengender.«

Helen setzte sich neben ihn und gähnte.

»Wie war es denn überhaupt? Du hast mir gar nicht erzählt, was in Zürich los war.«

»Eigentlich lief es perfekt. Ich war optimal vorbereitet, und wir haben die neuesten Entwicklungen in der Forschung diskutiert, verschiedene europäische Projekte und wo wir in dem Ganzen stehen. Ich leite den Laden, verdammt noch mal, aber dieser Degasse hasst mich schon jetzt. Man konnte es ihm genau ansehen, dass er *pissed off* war, weil ich den Job jetzt bekommen habe und nicht er.«

»Wird er denn mit dir hier in Lyon arbeiten?«

»Allerdings.«

»Und wie war es mit Oliver?«

Gregor erzählte die neuesten Geschichten von Oliver und kündigte an, dass sie das nächste Mal etwas am Meer unternehmen wollten.

»Vielleicht können wir mal am Atlantik surfen.« Gregor versuchte, so ernst wie möglich auszusehen, aber Helen wusste, dass er scherzte.

»Spaß beiseite. Das Treffen mit Oliver war klasse und anstrengend, mir tun jetzt noch die Knochen weh! Er hat immer noch so ein wahnsinniges Tempo drauf beim Skifahren, meine Güte!«

»Und sonst?«, fragte Helen.

»Was und sonst? Ich habe keinen Überblick über seine Affären und ich glaube, er auch nicht. Du kennst ihn doch, er sucht sich immer den gleichen Typ, soviel ich weiß, hat er eine in München, die ist aber noch verheiratet, will sich aber angeblich von ihrem Mann trennen. Anschelotschkaja oder so ähnlich. Ich kann mir ja so komplizierte Namen nicht merken. Außerdem hat er was mit einer Skilehrerin in der Schweiz und dann gibt's noch eine in seiner Agentur. Er wollte mir unbedingt von allen erzählen, aber ich habe nach zehn Minuten nicht mehr gewusst, wer wer ist. Ansonsten waren wir jeden Tag auf der Piste. Dieser Wahnsinnige hat einen Tag einen Hubschrauber gemietet, um uns in ein anderes Tal zu fliegen, und dann sind wir von dreitausend Meter Höhe abgefahren. Gott sei Dank habe ich darauf bestanden, einen Skilehrer mitzunehmen. Oliver wäre da einfach so runter.«

Gregor stand auf und küsste Helen.

»Bin ich froh, dass ich mir nur einen Namen merken muss.« Er grinste.

Helen befreite sich lachend aus seinen Armen.

»Und ich kann froh sein, dass du meinen Namen aussprechen kannst! Aber falls dir der Stress im Büro nicht ausreicht, hier wird es auch bald genug Stress geben, wenn der Container mit all unserem Zeug ankommt. Bis wir das alles ausgepackt haben! Einige Sachen muss ich jetzt schon besorgen.«

»Und deshalb habe ich von Zürich aus meine Mutter angerufen. Und sie eingeladen, uns bald zu besuchen.«

»WAS hast du? Du hast deine Mutter nach Lyon eingeladen, ohne mich vorher zu fragen?! Du weißt, dass sie mich sowieso nicht besonders gut leiden kann. Wir sind gerade erst angekommen, wir sind noch nicht richtig eingerichtet, ich spreche die Sprache kaum, hab keine Freunde hier. Ich bin immer noch nicht online – kurz, ich bin noch kein bisschen organisiert!«

»Aber das kommt doch. Wenn du erst mal einen Sprachkurs gemacht hast, sprichst du fließend. Außerdem dachte ich, Mutter könne sich etwas nützlich machen ...«

Helen erhob die Hand.

»Moment! Wie stellst du dir das vor? Wir wissen beide, dass deine Mutter extrem anstrengend sein kann. Seit dem Tod deines Vaters ist es noch schlimmer geworden, sie muss immer das letzte Wort haben.«

Gregor sah schweigend aus dem Fenster. Sie hatte einen wunden Punkt getroffen. Gregor vermisste seinen Vater sehr, und seit dessen Tod war der Kontakt zu seiner Mutter eher schwierig. Einmal durch die Distanz und dann durch ihre ewige Rechthaberei. Gregor fühlte sich oft hilflos, hatte Schuldgefühle, sie im Stich gelassen zu haben, nicht in der Nähe gewesen zu sein.

»Na gut. Ich werde so freundlich sein wie möglich. Aber

wenn sie hier ist, bin ich mit ihr den ganzen Tag beschäftigt und nicht du!«

»Meine Güte, so schlimm ist sie auch wieder nicht«, protestierte Gregor.

»Hoffentlich. Ich will mich nicht den ganzen Tag um sie kümmern müssen.«

»Wir warten jetzt erst mal ab, ob sie überhaupt kommt, und dann sehen wir weiter. Wozu sich jetzt schon verrückt machen. Einverstanden?«

»Von mir aus. Ich bin sowieso ziemlich müde und kann nicht mehr klar denken, ich lege mich hin. Es wird bestimmt ein paar Tage dauern, bis ich mich an die Zeitverschiebung gewöhnt habe.«

Gregor umarmte Helen und setzte sich dann wieder vor sein Laptop.

Noch ehe sie die Küche verlassen hatte, hörte sie das leise Hämmern der Tastatur.

Helen versuchte, an etwas Schönes zu denken, an ihre Zukunft in Lyon. Erschöpft schlief sie ein und das Bild des dunklen Waldes legte sich wie eine Decke über sie.

Kapitel 6

1975

Ein lauter Schrei riss ihn aus dem Schlaf. Der Schrei war ohrenbetäubend, schrill und kurz. Übertönt vom unverständlichen Gebrüll seines Vaters. Seine Mutter hörte er nicht. Sein Herz klopfte bis zum Hals, während seine Hände sich ins Bettlaken krallten, bis sie schmerzten.

Zwei Wochen hatte er damals, nach dem Vorfall vor drei Jahren, mit seinem Bruder beim Großvater gewohnt. Nur ein einziges Mal war er in der Zeit seinem Vater begegnet. Im Krankenhaus, wo sie seine Mutter täglich besucht hatten, stand eines Nachmittags sein Vater in der Tür.

Der Großvater erhob sich und sah seinen Schwiegersohn wütend an.

»Wehe, du rührst sie oder die Kinder noch einmal an!«

»Willst du mir etwa drohen?«

»Du wirst schon sehen.«

»Ich bin nur hier, um meine Frau zu besuchen.«

Sein Großvater verließ erbost das Zimmer.

Sein Vater nickte ihnen zu. Nur er sah ihn an, sein kleiner Bruder spielte mit einem kleinen Auto auf der Bettdecke seiner Mutter.

»Was willst du hier!?«, fragte sie leise.

»Geht es dir besser? Wann kommst du nach Hause? Es sieht aus wie im Saustall.«

»Ich weiß nicht, ob ich jemals wieder nach Hause komme zu dir. Ich will, dass du gehst und nie wiederkommst.« Sie war schwach, und das Reden fiel ihr schwer.

Er beugte sich dicht zu ihr hinunter.

»Ich werde niemals gehen und du auch nicht! Ansonsten

kann es sein, dass mir die Hand mal bei den Kindern ausrutscht! Und dann kann ich für nichts garantieren. Verstanden?«

Sie hatte geschwiegen und war zu ihm zurückgekehrt.

Seitdem war der Alte vorsichtig gewesen. Er schlug seine Mutter meistens nur dahin, wo man es nicht direkt sehen konnte.

Er wartete auf ein Geräusch.

Kurz darauf hörte er, wie die Haustür zuknallte, und dann das Schluchzen seiner Mutter. Er sah auf die Uhr neben seinem Bett, halb sieben. Noch über zwei Stunden, bis die Schule anfing. Er blieb liegen und starrte an die Decke. Müde, ängstlich. Er war es leid, die ewigen Streitereien. Es gab Tage, da wollte er am liebsten weglaufen, irgendwohin. Aber er würde es ja doch nicht tun. Wer würde dann seinen kleinen Bruder und seine Mutter beschützen? Nur sein Großvater. Heute nach der Schule würde er zu ihm gehen. Er stieg aus dem Bett und zog sich an.

Im Treppenhaus empfing ihn der Duft frisch gebackener Zimtschnecken. Es war ein Duft, der ihn glücklich machte.

Als er die Küche betrat, stand sein kleiner Bruder am Küchentisch, hatte die Finger voller Mehl und half seiner Mutter mit dem Teig. Als sie ihm den Kopf zudrehte, sah er die dicke blutige Lippe, der untere Teil der rechten Gesichtshälfte war angeschwollen.

»Guten Morgen, mein Engel, die erste Ladung Zimtschnecken ist schon im Backofen und gleich fertig.«

»Mama, was ist passiert?«

Mit einer Kopfbewegung signalisierte sie ihm, dass sie nicht darüber reden wollte.

»Dein Bruder war schon früh auf und hat versucht, in das Wohnzimmer reinzukommen.«

»Oh – hat Vater ihn erwischt?«

Sie schwieg; und damit war das Thema beendet. Seine Mutter begann, Kräuter zu hacken, und sein kleiner Bruder sah ihr fasziniert zu.

Durch kein Spielzeug der Welt hätte sich der Junge ablenken lassen. Er wendete den Blick nicht vom Schneidebrett, während seine Mutter ihm alles mit viel Hingabe erklärte. Aber der Schmerz in ihrer Stimme entging dem älteren Bruder nicht. Auch nicht die Tränen, die sie immer wieder diskret wegtupfte.

Er war es so leid, mit diesem Tyrannen in einem Haus zu wohnen. Damals schwor er sich, dass er mit allen Mitteln versuchen würde, sie zu beschützen. Er fühlte sich schon lange nicht mehr wie ein Kind, auch wenn er so aussah. Er würde es ihnen schon zeigen, was in ihm steckte. Er würde es allen zeigen!

Kapitel 7

Die letzten Tage hatte sie mit Behördengängen verbracht, An- und Ummeldungen, Gregor arbeitete bereits in seinem neuen Büro und verließ jeden Morgen sehr früh das Haus, die Firma hatte ihm einen Wagen zur Verfügung gestellt und Helen hatte sich erst mal ein Auto gemietet. Mehrmals schon war sie damit ins Möbelhaus gefahren; die Wohnung sah nun etwas gemütlicher aus. Als sie mit Max zusammen das letzte Regal in seinem Zimmer aufbaute, kam Gregor mit einem Stapel Aktenordner nach Hause.

»Du bist ja auch schon da«, begrüßte ihn Max. Gregor ignorierte den sarkastischen Unterton und sah auf seine Armbanduhr.

»Wieso, es ist fast fünf, ich habe mir den Nachmittag frei genommen. Ich muss bis morgen einige Unterlagen durcharbeiten, das wird wahrscheinlich bis Mitternacht dauern. Und das kann ich auch hier machen.«

»Genau!«, sagte Max. »Andere Leute haben um diese Uhrzeit Feierabend, und du kommst nach Hause, um weiterzuarbeiten. Mama und ich schuften hier den ganzen Tag!«

Ohne zu antworten ging Gregor in die Küche. Mürrisch räumte er das schmutzige Geschirr vom Küchentisch und breitete sich aus.

»Wieso sieht es hier eigentlich aus wie im Saustall?!«, beschwerte er sich.

»Moment mal!« Helen stand in der Tür. »Wir haben den ganzen Tag Regale aufgebaut! Max hat mir ganz viel geholfen, und wir hatten noch keine Zeit, die Küche aufzuräumen.«

Gregor sah kurz auf.

»Sorry. Ist alles etwas viel in den letzten Tagen. Ich helfe euch nachher. Was gibt's eigentlich zu essen?«

»Ich habe mich noch nicht darum gekümmert, weil ich so

früh nicht mit dir gerechnet habe. Wir brauchen noch ein paar Kleinigkeiten, die kann Max rasch besorgen. Max«, rief Helen.

»Was ist?«, kam es aus dem Badezimmer.

»Könntest du schnell einkaufen gehen?«

»Ja, ja.«

»Heute noch!«

Aus dem Bad kam ein unverständliches Murmeln, gleich darauf erschien Max.

»Ich geh ja schon!« Er nahm seine Jacke und knallte beim Hinausgehen die Tür zu.

Gregor stand im Flur.

»Was ist denn in den gefahren?!«

»Was wohl!« Helen stand neben ihm. »Hormone. Außerdem hat er den ganzen Tag Regale zusammengeschraubt. Und er vermisst Hongkong.«

Gregor drehte sich zu ihr um.

»Vermisst du es auch?«, fragte er unsicher.

»Ja. Es wäre gelogen, wenn ich Nein sagen würde, aber es wird hier sicher schön werden.« Sie nahm seine Hand und zog ihn auf den Balkon hinaus. »Schau dir nur mal diese Aussicht an! Ich kann gar nicht genug davon bekommen. Man sieht die Alpen, unglaublich. In Hongkong hat man immer nur die Wohnungen gegenüber gesehen. Fantastisch.«

»Stimmt. Es ist ein Wahnsinns-Ausblick! Das Einzige, was mich etwas stört, ist das Grundstück da drüben. Ich frage mich, wer da wohnt.«

»Es ist mir ein bisschen unheimlich, aber irgendwie bin ich neugierig. Vielleicht sollte ich mich mal bei den Nachbarn vorstellen. Wer weiß, vielleicht sprechen die sogar Englisch.«

»Du bist ja optimistisch. Wir werden die Nachbarn schon kennenlernen.«

»Vermisst du denn Hongkong?«, fragte Helen.

Es dauerte einen Moment, bis Gregor antwortete, er sah Richtung Alpen.

»Ich weiß nicht. Ich hoffe nur, dass ich die richtige Entscheidung getroffen habe. Nicht nur mein Leben und mein Job ändern sich, auch deines und das von Max. Es ist immer ein Risiko, aber eigentlich habe ich ein gutes Gefühl.«

Helen legte ihre Hand auf seine.

»Es war eine einmalige Chance, und es war gut, dass du dich dafür entschieden hast. Max wird sich bestimmt gut einleben. Und ich werde mir schon irgendeine Beschäftigung suchen. Zuerst lerne ich Französisch, dann mache ich einen Kochkurs.«

»Das klingt gut. Du könntest dich bemühen, wieder im Management zu arbeiten, du warst gut!«

Gregor sah sie an, aber Helen wich seinem Blick aus.

Sie hatte Management studiert und eine gute Stelle bei einem Investmentunternehmen in Hongkong gehabt. Doch nach dem großen Bankencrash hatte die Firma mehr als dreihundert Angestellte entlassen, auch Helen. Sie hatte lange nach einer neuen Stelle gesucht, aber wenn überhaupt nur ab und zu befristete Verträge bekommen, so wie viele in ihrer Situation.

»Du weißt, dass ich die Nase voll habe von großen Konzernen und deren Rausschmeißpolitik, ich habe keine Lust mehr. Ich will mir etwas ganz Anderes suchen, etwas, wo ich selbst entscheiden kann. Aber solange ich die Sprache nicht spreche, kann ich mich nicht bewerben. Ich will mich erst mal einleben, das braucht Zeit! Wir sind alle deinetwegen hier, natürlich wollte ich auch herkommen, aber die Frage hätte sich nie gestellt, wenn es nicht für deinen Job wäre, deine Karriere! Außerdem wäre ich dir dankbar, wenn du nicht darauf herumhacken würdest. Ich weiß, dass du lieber eine Karrierefrau statt eines Hausmütterchens hättest!«

Gregor sah sie erstaunt an.

»Sorry! Ich wusste nicht, dass du heute so empfindlich bist. Ich habe ja nur gefragt!«

Dann verschwand er in der Wohnung.

»Ja, renn nur weg. Kaum sind wir hier, streiten wir uns!«, rief sie ihm hinterher und bereute es im selben Moment. Verärgert blieb sie auf dem Balkon stehen. Verärgert über sich selbst. Verärgert über Gregor.

Kapitel 8

1975

Den Weg in den Wald kannte er auswendig, er hätte ihn blind gehen können, jederzeit. Es war mitten in der Nacht. Der Wald roch nach Regen. Es war Vollmond. Er war kurz zu Hause gewesen, um sich ein Messer zu holen, dann hatte er sich direkt auf den Weg gemacht.

Bevor er die Schlampe geheiratet hatte, hatte er sie regelmäßig in dem Holzhaus im Wald besucht, wo sie mit ihrem Vater, einem Förster, lebte. Während er zielsicher den matschigen Weg entlanglief, erinnerte er sich an diese Zeit. Das allererste Mal hatte er sie bei einem Maitanz wahrgenommen, sie stand verloren mit ein paar hässlichen, dicken Freundinnen in der Ecke. Aber er sah sofort ihre Schönheit, ihr wundervolles schulterlanges Haar, dieses hübsche Gesicht und ihre weiblichen Rundungen. Da wusste er, dass er sie haben musste. Noch vor dem Ende des Abends, schwor er sich, würde sie in seinen Armen liegen. Er wusste um seine eigene Ausstrahlung und Macht. Sie würde wie Wachs in seinen Händen sein. Die Tatsache, dass sie sich mit diesen hässlichen dummen Hühnern umgab, sagte ihm schon, dass sie kein Selbstbewusstsein hatte; dass sie nervös umherblickte und jedem Mann auswich, zeigte ihm, dass sie keine Erfahrung hatte. Sie war Frischfleisch, Jungfrau. Er fixierte sie mit seinem Blick und ging geradewegs auf sie zu. Er war gut gekleidet, sein Anzug saß perfekt, sein volles dichtes Haar hatte er nach hinten gegelt, somit kam sein makelloses markantes Gesicht noch besser zur Geltung. Die hässlichen Hühner sahen ihn zuerst und gackerten aufgeregt. Und dann sah sie ihn. Er lächelte, und sie lächelte zurück, senkte aber wieder den Blick, bis er vor ihr stand. Dann tanzte sie den ganzen Abend mit ihm, er ließ sie nicht mehr los. Seine Hände umschlossen die ihren, und noch ehe die Nacht vorbei war, gehörte sie ihm. Sie hatte sich in ihn verliebt, das spürte er. Spielend hätte er die Situation ausnutzen können, aber das tat er nicht, er begleitete sie nur nach Hause, zu dem Haus im Wald. Danach besuchte er sie fast täglich, sie unterhielten sich lange. Er war von ihrer Schönheit angetan, ihre Worte interessierten ihn nicht sehr. Was ihn interessierte, war ihr Körper. Jeden Tag wollte er neben diesem Körper aufwachen, ihn besitzen, wann immer er Lust verspürte, ihn riechen und schmecken. Aber er konnte warten. Er hatte Erfahrung mit Frauen, er wusste, was er wollte, und er wusste es sich zu nehmen, zu verführen. Bisher war keine perfekt gewesen, zu dicke Schenkel, zu kleine Brüste, zu hässlich, zu große Hände. Aber diese, diese musste er gar nicht erst auspacken. Er konnte es erahnen und fühlen, sie küssten sich ein paarmal, und er durfte an ihr herumfummeln. Sie liebte ihn, das wusste er. Der Einzige, der nicht von ihm angetan war, war ihr Vater. Trotzdem stimmte dieser der Hochzeit zu, was blieb dem Alten anderes übrig, seine Tochter war ihm verfallen. Er war gutaussehend, und er wirkte auf Frauen, er konnte jede haben. Aber er war wählerisch. Und dieses wunderschöne Ding musste er einfach haben.

Sie zogen in ein nettes großes Haus im Dorf, das er durch Beziehungen und kleinere Erpressungen günstig erstanden hatte. Sie liebte es, sie liebte auch ihn, aber nicht so oft, wie er wollte. Der Haushalt war eine Katastrophe, sie entpuppte sich als völlig nutzlos. Zugegeben, sie konnte wunderbar kochen, aber sonst, er bestand ja nicht auf ein völlig sauberes Haus, trotzdem hätte sie jeden Tag putzen müssen. Das war ja wohl nicht zu viel verlangt, sie hatte ja sonst nichts zu tun. Er war bereit, Zugeständnisse zu machen, solange sie ihm sonst willig war. Aber das war sie nicht, und so musste er sie mit Gewalt nehmen. Das war schließlich sein Recht als Ehemann! Irgendwann wurde sie schwanger, erst ein Junge und dann noch einer. Er mochte sie, aber sie störten ihn, er nahm sich seine Frau, auch wenn die Kinder dabei waren, es war ihm egal, schließlich konnte es ihnen nur nutzen, schon früh zu lernen, wie man mit Frauen umzugehen hatte.

Aber vor kurzem hatte einer seiner Söhne etwas dem Großvater erzählt und dieser hatte es gewagt, ihn anzuzeigen. Einer seiner Saufkumpanen hatte es ihm gerade in der Kneipe gesteckt, er arbeitete bei der Polizei und hatte ihn gewarnt. Jetzt würde er seinen Schwiegervater dazu bringen, die Anzeige zurückzuziehen! Er konnte die Umrisse des Hauses sehen. Der alte Mann würde schlafen; als er sich von der Kneipe aus auf den Weg gemacht hatte, hatte die Turmuhr Mitternacht geschlagen.

Das Messer lag sicher in seiner Hand. Leise stieg er die Holztreppe zum Haus hinauf und suchte in dem alten Blumentopf vor der Tür nach dem Schlüssel, nach wenigen Sekunden fand er ihn – dieser alte Idiot! Einen Moment stand er regungslos vor der Haustür und lauschte, er hörte die Tiere der Nacht, Eulen, ein Käuzchen, hinter ihm raschelte es. Blitzschnell drehte er sich um und sah gerade noch einen Hirsch mit einem gewaltigen Geweih davontraben.

Er steckte den Schlüssel ins Schloss und trat ein. Ein abgestandener Geruch von Essen und Kaminholz schlug ihm entgegen, in der Ecke tickte die Standuhr. Der Alte schlief in einer Kammer, die vom Wohnzimmer abging. Leise öffnete er die Tür, sie knarrte ein wenig. Er hielt inne, nichts rührte sich. Der alte Mann atmete gleichmäßig. Am liebsten würde er ihn umbringen. Aber das war zu gefährlich, außerdem war er kein Mörder. Er setzte sich auf die Bettkante und betrachtete seinen Schwiegervater.

Dann nahm er das Messer und hielt es an dessen Hals,

direkt unters Kinn, er presste etwas fester zu und flüsterte ihm ins Ohr.

»Ich bin es, dein lieber Schwiegersohn, der Vater deiner Enkel! Dein Albtraum!«

Er hatte den Satz noch nicht zu Ende gesprochen, da war der alte Mann schon wach und starrte ihn ungläubig an, als hielte er das Ganze für einen bösen Traum. Doch die Klinge am Hals und die versoffene Fratze seines Schwiegersohns waren real, er wagte sich nicht zu rühren.

»Was willst du hier?«, fragte er mit zitternder Stimme.

»Ich wollte dir nur einen kleinen Besuch abstatten und mich beschweren. Ich bin sehr unzufrieden mit dir.« Seine Lippen berührten das Ohr des alten Mannes. Es war ihm eine Genugtuung, die Angst seines Opfers zu spüren, die Hilflosigkeit. Er genoss diese Macht sehr. Er drückte die Klinge des Messers etwas fester gegen den Hals. Der Atem des alten Mannes wurde flacher.

»Ich, ich weiß nicht, was du meinst.«

»Du alter verwirrter Mistkerl, du hast mich angezeigt! Du wirst die Anzeige morgen früh zurückziehen! Verstanden?«

»Du bist ein Schwein, du behandelst meine Tochter wie ein Stück Dreck. Du hast sie nicht verdient.« Sein Schwiegervater spuckte ihm die Worte fast entgegen.

»Du hast sie nicht verdient«, äffte er ihn nach. »Halt die Klappe! Du tust, was ich dir sage! Zieh die Anzeige zurück oder ich sehe mich gezwungen, deine Tochter das nächste Mal umzubringen! Oder noch besser, ich könnte sie langsam zu Tode quälen! Oder ich mache mich an die armen Kinderlein ran. Wie würde dir das gefallen!? Und alles wäre deine Schuld!« Er klang sehr ruhig, und der alte Mann zweifelte keine Sekunde an seinen Worten.

»Also?«

»Lass mich in Ruhe.«

Das Zittern in der Stimme seines Opfers war nicht zu überhören.

»Hör gut zu! Wenn dir das Leben deiner Tochter und Enkel etwas wert ist, dann tust du, was ich sage! Verstanden?« Er presste das Messer noch fester an den Hals des alten Mannes. »Sonst werde ich mich an deinen Enkeln vergehen, mit einem schönen Gruß von ihrem Großvater! Und wer weiß, so kleine Kinder überleben so etwas nicht lange. Deine Tochter wird dir das nie verzeihen. Noch lasse ich die Finger von den Jungs, aber wenn du die Anzeige nicht zurückziehst, verspreche ich dir, mach ich die Kinder fertig. Im wahrsten Sinne des Wortes!«

Der alte Mann keuchte. »Gut, ich werde die Anzeige zurückziehen, aber ich tue es nur für meine Tochter und Enkel! Ich hasse dich! Ich hoffe, du wirst in der Hölle schmoren!«

»Hm. Das könnte mir gefallen.«

Er zog das Messer weg und stand auf.

»Damit wir uns richtig verstehen. Wenn du wagst, mich noch einmal anzuzeigen, oder dich sonst in meine Angelegenheiten mischst, wird jemand sterben. Ist das klar!?«

Der alte Mann nickte.

»IST DAS KLAR!?«

»Ja«, keuchte sein Opfer.

Die kühle Nachtluft umfing ihn. Nichts und niemand konnte ihm etwas anhaben. Jetzt würde er nach Hause gehen und sich nehmen, was ihm zustand. Zufrieden pfiff er eine Melodie, er konnte es kaum abwarten.

Kapitel 9

Die Bäckerei war nicht weit weg. Max betrachtete fasziniert die Auslagen in der Theke, die vielen kleinen Törtchen, alles sah so gut aus. Schließlich entschied er sich für zwei *pain au chocolat* und drei verschiedene Baguettes. Obwohl er kein Wort Französisch sprach, schaffte er es, sich irgendwie zu verständigen. Er hatte noch etwas Geld, davon kaufte er Käse und Salat. Gelangweilt spazierte er durch den beschaulichen Stadtteil, der hauptsächlich aus kleinen Delikatessläden, Bäckereien, Wäscheläden und Weinhandlungen zu bestehen schien. Er durchquerte die kurze Fußgängerzone. Das konnte ja wohl nicht wahr sein, kein einziger Klamottenladen für Nicht-Gruftis und kein Gameshop. Vielleicht gab es wenigstens ein paar tolle Girls in seiner neuen Klasse. Übermorgen würde er es wissen. Dann hatte er seinen ersten Schultag in Lyon.

Jetzt war die kleine Dorfstraße zu Ende. Er wollte gerade umkehren, als er hinter sich Englisch reden hörte. Er blieb stehen und sah sich um.

Zwei Mädchen liefen fast in ihn rein. Kichernd sahen sie ihn an.

»Hi«, lächelte Max und fuhr sich mit seiner rechten Hand lässig durch die blonde Mähne.

»Hi, bist du neu hier?«, fragte die schlanke Dunkelhaarige mit dem kurzen Jeansrock.

»Ja, wir sind gerade aus Hongkong hierhergezogen. Geht ihr auch in die Internationale Schule?« Er sah dabei die Rothaarige an, die seinem Blick schüchtern ausgewichen war.

»Ja, wir sind in der Neunten, und du?«

»Da fange ich am Montag an, auch in der Neunten. Ich bin übrigens Max.«

»Cool, ich bin Claire, und das ist Corina.«

»Wohnt ihr hier in der Nähe?«, fragte Max neugierig.

»Ja, ich wohne neben der Schule, und du?«, fragte Claire.

Max nannte seine Adresse.

»Dann wohnst du ja fast neben Corina, die wohnt nur eine Straße weiter.«

Corina warf ihrer Freundin einen vielsagenden Blick zu.

»Wir müssen los«, sagte Claire.

»Super, dann sehen wir uns Montag.« Max lächelte.

»O. k., bis Montag.« Claire hob kurz die Hand.

Und zum ersten Mal sah ihn jetzt die rothaarige Corina an. Grüne Augen, lustige Sommersprossen und wohlgeformte Lippen.

»Ciao«, verabschiedete sich Corina.

Der Blick traf Max mitten ins Herz. Wie angewurzelt blieb er stehen und schwieg. Was sonst gar nicht seine Art war. Verlegenheit oder Schüchternheit waren ihm fremd.

Mit einem Lächeln auf den Lippen und Schmetterlingen im Bauch machte Max sich auf den Nachhauseweg.

Er konnte den Schulanfang kaum abwarten.

Zuhause lagen überall auf dem Fußboden im Wohnzimmer verstreut Akten, und sein Vater saß mittendrin im Schneidersitz und blätterte. Aus dem Laptop drang laute Musik. Aerosmith, das hörte sein Vater nur, wenn er schlecht drauf war. Als Max die Einkäufe in der Küche abstellte, sah er Helen, die schon wieder irgendetwas zusammenschraubte.

»Was ist denn mit dem los?«, fragte Max.

»Ach, frag nicht. Vielen Dank für die Einkäufe! Wenn du mir noch einen großen Gefallen tun willst, könntest du runter in den Keller gehen und ein paar Pappkartons in den Container werfen. Bitte, mein toller Max?«

»Klar.«

Max lächelte vor sich hin, als er die Kartons zusammensuchte. Helen sah ihm erstaunt nach, normalerweise hasste er es, den Müll wegzubringen. Im Wohnzimmer änderte sich die Musik, jetzt hörte Gregor Shinedown, ein Zeichen, dass er besonders schlechte Laune hatte. Helen ging zu ihm und setzte sich auf den Boden vor ihn, so dass sie auf gleicher Augenhöhe waren.

»Tut mir leid! Ich wollte dich nicht so anfahren.«

Gregor blickte kurz auf.

»Macht nix. Ich bin nicht wegen dir verärgert. Diese Unterlagen sind unglaublich, Baumgärtner hat die Hälfte seiner Daten nicht elektronisch gesichert, sondern auf Papier! Kannst du dir das vorstellen?! Alles auf Papier! Ich werde wahnsinnig! Wie soll ich denn das alles durcharbeiten?! Ich verschaffe mir jetzt erst mal einen groben Überblick und erstelle dann Exceltabellen oder suche mir jemanden im Büro, der das macht. Wann gibt's denn was zu essen?«

»Gleich.« Helen war erleichtert, dass Gregor nicht ihretwegen schlecht gelaunt war. Während sie den Salat wusch und vorbereitete, dachte sie über ihre Karriere nach. Sie würde erst mal Französisch lernen müssen, davor graute ihr schon. Mit ihrem Schulfranzösisch würde sie nicht weit kommen. Sie hatte früh gewusst, dass sie im Managementbereich arbeiten wollte, und nach ihrem Abitur einen Studienplatz in Köln bekommen. Dort traf sie Gregor, bei einer Studentenparty, am Rosenmontag. Er fiel ihr sofort auf, er sah so anders aus als alle anderen. Er trug einen Anzug aus den dreißiger Jahren; mit seinen zurückgekämmten schwarzen Locken und der schwarzen Hornbrille wirkte er trotz Karneval völlig fehl am Platz. Sein Hemd war blütenweiß und gestärkt, sein Anzug hatte Bügelfalten, und er war völlig nüchtern.

Sie hatte seine Ordnungsliebe am Anfang ihrer Beziehung fantastisch gefunden. Gregor war keiner von denen, die ihre Unterhosen und Socken überall herumliegen ließen, auf der Toilette lasen und Kaffee tranken und dann irgendwo ihre Tasse abstellten. Und denen es ziemlich egal war, ob sie ihr Unterhemd schon drei, vier oder zehn Tage trugen. Gregors Hemden waren nach Farbe sortiert, genauso wie seine Schuhe und all seine anderen Sachen.

Daran hatte sich nichts geändert. Im Vergleich zu ihm war Helen eher schlampig und stopfte einfach alles in den Schrank.

Gregor hatte schon als Student einen Hosenbügler neben dem Bett gehabt. Und sein Bett war etwas ganz Besonderes. Die Bettwäsche wurde einmal wöchentlich gewechselt, und das aus gutem Grund: Gregor war auch als Liebhaber ein Perfektionist. Helen musste grinsen. Es gab nichts, was Gregor nicht konnte oder machte. Nur manchmal, wenn er sehr angespannt war, wurde sein Ordnungszwang schlimmer. Doch generell war Helen sehr glücklich mit Gregor, sie ergänzten sich perfekt. Die Schlampe und der Pingel.

Helen hatte gerade den Tisch gedeckt, als Max hereinstürmte und sich über den Käse hermachte.

»Mensch, hab ich Hunger!«

Gregor sah ihn etwas verärgert an und setzte sich ebenfalls.

Max sah verträumt aus dem Fenster.

»Was ist denn los? Du grinst ununterbrochen. Ist alles in Ordnung?«, fragte Gregor.

Jetzt sah er seine Eltern an. Sie waren ein ziemlich schönes Paar, irgendwie war ihm das noch nie richtig aufgefallen.

»Alles bestens. Ich finde es super hier. Ich kann es kaum abwarten, bis die Schule anfängt!«

Gregor und Helen sahen ihn erstaunt an.

»Na, das ist ja toll! Hoffentlich bleibt das so. Was hast du eigentlich so lange im Keller gemacht?«, fragte Helen.

»Da waren komische Geräusche.« Max stopfte sich noch ein Stück Käse in den Mund.

»Was für Geräusche? Und iss nicht so hastig«, sagte Gregor.

»Da ist so eine alte Tür, und dahinter waren Geräusche.«

Helen wurde aufmerksam.

»Meinst du die mit den Verzierungen?«

Max nickte.

»Was hast du da gehört?«

»Ich wollte ja nur die Kartons runterbringen, und dann hörte ich plötzlich Schritte. Als ob jemand rannte, aber es war irgendwie weiter weg, es war ganz komisch.«

»Vielleicht war das unser Nachbar vom Erdgeschoss«, bemerkte Gregor.

Max schüttelte den Kopf und sagte entschieden: »Nein, da war jemand hinter der Tür, da bin ich mir ganz sicher.«

Kapitel 10

Die Unterrichtsräume lagen mitten in der Stadt. Helen hatte sich in einen Französischkurs eingeschrieben. Jeden Tag drei Stunden schienen ihr genug. Schnell musste sie feststellen, dass Französisch doch schwieriger war, als sie gedacht hatte. Sie verstand fast alles, aber ihr fehlten der Mut und die Vokabeln, selbst zu reden. Auf dem Weg zur Schule kam sie an einigen verlockenden Chocolaterien vorbei. Die Pralinen in der Auslage sahen aus wie kleine Kunstwerke. Nach langem Zögern betrat sie einen der Läden. Es roch fantastisch! Überall standen kleine Tabletts mit verzierten Schokoladen. Überwältigt sah sich Helen alles an. Die Verkäuferin betrachtete sie neugierig. Helen zeigt auf eine mittelgroße Schachtel mit einem Sortiment von verschiedenen Pralinen. Die Verkäuferin verpackte alles mit einer Seelenruhe, die Helen fast nervös machte. Als sie langsam das zweite kunstvoll gefaltete Geschenkpapier hervorholte, wäre Helen am liebsten hinter die Theke gesprungen, um es ihr aus der Hand zu reißen. Aber sie blieb gelassen und hoffte, dass das Ritual bald vorbei sein würde. Als sie nach einer Ewigkeit wieder vor dem Laden stand, war die Schachtel nicht nur in zwei verschiedenfarbige Papiere verpackt worden, sondern steckte auch noch, von Seidenpapier umhüllt, in einem ebenso kunstvollen Täschchen. Hoffentlich hatte sich der Aufwand gelohnt!

Die Verkäuferin hatte sie darauf hingewiesen, dass die Schokolade bei einer Temperatur von sechzehn Grad gelagert werden müsse. Das sollte kein Problem sein, lange würde sie sicher nicht lagern. Zu Hause angekommen, packte sie die Schokolade aus und öffnete die Schachtel. Innen war sie komplett goldfarben, und jeweils zehn Pralinen waren mit einem dünnen schwarzen Seidenpapier von der nächsten Schicht getrennt. Helen faltete das kleine Infoblatt auseinander, in dem alle Pralinen aufgelistet waren. Sie hatten verschiedene Füllungen; die äußere Schokoladenhülle war bei fast allen gleich dunkel. Helen steckte sich die erste in den Mund. Und während sie genüsslich die Praline aß, wusste sie, dass die aufwendige Verpackung angemessen war. Es war himmlisch!

Trotz der neu entdeckten französischen Schokolade vergingen die nächsten Wochen nur langsam. Abgesehen von gelegentlichen Einkäufen sprach sie mit fast niemandem. Max kam erst nachmittags nach Hause, Gregor spätabends. Nach dem Französischunterricht ging Helen joggen, die Schokolade musste ja irgendwie abgearbeitet werden. Max hatte sich erstaunlich schnell in den Schulalltag eingelebt und war offenbar in ein Mädchen namens Corina verliebt, von der er begeistert erzählte. Überhaupt schien er sich verändert zu haben. Er bestand darauf, allein zur Schule zu laufen, es sei komplett indiskutabel, von den Eltern gefahren zu werden, sobald man aus dem Kindergarten raus war. Am dritten Tag holte Helen ihn ab, weil sie noch ein paar Papiere im Sekretariat abgeben musste. Die Schule verbreitete eine angenehme familiäre Atmosphäre. An der Decke im Eingangsbereich hingen Flaggen aus den unterschiedlichsten Ländern. Während sie auf die Sekretärin wartete, zählte Helen die Fahnen, dreiunddreißig. Ob so viele Nationalitäten vertreten waren? Sie musste unbedingt nachfragen. Madame Faure, die Sekretärin, begrüßte sie lächelnd und wusste auch sofort, wer Max war. Wenigstens hier sprach man Englisch, Helen hätte am liebsten weiter mit ihr geplaudert. Aber die Schulklingel läutete, und Kinder stürmten an ihr vorbei. Es dauerte einen Moment, bis sie Max sah, umringt von einigen Mädchen, wobei eine seine neue Favoritin zu sein schien. Als er seine Mutter sah, flüsterte er der Rothaarigen etwas zu. Sie nahm etwas Abstand, und er kam auf Helen zugeschossen.

»Was machst du denn hier?«

»Ich musste noch ein paar Unterlagen abgeben und wollte mal wieder Menschen sehen, die meine Sprache sprechen.«

»Aha, schon abgenervt von Frankreich!?«

»Ich bin nicht abgenervt! Aber du kannst wenigstens jeden Tag vernünftig mit Leuten reden. Ich bin bloß in der Sprachschule, mit Menschen, die oft noch nicht mal Englisch reden. Willst du mich nicht deiner neuen Freundin vorstellen?«

Er lächelte.

»Noch ist sie nicht meine Freundin. Ich arbeite daran. Schließlich muss ich sie von meinem tollen Charme überzeugen.«

Er lachte und gab Helen einen Kuss auf die Wange.

Während Helen mit dem Bus zur Sprachschule fuhr, musste sie an die Szene zurückdenken. Er schien glücklich zu sein; auch Gregor wirkte in letzter Zeit zufrieden.

Die neue Stelle war eine Herausforderung gewesen, aber er liebte die Verantwortung. Nur dieser Degasse machte ihm offensichtlich zu schaffen, Gregor sprach wenig über ihn, aber wenn, dann klang es so, als ob dieser Typ es darauf angelegt hatte, Gregor Steine in den Weg zu rollen.

Der Bus fuhr im Schritttempo durch die hübschen Geschäftsstraßen, und Helen sah sich begeistert die schönen alten Häuser und gut gekleideten Menschen an. In Hongkong war sie immer mit ihrer besten Freundin Mina einkaufen gegangen, aber jetzt fehlte ihr die Lust, allein loszugehen. Sie vermisste ihre Freunde und das internationale Flair Hongkongs. Vielleicht gab es ja einen Kochkurs in Englisch. Helen hatte das Gefühl, dass es noch lange dauern würde, ehe sie sich sicher fühlte mit der Sprache. Das Niveau ihres Kurses war zwar richtig, aber die Sprache lag ihr einfach nicht.

Der Unterricht verlief zäh, eine Menge Grammatik, viel zu viel für Helens Geschmack. Es fiel ihr schwer, sich zu konzentrieren, die meiste Zeit sah sie aus dem Fenster und packte oft erleichtert ihre Sachen, wenn der Unterricht endlich zu Ende war.

Auf dem Weg nach Hause sah sie mit Freude, dass Mina ihr eine SMS geschickt hatte. ›Vermisse dich, wann hast du endlich Internet? Hoffe, es geht dir gut. HK ist langweilig ohne dich, ruf dich in ein paar Stunden an. LG Mina‹

Helen mochte gar nicht an ihre Mobiltelefonrechnung denken. Man hatte ihnen angekündigt, dass sich der Anschluss wohl etwas hinziehen würde. Grauenhaft. Sie fühlte sich komplett von der Welt abgeschnitten.

Als sie die Haustür aufschloss, kam ihr der Duft gebratener Kartoffeln entgegen. Weder Max noch Gregor waren zu Hause. Leise ging sie zur Tür ihres Nachbarn. Der Duft kam eindeutig aus seiner Wohnung. Vielleicht wäre es eine gute Gelegenheit, sich vorzustellen. Helen nahm ihren ganzen Mut zusammen und drückte auf den goldenen Klingelknopf. Im Gedanken versuchte sie, ihren Begrüßungssatz auf Französisch zu formulieren. Doch da wurde auch schon die Tür aufgerissen, und ein älterer Herr um die siebzig lächelte sie an.

»*Bonjour Madame! Vous êtes Madame Ruben? Je suis Eric, votre voisin.*«

Ohne Helens Antwort abzuwarten, küsste er sie auf beide Wangen.

Helen war perplex. Das hatte sie völlig vergessen. Man küsste sich zur Begrüßung.

»Ich bin Helen«, versuchte sie in ihrem besten Französisch.

»Oh, Ihr Lächeln ist wunderbar!«

»Danke.«

»Möchten Sie nicht reinkommen? Ich habe Rosmarinkartoffeln, die Kräuter sind ganz frisch. Ganz hinten am Zaun ist ein kleiner Kräutergarten.«

»Vielen Dank. Ein anderes Mal gerne. Ich wollte mich nur kurz vorstellen.«

Helen verabschiedete sich so schnell wie möglich. Eric zwinkerte ihr zu und setzte sein schönstes Lächeln auf.

Auf der Treppe hielt sie inne. Kräuter waren eine gute Idee. Zwei Treppenstufen auf einmal nehmend sprintete sie nach oben. Sie warf ihren kleinen ledernen Rucksack unter die Garderobe und hängte ihren Mantel auf.

Mit einem kleinen Küchenmesser bewaffnet suchte sie im Garten nach den Kräutern. Irgendwo mussten sie doch sein, der Garten war zwar groß, aber überschaubar. Schließlich fand sie sie. Hinter einem riesigen Lavendelbusch wuchsen Rosmarin, Thymian, Lorbeer, Oregano, Basilikum, Pfefferminz und zwei Kräuter, die Helen nicht kannte. Sie pflückte ein paar Blätter, zerrieb sie zwischen ihren Fingern und roch. Sie kannte den Geruch, aber was war es?

»*Lovage and sorrel* – Liebstöckel und Ampfer«, sagte eine Stimme hinter ihr in fast akzentfreiem Englisch.

Erschrocken drehte sich Helen um. Sie hatte niemanden kommen hören und sah erstaunt, dass eine ältere Dame hinter dem Zaun stand und sie beobachtete.

Sie hatte graues schulterlanges Haar, war schlank, groß und sah sehr gepflegt aus.

Helen wischte sich die Hände an der Hose ab. Musste sie die Dame zur Begrüßung jetzt küssen?

»Der ältere Herr, der unter Ihnen wohnt, Eric, hat von Ihnen gesprochen. Er spielt manchmal Bridge mit mir. Sie sind vor kurzem hierhergezogen?«

Helen nickte.

»Ja, wir haben vorher in Hongkong gewohnt. Sie sprechen übrigens sehr gut Englisch.«

»Danke. Ich habe früher Sprachen studiert und bin dann für ein großes Pariser Modehaus als Model gelaufen. Ab und zu habe ich Englisch reden müssen. Außerdem bin ich mit meinem verstorbenen Mann sehr viel gereist. Ich heiße Jeanne Dupont.«

Sie reichte ihr die Hand.

»Helen Ruben. Sie haben ja einen fantastischen Wald auf Ihrem Grundstück!«

»In der Tat. Wissen Sie, einige meiner Nachbarn halten mich für verrückt. Aber das ist mir egal. Ich mag es, wenn alles zuwuchert. Aber das hier ist nur ein Teil. Sie sollten sich mal den Rest ansehen, in der Mitte habe ich einen wunderbaren Kräutergarten. Es gibt weit über dreihundert verschiedene Küchen- und Heilkräuter, davon habe ich etwa einhundert dort. Mein Neffe ist nämlich Koch, und manchmal kommt er her und nimmt sich etwas mit. Kommen Sie doch morgen Nachmittag mal vorbei, dann zeige ich Ihnen alles.«

»Das mache ich gerne. Ich habe bis zwölf Uhr Unterricht, dann könnte ich um fünfzehn Uhr vorbeikommen.«

»Ach, warum kommen Sie nicht einfach zum Mittagessen. Ich freue mich über Gesellschaft. Also dann bis morgen!«

Madame Dupont drehte sich um und ging.

»Warten Sie!«, rief ihr Helen erfreut hinterher. »Ich weiß gar nicht, wo der Eingang zu Ihrem Grundstück ist.«

»Klettern Sie einfach über den Zaun, das geht schneller!«, rief Madame Dupont, ohne sich noch einmal umzudrehen.

Kapitel 11

1977

Der Duft von frisch gebackenen Zimtschnecken erfüllte normalerweise jeden Morgen das Treppenhaus. Diesmal roch er nichts.

Es war ein Sonntag, und er war mit seiner Mutter und seinem Bruder in der Kirche gewesen. Ihr Gesicht war von einem dunklen Schleier bedeckt; am Abend zuvor hatte sein Vater mal wieder ordentlich zugeschlagen. Er hatte die Bettdecke über den Kopf gezogen, damit er ihre Schreie nicht hören musste. Und mit jedem Schlag und jedem Schrei schwor er sich, dem Alten den Hals umzudrehen und mit seiner Mutter und seinem kleinen Bruder einfach abzuhauen. Aber er war feige, und er hatte Angst. Wie lange würde er das noch ertragen? Wie lange würde sie das noch ertragen? Als sie von der Kirche nach Hause zurückkehrten, fanden sie den Vater betrunken in der Küche. Er hatte wie üblich seinen nächtlichen Rausch im Wohnzimmer ausgeschlafen. Da lag er immer, außer in den Nächten, in denen er sie vergewaltigte. Dann blieb er neben ihr liegen.

Der Vater stand in der Küche. Seine Augen waren rot unterlaufen, Speichel schäumte in seinen Mundwinkeln. Ohne Vorwarnung packte er die Mutter an den Haaren und knallte ihren Kopf auf den Küchentisch.

»Du dumme Schlampe! Hier in der Küche findet man die einfachsten Sachen nicht!«

Erst jetzt fiel dem Jungen auf, dass sein Vater gewütet hatte wie ein Wahnsinniger. Gewürzgläser, Behälter und Tüten mit den unterschiedlichsten Nahrungsmitteln waren ausgeleert und der Inhalt in der ganzen Küche verstreut; zerrissene Beutel und Scherben lagen ringsumher. Zerrupfte Kräuterbüschel, die sie liebevoll in handverzierten Töpfchen sammelte, lagen auf dem Fußboden. Voller Wut sprang er auf seinen Vater, versuchte, ihn wegzuzerren. Sein Bruder stand wie angewurzelt da. Sein Vater war immer noch stärker als er; er fühlte, dass er den Kampf verlieren würde.

»Hol Hilfe!«, rief er seinem Bruder zu und sah ihn noch aus der Tür verschwinden, bevor ihn der Schlag ins Gesicht traf. Er schmeckte Blut, danach wurde alles schwarz.

Er wurde wach von dem Gestöhne seines Vaters, sah das blutverschmierte Gesicht seiner Mutter und starrte gelähmt vor Entsetzen auf das Bild, das sich ihm bot.

Halb bewusstlos geprügelt hing seine Mutter mit aufgerissener Bluse auf dem Küchentisch. Sein Vater hatte ihren Rock nach oben gezogen und stieß mit rhythmischen Bewegungen in sie hinein. Seine Hose an seinen Knien, jetzt fiel ihm das Blut auf, das an ihrem Bein herunterlief. Er musste etwas tun, er konnte es nicht mehr ertragen. Er stand auf, fühlte den Schwindel und ignorierte ihn. Griff blitzschnell nach einem Nudelholz und holte aus. Doch sein Vater war schneller, er drehte sich um und schlug ihm noch einmal mit seiner Faust ins Gesicht. Er flog rückwärts gegen einen Schrank. Der Schmerz war unbeschreiblich, er zitterte und konnte sich nicht bewegen.

Seine Mutter rutschte vom Tisch und blieb liegen.

»Du kleines Arschloch, versuchst, deiner Mutter zu helfen! Keiner kann der helfen. Und merk dir eins, wenn du mir noch mal in die Quere kommst, dann bring ich sie um, und das ist dann deine Schuld!« Der Alte torkelte aus der Küche.

Als sein Bruder mit dem Großvater hereinkam, verlor er erneut das Bewusstsein.

Der Arzt brachte seine Mutter ins Krankenhaus. Sie hatte zahlreiche innere und äußere Verletzungen und blieb über zwei Wochen stationär. Er selbst hatte eine gebrochene Nase und diverse schwere Blutergüsse. Die Verletzungen verheilten langsam, in der Zwischenzeit wohnte er mit seinem Bruder beim Großvater. Hier wurde nie geschimpft oder geschlagen.

Sie kochten die wunderbarsten Sachen und sammelten Pilze. Sein Großvater kannte alle! Kein Wunder, dass seine Mutter eine so fantastische Köchin war. Sein kleiner Bruder war regelrecht besessen. Er kannte fast alle Kräuter und unterschied sie nicht nur nach ihrem Aussehen. Selbst mit verbundenen Augen erkannte er sie am Geruch. Er sammelte Pilze und Kräuter und bat seinen Großvater, neue Kombinationen zu kochen. Es war eine herrliche Zeit.

Dann wurde seine Mutter aus dem Krankenhaus entlassen. Und sie mussten wieder nach Hause. Nichts war mehr wie früher. Seine Mutter war verändert, sie war oft krank und blieb im Bett, starrte aus dem Fenster. Als er eines Nachmittags aus der Schule kam, war sie noch immer nicht aufgestanden. Er küsste sie auf die Stirn und setzte sich zu ihr.

»Hallo Mama.«

Sie sah ihn an und streichelte über seine Wange.

»Mein Kind, ist es schon so spät? Musst du in die Schule?« Er sah sie irritiert an.

»Es ist Nachmittag, ich war schon in der Schule. Ist alles in Ordnung?«

Sie blickte an ihm vorbei und schien einen Punkt hinter ihm zu fixieren.

Eine Träne löste sich aus ihrem Augenwinkel und verschwand in ihrem matten, grauen Haar. Es war im Krankenhaus kurz geschnitten worden, um die Verletzungen am Kopf besser zu versorgen.

»Ich steh gleich auf. Dein Vater kommt bald, und ich muss etwas zu essen kochen.« Sie versuchte, ihn anzulächeln, aber er sah den stumpfen traurigen Blick und wusste, dass ihr die Kraft fehlte. Es war höchste Zeit, dass er sich der Sache annahm!

Kapitel 12

Helen suchte ihre Gummistiefel. Es hatte in der Nacht geregnet, und der Garten war matschig, aber sie hatte Madame Dupont versprochen, sie zu besuchen, und sie freute sich darauf. Im Flur stand ein großer Doppelschrank, eine Hälfte war für Gregor reserviert. Seine Schuhe waren farblich sortiert, der Abstand zwischen den Paaren immer gleich. Sie öffnete ihre Schrankhälfte und wurde prompt von einem Turnschuh getroffen, den Max hineingeworfen hatte. Helen schleuderte ihn zurück und kramte die lilafarbenen Hunter-Stiefel heraus, die vor zwei Tagen mit der Post gekommen waren, ein nachträgliches Abschiedsgeschenk von Mina.

Der Zaun war an einer Stelle etwas kaputt, und Helen gelangte ohne Mühe auf das Nachbargrundstück. Die Bäume standen so dicht beieinander, dass die Zweige sie streiften, bis sie den Weg zum Haus erreichte. Mit schlammverschmierten Stiefeln ging sie den weißen Kieselweg entlang zum prachtvollen Eingang des Hauses. Große Steinkübel mit üppigen Verzierungen rahmten die hölzerne Doppeltür ein, die fast drei Meter hoch sein musste. An der Eingangstür und am Tor waren Sicherheitskameras angebracht. Über der Tür prangte ein Wappen, das von einem bronzenen Adler gekrönt wurde. Helen klingelte. Eine blonde Frau öffnete und sah Helen fragend an. Auch Helen war überrascht. Madame Dupont wohnte anscheinend nicht alleine.

»Guten Tag, ich möchte zu Madame Dupont.«

»Moment, bitte.« Die Frau verschwand, kehrte nach einigen Augenblicken zurück und bat Helen hinein. Die Eingangshalle war düster und verbreitete eine unangenehme Atmosphäre. Helen wagte es kaum, mit ihren schmutzigen Stiefeln auf den schönen Fliesen zu laufen, und blieb zögernd stehen.

»Soll ich meine Schuhe ausziehen?«, fragte sie.

Aber die blonde Frau antwortete nicht, sondern öffnete die Doppeltüren zu einem großen Esszimmer. Madame Dupont kam ihr entgegen.

»Das ist aber schön, dass Sie hier sind! Das ist übrigens meine Haushälterin Amel. Sie ist den ganzen Tag hier.«

Sie nickte Amel zu und sagte etwas auf Französisch. Kurz darauf brachte Amel Filzpantoffeln und stellte sie vor Helen ab. Aha, also doch die Gummistiefel ausziehen.

Madame Dupont bat Helen, an einem antiken Tisch Platz zu nehmen. Der Raum war lichtdurchflutet und sehr geschmackvoll eingerichtet, etwas zu altmodisch für Helens Empfinden. Madame Dupont schien ihre Gedanken zu erraten.

»Das war der Geschmack meines verstorbenen Mannes, mir selbst ist das eigentlich zu bieder. Soll ich Ihnen den Rest des Hauses zeigen? Amel wird in der Zwischenzeit das Mittagessen fertig machen.«

»Ja, gerne. Das Gebäude sieht ja schon von außen sehr beeindruckend aus. Wie alt ist es denn?«, fragte Helen, während sie die schwarze Marmortreppe nach oben gingen.

»Ziemlich alt. Über zweihundert Jahre, aber vorher stand hier schon ein anderes Haus. Das jetzige gehörte den Vorfahren meines Mannes, einer wohlhabenden adeligen Familie. Aber völlig verrückt. Meine Schwiegermutter hat lange bei uns in ein paar Zimmern gelebt. Das heißt, eigentlich wohnten dort ihre Katzen. Als ich hier einzog, hatte sie dreizehn, aber es wurden immer mehr, und als sie starb, waren es fast zwanzig. Eigentlich habe ich nichts gegen Katzen, aber es waren dann doch zu viele.«

»Was ist denn aus den ganzen Katzen geworden?«

Madame Dupont blieb stehen und drehte sich zu ihr um.

»Die Katzen aßen nur *Foie Gras*! Können Sie sich das vorstellen, die gute Gänsestopfleber! Nein, nein, das war zu viel. Mein Mann hasste die Viecher. Eines Tages waren sie verschwunden, er hatte sie verschenkt. Er kam stattdessen mit einem Hund zurück. Eine Dogge! Kennen Sie die? Riesig, sehr lieb, aber dumm wie Stroh.«

Helen musste lachen.

»Das erinnert mich an meine eigene Kindheit. Wir hatten auch mal eine, die hatte sogar Angst vor ihrem eigenen Spiegelbild.«

»Dann wissen Sie ja, was ich meine.«

In der obersten Etage waren die Decken niedriger als in den übrigen Stockwerken.

»Die Räume wurden früher vom Personal bewohnt, heute ist das ja nicht mehr üblich. Amel wohnt im Dorf, nicht weit von hier. Der Gärtner wohnt außerhalb von Lyon und kommt zweimal im Monat, im Sommer öfter. Ich habe die Räume als Gästezimmer eingerichtet, falls mich mal jemand besucht.«

»Haben Sie Kinder, die Sie öfter besuchen?«

Madame Dupont lief vor Helen her und öffnete die Tür zu einigen der Gästezimmer, alles war sehr modern und überraschend bunt.

»Nein.« Sie blieb stehen. »Ich habe keine Kinder. Leider hat es nicht geklappt, nach fünf Fehlgeburten hört man irgendwann auf zu hoffen. Ach, ich hätte so gerne Kinder gehabt.«

Helen folgte ihr in einen riesigen Raum, der einer Bibliothek ähnelte, aber eigentlich nicht zu beschreiben war.

Sie sah sich schweigend um.

»Da staunen Sie, was? Dies war mal ein Ballsaal. Er wurde für große Empfänge und Feierlichkeiten genutzt. Aber mein Mann und ich fanden das albern und übertrieben, und wir hatten so viele Bücher, dass wir hier unsere Bibliothek eingerichtet haben. Ich weiß, es sieht nicht so ordentlich aus. Wissen Sie, Ordnung langweilt mich oft. Wo bleibt da die Kreativität?! Ich sage Ihnen, Helen, der Mensch verblödet mit der Zeit, ich halte mich fit mit Umsortieren.«

Helen machte einen großen Schritt über den Haufen Bücher vor ihr. Die Wandregale, die vom Fußboden bis zur Decke reichten, waren komplett vollgestopft – oder leer. Bücher lagen kreuz und quer übereinander oder hingen halb aus dem Regal. Überall auf dem Boden lagen Bücher, teilweise in wilden Haufen, teilweise gestapelt, manche auch aufgeschlagen. Einige schienen sehr alt und kostbar zu sein, andere ganz neu. In der Mitte des Raumes stand ein schwarzes Samtsofa.

»Was machen Sie denn mit den ganzen Büchern, hier auf dem Boden?«, fragte Helen neugierig.

»Die werden alle neu sortiert, ach, ich weiß auch nicht. Ich wollte sie farblich sortieren, aber irgendwie gefällt es mir auch, alles liegen zu lassen. Was halten Sie davon?«

Helen sah sich die rüstige, resolute Frau vor ihr an. Zweifelsohne meinte sie es ernst.

»Ich finde die Idee super! Mein Mann hat einen Ordnungsfimmel, das macht mich manchmal wahnsinnig. Seine Hemden sind nach Farben sortiert, und seine Schuhe müssen im Regal alle genau den gleichen Abstand voneinander haben. Ich habe das mal aus Spaß nachgemessen. Zwischen jedem Paar acht Zentimeter. Einmal habe ich ein Paar um einen Zentimeter verschoben. Er hat es tatsächlich gemerkt!«

»Unglaublich! Das wäre nichts für mich. Möchten Sie mir vielleicht mit meinem Bücherprojekt helfen?«

»Gerne!« Helen war begeistert.

»Kommen Sie, ich zeige Ihnen noch ein paar Zimmer.«

Sie setzten ihren Rundgang durch das Haus fort. Madame Dupont öffnete hier und da ein paar Türen, bis sie schließlich wieder im Esszimmer ankamen. Es duftete herrlich.

Madame Dupont winkte Amel zu sich.

»Ich habe ihr gesagt, sie soll uns Champagner bringen. Sie trinken doch ein Glas mit?«

Helen zögerte. Alkohol am Mittag machte sie immer sehr müde. Aber es war ihr egal, sie mochte Champagner.

»Gerne, vielen Dank, Madame Dupont.«

»Wir müssen auf ihr neues Leben in Lyon anstoßen. Und bitte sagen Sie Jeanne zu mir.«

Wortlos reichte Amel ihr ein Glas.

Der Champagner war exzellent. Helen schielte auf das Etikett der Flasche, Pol Roger 1998.

Während des Mittagessens redeten sie ununterbrochen, Helen genoss die Zeit, seit Wochen fühlte sie sich zum ersten Mal nicht mehr einsam.

Als sie sich verabschiedeten, küsste Jeanne sie auf beide Wangen.

Leicht beschwipst ging Helen nach Hause, irgendwie hatte Jeanne ihr immer nachgeschenkt, ohne dass sie es gemerkt hatte.

Sie drehte sich noch einmal lächelnd nach dem Haus um.

An einem der Fenster stand jemand, Helen wollte Jeanne gerade winken. Doch dann bewegte sich die Silhouette und Helen erkannte, dass es sich eindeutig um einen Mann handelte …

Kapitel 13

Der gläserne Schreibtisch war genau nach seinem Geschmack. Darauf lag alles, was er brauchte. Und alles hatte seinen Platz, ein paar Stifte auf einer schwarzen Lederablage, er mochte keine Becher für seine Füller und Stifte, da purzelte alles durcheinander. Links stand ein silberner Rahmen mit einem Foto von Helen und Max.

Degasse hatte um ein Gespräch gebeten. Sollte er nur kommen.

Hektisch schob er Lineal, Laptop und Kalender zurecht. Rechtwinklig musste es sein. Es klopfte. Degasse trat ein, ohne eine Antwort abzuwarten. Gregor wusste, was das hieß – ich ignoriere dich! Gedanklich hatte Gregor die Waffe schon gezogen, das machte er immer bei Menschen, denen er nicht traute. Diesmal entschied er sich für eine imaginäre Pistole. Eine Browning neun Millimeter.

»Nehmen Sie bitte Platz«, sagte er, ohne zu lächeln.

»Danke. Ich komme gleich zur Sache. Die Bilanzabrechnung des letzten Jahres zeigt, dass wir unser Budget nicht überschritten haben, im Gegenteil. Mein Team arbeitet sehr effizient, obwohl einer meiner Chemiker krank geworden ist, ich weiß noch nicht, wann er wieder da sein wird. Er hat eine Depression.« An der Art und Weise, wie Degasse das Wort Depression aussprach, wurde Gregor schnell klar, was er von seinem Chemiker hielt.

»Und?«, fragte er.

»Ich möchte, dass die Stelle vorübergehend neu besetzt wird. Wir haben zu viel Arbeit in unserem Team und brauchen Unterstützung. Ich habe auch schon einen Vorschlag, die Laborassistentin aus der Abteilung von Professor Reinhardt. Die haben sowieso weniger zu tun. Und ich kenne Professor Reinhardt, er hat sicher nichts dagegen. Vielleicht sollten Sie mal mit …«

Gregor hob die Hand.

»Ich unternehme gar nichts. Zunächst bleibt alles, wie es ist. Ich habe sowohl die Projekte Ihres Teams als auch die von Professor Reinhardt gründlich gelesen, und solange nicht klar ist, wann Ihr Chemiker wiederkommt, ist es nicht effizient, mit der Umbesetzung zu riskieren, dass sich Professor Reinhardts Projekte verzögern. Ich schicke Ihnen stundenweise den Laborassistenten von Frau Karlson.«

Julian Degasse' Kiefermuskeln waren angespannt, und Gregor wusste, dass ihm die Lösung nicht passte.

»Haben Sie sonst noch ein Anliegen?«, fragte er, als Degasse keine Anstalten machte, sich zu erheben.

Degasse lehnte sich etwas nach vorne.

»Ihre Präsentation in Zürich war sehr beeindruckend. Sie haben ja einiges vor mit unserer Abteilung. Ich habe in Ihrem Lebenslauf gelesen, dass Sie nicht nur Biologie und Chemie studiert haben, sondern auch internationales Wirtschaftsrecht. Wie kommt es, dass Sie sich für Gentechnik entschieden haben und nicht Anwalt geworden sind?«

Was bildete der Typ sich ein?!

»Wie kommt es, dass Sie nur Biologie studiert haben und ihren Doktor nur mit *cum laude* gemacht haben? Und warum sitzen Sie nicht auf meinem Stuhl? Die Antwort können Sie sich selbst geben, oder muss ich es aussprechen?! Und zu Ihrem anderen Punkt – ja, ich habe viel vor mit unserer Abteilung. Weitere Fragen? Ansonsten maile ich Ihnen gerne noch mal mein Dossier.«

»Das wird nicht nötig sein. Ich habe Ihr Dossier, und die Anzahl der Studienfächer oder Abschlüsse gibt keinerlei Rückschluss auf praktische Qualifikationen.« Degasse lächelte überlegen und fuhr fort. »Außerdem war ich gar nicht an Ihrem Posten interessiert. Ich habe andere Ambitionen.«

»Das ist schön für Sie.« Gregor versuchte, so gelangweilt

wie möglich zu klingen. »Sehen Sie, Herr Degasse, ich optimiere meine Zeit. Wenn wir in zwei Wochen mit der Umstrukturierung anfangen, setzen wir uns noch mal zusammen, in der Zwischenzeit erwarte ich Ergebnisse. Nämlich den Bericht Ihrer Arbeitsgruppe bezüglich des neuen Reiskorns R25. Ich habe jetzt leider keine Zeit mehr. Ich erwarte eine Telekonferenz mit Hongkong.«

Das saß.

»Sie werden den Bericht pünktlich auf dem Tisch haben. Aber unter Mitarbeiterführung stelle ich mir etwas anderes vor. Regelmäßige Besprechungen mit den Teamleitern sind notwendig. Und nicht alle paar Monate, so wie es bisher war. Ich denke, alle zwei Wochen wäre angebracht.«

Degasse stand auf und ging Richtung Tür. Gregor schoss gedanklich in sein rechtes Bein.

»Sie wissen ja, wo mein Büro ist, falls Sie den Fristen nicht gerecht werden können. Ich helfe Ihnen gerne auf die Sprünge.«

Degasse drehte sich um, den Blick voller Hass.

Er ging hinaus und knallte die Tür hinter sich zu.

Kapitel 14

O Gott, war ihr schlecht! Helen lag am helllichten Nachmittag auf ihrem Bett und starrte zur Decke. Hatte sie zu viel Champagner getrunken? Oder war es vielleicht der Fisch? Das Essen mit Madame Dupont war so nett gewesen und das, obwohl diese wahrscheinlich über sechzig war, keiner ihrer Freunde war so alt. Und jetzt war ihre erste und einzige Bekannte eine alte Dame von nebenan. Helen dachte an ihre Mutter. Sie war an Krebs gestorben, als Helen neun Jahre alt war. Der Verlust saß immer noch tief. Weniger als ein halbes Jahr später hatte ihr Vater wieder geheiratet. Verziehen hatte sie ihm das nie. Die Neue war älter als ihr Vater und sie mochte Helen nicht. Das Verhältnis zu ihrer Stiefmutter war angespannt gewesen, und auch die Beziehung zu ihrem Vater war abgekühlt. Er war damals beruflich viel unterwegs, und Helen zog mit achtzehn aus, um zu studieren. Es war wie eine Erlösung, ein Leben voller Partys. Dann traf sie Gregor.

Sie hatte ihren Vater nur noch selten gesehen. Er war plötzlich an einem Herzinfarkt gestorben, und Helen hatte keine Chance mehr gehabt, mit ihm zu reden. Darunter hatte sie jahrelang gelitten. Vermisste sie die Wärme einer Mutter? Vielleicht. Sie drehte sich auf die Seite und schlief ein. Sie hörte Max nicht, der eine halbe Stunde später nach Hause kam, gefolgt von einer kichernden Corina.

»Mama?«, rief Max und warf seinen Rucksack in den Flur. Keine Antwort.

»Sturmfreie Bude, wir sind allein, meine Mutter ist nicht da.« Max machte die Tür zu und schloss ab. So würde er hören, wenn Helen zurückkäme.

»Coole Aussicht! Man sieht ja sogar den Mont Blanc!« Corina war begeistert und ging durch das leere Wohnzimmer auf den Balkon.

»Welcher soll das denn sein?« Er stellte sich ganz dicht neben sie.

»Der Hohe, links hinter dem Hochhaus, man kann sogar den Schnee sehen.« Max sah ihn jetzt, sagte das aber nicht und presste sich noch dichter an sie.

»Wo?«

»Da«, sie zeigte mit dem Finger in die Richtung. Corina konnte nun Max' Atem an ihrem Ohr spüren. Es schien ihr zu gefallen, und sie drehte sich lächelnd um.

»Hast du eigentlich eine Freundin in Hongkong?«

»Nee, ich hatte mal kurz eine, aber das war nichts Richtiges.«

Er wollte sie küssen, doch sie drehte den Kopf zur Seite. Was war los? Hatte er etwa Mundgeruch? Oder hatte sie einen Freund?

»Warum habt ihr noch keine Möbel?« Corina schaute sich in dem geräumigen Wohnzimmer um.

»Die kommen in drei Wochen mit dem Containerschiff, und solange haben wir nur die allernötigsten Sachen gekauft. Das meiste Zeug habe ich allein zusammengebaut. Mir tun jetzt noch alle Muskeln weh.«

Corina sah ihn neugierig an.

»Oh, du Armer, das ist ja schrecklich!« Corina streichelte ihm über den Arm.

»Kann ich dich mal was fragen?«

»Was denn?« Corina sah ihn mit diesem Blick an, der ihn direkt ins Herz traf.

»Hast du denn einen Freund?«, fragte er vorsichtig.

Sie zögerte und nahm seine Hand.

»Nicht mehr.«

Max konnte sich nicht länger zurückhalten und zog sie an sich. Er küsste sie sanft, und sie erwiderte seinen Kuss umso heftiger. Darauf hatte er gewartet, seit er sie zum ersten Mal gesehen hatte. Sie schien mehr Erfahrung zu haben, das merkte er, als sie ihre Hand selbstbewusst unter seinen Pullover schob.

Irgendwo in der Wohnung hörte er ein Geräusch. Er war durch Corina abgelenkt, die ihn jetzt auf den Boden zerrte, alle seine Wünsche würden erfüllt werden.

»Max? Oh, Entschuldigung!«

Corina sah auf und erblickte Helen, die verdutzt in der Tür stand. Erschrocken sprang sie auf.

»Oh, ich wollte gerade gehen.«

Corina griff hektisch nach ihrer Jacke und ihrer Tasche. Max rannte hinter ihr her und warf Helen im Vorbeigehen einen tödlichen Blick zu.

»Warte doch, das ist nur meine Mutter!«

Aber Corina war schon zur Tür hinaus und rannte die Treppe hinunter, gefolgt von Max, der sich zu entschuldigen versuchte, aber sie ging, ohne sich noch mal umzudrehen. Verdammter Mist! Verärgert trampelte er die Treppe hoch und knallte wütend die Wohnungstür zu.

Helen sah ihn schuldbewusst an.

»Max, entschuldige, ich wusste nicht, dass du jemanden mitgebracht hast und ihr gerade …«

Max unterbrach sie.

»Mensch, Mama! Du spinnst ja wohl! Uns so zu erschrecken! Hast du uns die ganze Zeit beobachtet!? Du versaust mir alles!« Er griff nach seiner Jacke und wollte ebenfalls gehen, doch Helen versperrte ihm den Weg.

»Jetzt hör mir mal gut zu! Es tut mir sehr leid, wirklich. Das war keine Absicht! Ich bin auf meinem Bett eingeschlafen, ich habe dich nicht gehört.«

Langsam schien der schnaubende Stier vor ihr sich ein bisschen zu beruhigen.

»Ich gehe jetzt! Lass mich vorbei«, sagte er entschieden.

Helen ließ ihn gehen.

Kapitel 15

1979

Ein Tag vor seinem Geburtstag. Für die meisten seiner Klassenkameraden waren Geburtstage etwas Schönes. Es gab selbstgebackenen Kuchen, Freunde und Verwandte kamen zu einer Party, und es gab Geschenke. Seine Mutter backte schon lange keine Kuchen mehr. Freunde hatte er keine, und die Verwandten hielten sich fern, außer seinem Opa. Er erwartete also wie immer nichts. Am nächsten Morgen stand er zur gewohnten Zeit auf. Auf dem Weg nach unten blieb er kurz vor dem Schlafzimmer seiner Mutter stehen und lauschte. Eigentlich tat er das jeden Morgen, warum, wusste er selbst nicht. Wahrscheinlich wartete er auf ein Lebenszeichen oder es war die verzweifelte Hoffnung nach Normalität. Die Hoffnung, dass sich die Tür öffnen und seine Mutter angezogen und fröhlich herauskommen und ihn in die Arme nehmen würde. Auf der Treppe stolperte er über eine leere Bierflasche, er hob sie auf und nahm sie mit in die Küche. Sein Vater interessierte ihn schon lange nicht mehr. Meistens war er im Wohnzimmer, das diesen Namen schon lange nicht mehr verdiente. Überall lagen leere Flaschen, Zigarettenkippen, Müll jeglicher Art und auf dem Sofa eine alte Decke, deren Blümchenmuster sich nur noch erahnen ließ. An diesem Morgen hörte er ihn laut schnarchen.

In der Küche stapelten sich verschmutzte Töpfe und Teller und Lebensmittelreste, höchste Zeit, dass er mal wieder abspülte. Sein Bruder saß schon da und trank Milch, seufzend setzte er sich zu ihm an den alten Holztisch. Wie immer sprach sein Bruder auch an diesem Morgen fast nichts, sondern las schweigend in einem alten Kochbuch ihrer Mutter. Er war schon manchmal komisch. Erst als sie gerade das Haus verlassen wollten, gratulierte er ihm und erinnerte ihn daran, nach der Schule zum Großvater zu kommen. Na ja, immerhin hatte einer daran gedacht.

In der Schule gratulierte ihm natürlich auch niemand, aber wenigstens gewann er in der Pause das Murmelspiel. Es war zwar verboten, um Geld zu spielen, aber irgendwie schafften sie es doch alle, ein paar Münzen mitzubringen. Er gewann oft, das verschaffte ihm Respekt, aber keine Freunde. Außerdem kannte man seine Familie und deren Ruf eilte ihm voraus.

Am Nachmittag ging er die paar Kilometer zum Großvater zu Fuß. Der Weg zum Forsthaus war matschig, sein einziges Paar Schuhe wurde noch schmutziger. Er sah an sich herunter, seine alten Hosen, die viel zu kurz waren, die zu dünne Jacke. Plötzlich kamen ihm die Tränen. Er setzte sich auf einen Baumstamm und weinte, wie er schon lange nicht mehr geweint hatte. Die Trauer und der Schmerz, die ihn überkamen, waren zu heftig. Seine verlorene Kindheit, der Verzicht auf Geborgenheit und Zuwendung, der Verlust eines normalen Lebens. Er wischte sich das Gesicht mit dem Ärmel trocken, er wollte nicht, dass sein Großvater sah, dass er geweint hatte.

Das Holzhaus stand auf einer kleinen Lichtung, es sah so schön aus, mit den rotkarierten Gardinen und den Blumen auf der Fensterbank. Aus dem Schornstein kam Rauch, und die zwei Hunde tobten auf der Wiese vor dem Haus. Als sie ihn sahen, rannten sie auf ihn zu, sprangen freudig an ihm hoch und leckten ihm das Gesicht ab. Er liebte die Hunde. Die dicke Holztür gab nach, als er klopfen wollte, und der Duft von Essen begrüßte ihn. Drinnen sah er zunächst niemanden. Doch plötzlich tauchten die Köpfe seines Großvaters und seines Bruders hinter dem Sofa auf. Lächelnd kamen sie auf ihn zu und sangen ein Geburtstagslied. So etwas hatte er schon lange nicht mehr erlebt! Sein Großvater hielt zwei Päckchen in der Hand, und auch sein Bruder hatte etwas für ihn. Er war sprachlos vor Freude. Er setzte sich in den großen Sessel, in dem sonst immer sein Opa saß, und jetzt sah er auch seine Mutter, die ihn von dem Sofa gegenüber anlächelte.

Sie sah schön aus, die Haare waren gekämmt, und sie hatte Make-up aufgelegt, sogar Lippenstift, so hatte er sie seit Jahren nicht mehr gesehen. Sie winkte ihn heran und drückte ihn wortlos an sich, er hielt sie ganz fest, und unter Tränen wünschte sie ihm einen schönen Geburtstag. Den hatte er, egal, was jetzt noch passieren würde! Sein Großvater schenkte ihm ein Taschenmesser, ein richtiges Schweizer Messer für Jäger, so wie Großvater selbst eines besaß. Und eine Frank-Sinatra-Schallplatte! Die Jungs in seiner Klasse hörten eher die Rolling Stones und zogen ihn mit seinem eigenwilligen Geschmack auf. Aber das war ihm egal. Morgen nach der Schule würde er die Platte hören, er konnte es kaum abwarten.

Von seinem Bruder bekam er ein Heft mit selbstgeschriebenen Rezepten. Er war so glücklich wie schon lange nicht mehr. Der selbstgebackene Kuchen schmeckte wunderbar, sie redeten und lachten viel. Und als es draußen dunkel wurde, fing Großvater an zu kochen, vielmehr sein Bruder überraschte ihn damit, dass er Kräuter hackte. In einer Geschwindigkeit, die er vorher so noch nicht gesehen hatte, woher hatte er das nur? Stolz erklärte der Großvater, dass er regelmäßig mit ihm koche und er ein wahres Naturtalent sei. Zur Feier des Tages hatte sein Bruder das Menü zusammengestellt. Er saß neben seiner Mutter auf dem Sofa und beobachtete seinen Bruder, wie er gekonnt und selbstsicher in der Küche agierte. Plötzlich nahm er ihn mit anderen Augen wahr. Obwohl er ein paar Jahre jünger war als er, war er so viel geschickter als andere Kinder in seinem Alter. Das

Essen übertraf all seine Erwartungen, es gab eine Karottensuppe mit Orange, gefolgt von Rinderbraten, Kartoffelauflauf und danach die schaumigste Schokoladenmousse, die er jemals gegessen hatte.

Er genoss den Abend in vollen Zügen, schon lange hatte er nicht mehr so gut und viel gegessen. Sie saßen noch am Tisch und plauderten, als seine Mutter plötzlich unruhig wurde und darauf bestand, zurückzufahren. Es war fast halb zehn, sein Vater würde wahrscheinlich in einer halben Stunde aus der Kneipe torkeln.

Wenn sie bis dahin nicht zu Hause waren, würde er wieder alles kurz und klein schlagen, und was er seiner Mutter antun würde, darüber wollte er gar nicht nachdenken. Sein Großvater hatte seine Gedanken offensichtlich erraten und räumte schnell den Tisch ab. Er würde sie zurückfahren. Seine Mutter konnte seit dem schweren Übergriff seines Vaters nicht mehr fahren.

Als Folge einer Gehirnblutung hatte sie epileptische Anfälle, und durch einen komplizierten Beckenbruch, der nicht richtig verheilt war, fiel ihr das Gehen schwer. Die Rückfahrt verlief schweigend. Im Rückspiegel sah er, wie seine Mutter den Lippenstift abwischte.

Der Wagen hielt direkt vor dem Haus. Sein Großvater wollte mit hineinkommen, aber seine Mutter bestand darauf, dass er fuhr, ihr Mann würde noch nicht zu Hause sein. Dachte sie.

Kapitel 16

Es klingelte. Ohne die Gegensprechanlage zu benutzen, drückte Helen auf den Türöffner und öffnete die Wohnungstür. Es war ein Mann, den Helen nicht kannte, er trug ein kleines Päckchen unter dem Arm und sah irgendwie offiziell aus. Rasch ging Helen im Kopf die wichtigen Sätze durch. Wer sind Sie? Was wollen Sie? Ich spreche nur schlecht Französisch! Aber ein »*Bonjour*« plus Lächeln funktionierte eigentlich immer. Nachdem Helen ihre paar Sätze lächelnd heruntergeleiert hatte, überraschte sie der Mann mit exzellentem Englisch.

»Ich arbeite für Interdata. Ich habe Ihre Internetbox! Wo ist denn der Anschluss?«

Er betrat hinter ihr die Wohnung, Helen hätte ihn am liebsten umarmt, so sehr freute sie sich. Endlich! Internet, Telefon, Freunde, Facebook, Twitter!

Helen zeigte ihm den Telefonanschluss neben der großen Balkontür. Er hantierte ein paar Minuten an der Steckdose herum, um dann zu verkünden: »Sie haben leider den falschen Anschluss. Das ist noch die alte Buchse, die muss ausgetauscht werden. Normalerweise mache ich das direkt, aber ich habe keine mehr im Wagen.«

»Können Sie denn später noch mal mit einer neuen Buchse vorbeikommen?«

»Heute nicht mehr, frühestens nächste Woche, vielleicht Dienstag. Ich bin komplett ausgebucht und so eine Buchse muss ich erst bestellen. Ich melde mich dann bei Ihnen. Die Nummer Ihres Handys und die Ihres Mannes habe ich ja in meinen Unterlagen.«

Damit verabschiedete er sich. Helen war wütend und enttäuscht. Sie setzte sich an den einzigen Tisch und machte sich über eine Packung M&Ms her, die Pralinen waren längst aufgegessen. Zuerst suchte sie alle grünen, dann alle gelben M&Ms heraus. Nein, so wollte sie nicht den Rest des Tages verbringen! Sie würde bei Madame Dupont vorbeigehen und fragen, ob sie kurz ihren Internetzugang benutzen könne, um eine Nachricht auf Facebook und Twitter zu hinterlassen, dass sie weiterhin nicht erreichbar sei, und wenn sie schon mal da war, könnte sie auch nach einem Kochkurs suchen.

Begeistert schob sie sich eine Handvoll rote M&Ms in den Mund. In dem Moment klingelte ihr Handy.

Ohne auf die Nummer zu sehen, nahm sie ab.

»Hallo, hier ist Gerda!«

»Hallo.«

»Helen? Bist du das?« Ihre Schwiegermutter zögerte.

»Ja«, Helen versuchte, so schnell wie möglich die Schokolade hinunterzuschlucken.

»Helen?«

»Ja, ich bin's. Ich hatte gerade etwas im Mund.«

»Du weißt, dass es nicht gesund ist, zwischen den Mahlzeiten zu essen.«

Helen hielt sich zurück.

»Ja, Gerda – geht es dir gut?« Eigentlich wusste sie die Antwort schon.

»Nein. Aber ich habe eine Überraschung für euch!«

»Aha, was denn?« Helen wollte keine Überraschungen von Gerda, schon gar nicht jetzt.

»Ich komme zu euch. Ich habe schon das Ticket! Morgen!«

»Was? Was meinst du damit?« Helen mochte sich nicht ausmalen, wie es wäre, wenn Gerda aufkreuzen würde.

»Morgen, morgen komme ich mit dem Flugzeug um …« Sie raschelte mit Papieren.

»Um zehn Uhr morgen früh bin ich da.«

»Das passt aber gar nicht gut, wir haben überhaupt kein Bett für dich! Hier sind nur ganz wenige Möbel, und Gregor arbeitet viel, der hat gar keine Zeit!«

»Das macht nichts! Wir finden schon ein Plätzchen für mich.«

»Nein, Gerda, das ist keine gute Idee. Kannst du das nicht verschieben?«

»Nein! Ich will mein großes Gregorhäschen sehen und meinen kleinen Enkel! Und dich.«

»Gerda! Das …«

Aber sie hatte schon aufgelegt.

Helen starrte auf ihr Handy und war wie gelähmt. Um Gottes willen! Das Gregorhäschen würde ganz schön Ärger bekommen!

Und sie wusste nicht einmal, wie lange Gerda zu bleiben gedachte.

Helen wählte Gerdas Nummer. Besetzt.

Nein, nein, nein. Das durfte einfach nicht sein. Sie würde Gerda den ganzen Tag am Hals haben, sie und nicht der Gregorhase!

Kurz entschlossen machte sich Helen auf den Weg zu Jeanne, sie brauchte einen Plan und Ablenkung. Sie kletterte über den Zaun und nahm den Pfad zum Haus, als sie plötzlich spürte, dass sie beobachtet wurde. Sie blieb stehen. Niemand war zu sehen. Langsam ging sie weiter. Aber das Gefühl verließ sie nicht, sie wurde schneller, erreichte schließlich die Haustür und klingelte. Es dauerte einen Moment, dann kam Amel. Diesmal versuchte sie ein gefrorenes Lächeln.

»*Bonjour Madame,* was wünschen Sie?«

»Ist Madame Dupont zu sprechen?«

»Nein, sie hat sich gerade hingelegt.«

Helen bedankte sich und wollte gerade kehrtmachen, als sie Jeannes Stimme hörte.

»Helen, warten Sie! Kommen Sie rein!« Helen schob Amel beiseite, die ihr einen bösen Blick zuwarf.

»Hinlegen ist ja so langweilig! Kommen Sie.« Jeanne nahm Helen beim Arm und führte sie in ein Zimmer, das Helen noch nicht kannte. Es war eine Art Wintergarten, alles aus Glas, ein paar gepolsterte Liegen standen herum und einige Pflanzen.

Helen nahm Platz und Jeanne winkte Amel, einen starken Kaffee und Gebäck zu bringen. Die Frau konnte offenbar Gedanken lesen.

»Tut mir leid, dass ich schon wieder hier bin, Jeanne.«

»Ach, Kindchen.« Jeanne legte ihre Hand kurz auf Helens. »Das macht doch nichts. Ich freue mich. Erzählen Sie mal, was gibt es?«

Helen erzählte von ihrem geplatzten Internetanschluss, dass sie sich gerne einen Kochkurs für Desserts suchen und dass ihre Schwiegermutter morgen eintreffen würde.

In der Zwischenzeit wurden Kaffee und Gebäck serviert. Allerdings war das kein Gebäck, wie Helen es kannte. Es waren kleine Skulpturen aus Schokolade, Kuchen und Früchten. Fasziniert sah sich Helen die Kunstwerke an.

»Meine Güte, was ist das denn?«

»Das sind *gâteaux de soirée*. Die macht mein Neffe. Eigentlich isst man sie abends, aber ehrlich gesagt kann ich die den ganzen Tag essen!«

»Ihr Neffe? Ich dachte, er ist Koch?«

»Ja, er ist Koch. Er hat ein sehr gutes Restaurant in Lyon, aber er ist auch ein begnadeter Konditor. Vor zwei Jahren hat er seinen ersten Michelin-Stern bekommen, und zur Zeit arbeitet er auf seinen zweiten hin. Ich habe ihm hier im Haus eine Testküche eingerichtet, er kommt her, wenn er absolute Ruhe braucht.«

»Das klingt ja toll. Ich habe schon öfter in Michelin-Restaurants in Asien gegessen, aber noch nie in Frankreich. Ich habe gehört, dass Lyon die Gourmet-Hauptstadt Frankreichs sein soll?«

Jeanne strahlte; man sah, wie stolz sie auf ihren Neffen und ihre Stadt war.

»Ja, das stimmt. Lyon hat einige der größten Köche Frankreichs hervorgebracht. Der bekannteste ist wohl Paul Bocuse. Aber es gab schon immer exzellente Köche hier. Jeder, der es zu etwas bringen möchte, kommt nach Lyon!«

»Ich interessiere mich sehr fürs Kochen und habe schon einige Kurse in Hongkong besucht. Ich würde sehr gern auch hier einen machen, vielleicht, wenn wir all unsere Sachen haben und ich besser Französisch spreche. Oder meinen Sie, es gibt Kurse auf Englisch?«

»Bestimmt. Aber da hätte ich eine Idee! Warum kommen Sie nicht mal mit in das Restaurant meines Neffen, ich esse dort regelmäßig zu Mittag. Wenn es Ihnen gefällt, könnten Sie dort einen Kurs belegen. Was halten Sie davon?«

»O ja, gerne! Das klingt toll.« Helens Freude wurde jedoch sofort gedämpft, sie dachte an Gerda.

»Was haben Sie denn?«

»Es ist wegen meiner Schwiegermutter, ich weiß nicht, wie lange sie bleibt, und überhaupt passt mir das jetzt überhaupt nicht!« Helen aß ihr viertes Törtchen, die waren wirklich unglaublich gut.

»Das kann ich verstehen! Warum verabreden wir uns nicht einfach für nächsten Donnerstag zum Mittagessen? Sie kommen um zwölf Uhr zu mir, und wir gehen ins Restaurant. Ihrer Schwiegermutter sagen Sie, dass Sie Unterricht haben oder zum Zahnarzt müssen.«

»Das klingt, als ob Sie so etwas öfter machen.«

»Ich stamme aus einer streng katholischen Familie, mein Bruder war sehr konservativ und viel älter als ich, und wenn ich heimlich meinen Schwarm sehen wollte, musste ich mir immer etwas einfallen lassen.«

Helen fühlte sich schon besser und wollte sich gerade noch einen Kaffee nachschenken, als Amel erschien.

»Madame, Ihr Neffe ist hier.«

»Welcher?«

»Maurice.«

Jeanne wurde ernst.

»Sagen Sie ihm, dass ich jetzt keine Zeit habe.«

In diesem Augenblick erschien hinter Amel ein dunkelhaariger Mann und schob sich an ihr vorbei. Er hatte Helen den Rücken zugedreht.

»Jeanne! Ich muss mit dir reden. So geht das nicht …«

Jeanne unterbrach ihn.

»Genau. So geht das nicht! Ich habe Besuch.« Mit einer Handbewegung deutete sie auf Helen. Erst jetzt drehte er sich um.

»Tut mir leid, ich wollte nicht stören.« Er sah Helen freundlich an, seine Augen waren genauso schwarz wie seine Haare. Er war Helen sofort sympathisch, ob er der Koch war?

Jeanne machte keine Anstalten, Helen vorzustellen, und schien Maurice schnell wieder loswerden zu wollen.

»Was willst du?« Jeanne saß kerzengerade und wirkte angespannt.

»Wir müssen reden! Am besten jetzt.« Seine Stimme war tief, und er klang ruhig. Aber Helen entging nicht die Bestimmtheit, mit der er sprach.

»Das kommt nicht in Frage! Du weißt, was ich von der Sache halte. Bitte geh jetzt, ich habe Besuch.«

»Jeanne, es ist wichtig. Wir müssen jetzt reden. War er heute hier? Sag schon!«

»Nein. Zweimal nein! Geh jetzt, bitte, ich rufe dich an.«

Er antwortete ihr nicht, sondern sah sie nur an, wieder mit dem Rücken zu Helen.

»Aber ich kann auch gehen, ich muss sowieso noch etwas einkaufen.« Helen erhob sich, sie hatte plötzlich das Gefühl, fehl am Platz zu sein.

Er drehte sich langsam zu ihr um und sah sie erstaunt an.
»Das wird nicht nötig sein. Ich gehe«, und, zu Jeanne gewandt, »wir reden später!«

Ohne ein weiteres Wort verließ er den Raum, und ein paar Sekunden später fiel die schwere Haustür ins Schloss.

»Ich gehe jetzt. Ich muss noch einiges einkaufen.« Helen erhob sich.

»In Ordnung. Es tut mir leid, aber ich glaube, ich muss mich um ein paar Angelegenheiten kümmern.«

Helen öffnete die Tür.

»Helen, bitte gehen Sie nächsten Donnerstag mit mir essen. Es tut mir leid, dass wir unterbrochen wurden.« Sie reichte Helen ihre Visitenkarte.

»Vielen Dank. Ich melde mich.«

Jeanne drehte sich um und ging die breite Treppe nach oben, und Helen verließ das Haus.

Die nächste Stunde verbrachte Helen im Supermarkt. Mittlerweile hatte sie sich an die neuen Verpackungen, Namen und Produkte gewöhnt.

Die meisten Produkte konnte man irgendwie erkennen, aber alles war komplett anders sortiert, die Gewürznamen waren ihr noch fremd, Fleisch wurde anders geschnitten und hatte Bezeichnungen, die ihr ein völliges Rätsel waren. Helen konnte lediglich unterscheiden, ob es vom Rind oder Schwein war. Egal, sie entschied sich für Hühnerbrust. Dazu Reis oder Nudeln. Zuerst erwog sie, Kartoffeln zu kaufen, aber die waren nach Namen sortiert, und Helen hatte keine Ahnung, welche sich wofür eigneten. Zum Nachtisch wollte sie Kuchen backen, selbst Gerda mochte ihre Kuchen, und Max war ihr größter Fan.

Während sie Backpulver und Mehl suchte, dachte sie an Jeanne. Der Mann, den sie anscheinend gut kannte, war bestimmt zwanzig Jahre jünger als Jeanne, vielleicht um die vierzig. Was hatte die Frage zu bedeuten, ob »er« dagewesen war? Wer war »er«, und wen hatte sie am Fenster gesehen?

Gedankenverloren schob Helen ihren Einkaufswagen an den Regalen vorbei. Plötzlich entdeckte sie eine asiatische Ecke, fantastisch, sie würde ein paar Wokgerichte machen! Und keinen Kuchen backen, sondern etwas beim Bäcker kaufen. Sie hatte sowieso keine Ahnung, was Backpulver auf Französisch hieß. Unzufrieden zahlte sie und fuhr nach Hause.

Sie musste noch putzen und vor allem Max klarmachen, dass ab morgen seine Großmutter in seinem Bett schlafen würde. Und er auf dem Boden. Hoffentlich war er schon zu Hause. Nachdem er vor ein paar Stunden wütend die Wohnung verlassen hatte, hatte Helen nichts mehr von ihm gehört. Normalerweise schickte er ihr eine SMS, um zu sagen, wo er war und wann er wiederkam.

Als Helen die Plastiktüten die Treppe hochschleppte, öffnete ihr Gregor überraschenderweise die Tür.

»Hallo, Liebling, du bist ja schon da! Ist was passiert?« Sie wollte ihn küssen, doch er wich aus.

»Kann ich nicht mal früher nach Hause kommen, wenn ich will! Außerdem habe ich eine Visio-Konferenz mit Boston, und das kann ich von hier aus über Skype machen. Heute sollte doch der Typ mit der Internetbox kommen. Ich kann gar keine Box finden! Und irgendjemand war an meinen Schuhen, einige sind verschoben!«

Wenn seine Laune so schlecht war, wusste Helen, dass er Stress im Büro gehabt hatte.

Sie hatte trotzdem keine Lust, auf seine Missstimmung einzugehen, und beschloss, ihn einfach zu ignorieren.

»Vielen Dank! Schön, dich zu sehen! Ich hatte auch einen supertollen Tag«, sagte sie sarkastisch und lächelte ihn an. »Der Internettyp war da, zufällig war ich zu Hause. Wieso hast du mir eigentlich nichts davon gesagt?«

»Ich kann nicht an alles denken! Ich habe es dir bestimmt gesagt und du hast es vergessen! Also, wo ist die Box? In ein paar Minuten muss ich skypen!«

»Die Buchse war falsch, er kommt nächste Woche wieder. Warte, ich habe seinen Namen auf einen Zettel geschrieben, dann kannst du dich selbst darum kümmern.«

»Mist.« Gregor ließ sich auf einen Stuhl fallen. »Jetzt muss ich Boston von meinem Handy aus anrufen! Es kann ja nicht noch schlimmer kommen.«

»Doch«, rief Helen aus der Küche, »morgen früh kommt deine Mutter!«

Kapitel 17

Helen war nicht ganz freiwillig an diesem Ort, man hatte sie hierhingelockt. Und es fühlte sich nicht gut an. Sie war allein, spürte Gefahr.

Gefahr, die ihren ganzen Körper erzittern ließ. Weg von hier, so schnell wie möglich. Aber wohin? Sie hatte keine Ahnung, wo sie war.

Sie rannte los – barfuß, ihre Füße schmerzten, sie war außer Atem. Erschöpft blieb sie stehen und lehnte sich an einen Baum, sah sich um. Sie war mitten im Wald, es war düster und sie hatte keinerlei Orientierung. Jemand beobachtete sie, aber sie sah niemanden. Panik ergriff sie.

Trotzdem spürte sie, dass ihr Verfolger in der Nähe war. Sie hatte plötzlich Todesangst. Renn, dachte sie, lauf um dein Leben! Sie rannte, zwischen den Bäumen durch, die versuchten, sie mit ihren Ästen festzuhalten, die an ihr zerrten. Sie würde sterben. Die Gefahr kam näher. Plötzlich sah sie ein Licht in der Ferne, vielleicht ein Haus, ein Auto, ihre Rettung. Sie lief weiter durch das Dickicht, das sich langsam lichtete. Dabei ließ sie das Licht nicht aus den Augen. Gleichzeitig spürte sie, wie ihr Verfolger immer näher kam. Und dann war das Licht weg.

Er stand vor ihr. Voller Entsetzen starrte sie auf die silberne Klinge in seiner Hand. Er trat einen Schritt auf sie zu, blitzschnell drehte sie sich um, versuchte zu flüchten, zurück ins Dunkel des Waldes. Doch er zerrte sie an den Haaren nach hinten, sie konnte die Klinge an ihrem Hals spüren. In Todesangst schrie sie, so laut sie konnte. Schlug um sich, jemand hielt sie fest. Immer fester.

»Helen, Helen! Wach auf, du hast geträumt!« Gregor versuchte, sie zu beruhigen.

»Hör auf zu weinen, es ist alles in Ordnung! Beruhige dich, ich bin da.«

Helen war schweißgebadet, ihr Puls raste.

»Ich habe nicht geträumt.«

»Doch, doch. Schau, es ist mitten in der Nacht. Lass uns weiterschlafen.« Gregor zog sie an sich.

»Nein, das war kein Traum! Das war eine Warnung, es wird etwas passieren.«

»Liebes, du mit deinen Träumen. Schlaf jetzt weiter.«

Wenige Minuten später schlief Gregor schon. Sein gleichmäßiger Atem beruhigte Helen, dennoch lag sie wach.

Kapitel 18

Außer Atem rannte Helen in die Ankunftshalle, sie hatte befürchtet, Gerdas Flugzeug könne schon gelandet sein und die Schwiegermutter warte voller Vorwürfe auf sie. Aber sie hatte Glück, der Flug hatte eine halbe Stunde Verspätung. Helen holte sich einen kleinen Kaffee, der in jedem anderen Land als Espresso verkauft werden würde. Gedankenverloren sah sie sich die Zeitungen neben der Theke an. Plötzlich fiel ihr Blick auf ein schickes Trendsettermagazin, eine Sonderausgabe über die besten Restaurants in Lyon. Sie kaufte es und sah sich das Titelbild an. Der Mann mit den fast schwarzen Augen, Jeannes Neffe.

Die letzte Nacht war kurz gewesen, nach dem Albtraum war Helen nicht mehr richtig eingeschlafen und noch vor Gregor und Max aufgestanden, um joggen zu gehen. Sie war durch die leeren Straßen gelaufen und hatte über ihren Traum nachgedacht. Das Gefühl, dass jemand sie verfolgte und sie umbringen wollte, steckte ihr noch immer in den Knochen; wie schwere Gewichte saß es in jeder Faser ihres Körpers. Nach nur drei Kilometern war sie erschöpft, aber sie entschied sich trotzdem, noch zwei Kilometer zu gehen und bei der Bäckerei ein paar Croissants fürs Frühstück mitzunehmen. Doch plötzlich fing es an zu regnen. Also kein Bäcker. Sie wollte gerade eine Abkürzung zum Ausgang des Parks nehmen, als sie ausrutschte und hinfiel. Das rechte Knie schmerzte etwas; sie hatte eine blutende Schürfwunde an der Hand; und zu allem Überfluss musste sie verärgert feststellen, dass sie in Hundedreck ausgerutscht war. Der Tag fing ja gut an! Sie begann wieder zu rennen und lief entlang der viel befahrenen Hauptstraße. Der Regen wurde immer heftiger und prasselte ihr ins Gesicht, entfernt hörte sie Donner. Sie war bereits völlig durchnässt, als neben ihr ein Wagen hielt und sich das Seitenfenster öffnete. Den Wagen ignorierend, lief sie weiter.

»Pardon. Hallo!«

Der Mann kam Helen bekannt vor. Diese dunklen Augen hatte sie schon mal irgendwo gesehen. Sie sah ihn gereizt an, klitschnass und müde, wollte sie nur noch so schnell wie möglich nach Hause. Zu ihrer Überraschung sprach er fließend Englisch mit einem leichten französischen Akzent.

»Entschuldigen Sie, wohnen Sie nicht neben meiner Tante, Madame Dupont? Steigen Sie ein, ich fahre gerade zu meiner Tante.« Er öffnete die Beifahrertür und lächelte sie freundlich an. Der Mann, der bei ihrem Mittagessen mit Jeanne hereingeplatzt war, war also deren Neffe.

»Vielen Dank!« Helen stieg ein. Es war ihr unangenehm, sich mit ihren nassen Joggingsachen in die cremefarbenen Polster zu setzen. Deshalb setzte sie sich auf ihre Handfläche, bis ihr einfiel, dass ihre Hand wahrscheinlich noch blutig war, aber jetzt war es sowieso zu spät. Wahrscheinlich hatte er jetzt blutverschmierte nasse Polster und den Geruch von Hundekot im Auto.

»Sie kommen aus Hongkong, hat mir meine Tante erzählt. Es muss Ihnen schwerfallen, sich hier einzuleben. Hier ist es nicht so exotisch und sonnig, wie man heute sieht.«

»Es gefällt mir schon, aber ich kenne die Stadt noch nicht so gut. Und ich hoffe, das Wetter bessert sich noch.« Helen sah resigniert aus dem Fenster.

»Machen Sie sich keine Sorgen, normalerweise scheint von April bis Oktober die Sonne, und im Juli und August sind es häufig 35 Grad! Sie werden sehen: Die Lyoner sind eigentlich heimliche Italiener. Wir haben das bessere Essen und mehr Stil.«

Sie sah ihn von der Seite an, sein Anzug sah teuer und maßgeschneidert aus. »Bisher habe ich nur gute Erfahrungen gemacht mit dem Essen in Lyon.« Dass sie diese Erfahrungen hauptsächlich bei Bäckereien, Chocolatiers, Käsehändlern und kleinen Bistros gemacht hatte, verschwieg sie.

Er hielt vor ihrem Tor, und Helen wollte hastig aussteigen. Sie brauchte dringend eine heiße Dusche und trockene Kleidung.

»Vielen Dank fürs Mitnehmen!«

»Moment!« Er sah sie lächelnd an. »Vielleicht möchten Sie auf ein Glas Champagner bei uns im Restaurant vorbeikommen?« Er gab ihr eine Visitenkarte. »Wir bieten auch ausgezeichnete Kochkurse an.«

»Davon hat mir Ihre Tante schon erzählt.«

Er sah sie von der Seite an.

»Eigentlich sind die Kurse bis zum nächsten Sommer komplett ausgebucht, aber für Sie haben wir immer einen Platz. Kommen Sie doch die nächsten Tage mal mit meiner Tante vorbei. Das würde ihr sicher viel Freude machen – und mir auch.«

»Ich werde es versuchen; Ihre Tante möchte sowieso, dass ich sie begleite. Sie hat mir schon viel von Ihrem Restaurant vorgeschwärmt, aber ich muss jetzt wirklich gehen!«

»Selbstverständlich. Vielleicht sehen wir uns ja bald wieder!«

»Vielen Dank, ich überlege es mir.« Helen stieg aus und wollte gerade zum Haus gehen, als er ihr hinterherrief.

»Es würde mich wirklich sehr freuen! Ich heiße übrigens Maurice.« Er lächelte ihr nochmals zu und fuhr dann weiter. Helen sah dem dunkelblauen Wagen nach.

Diese Kochkurse wären vielleicht gar nicht so schlecht, besonders um ihr Französisch zu verbessern, und Maurice wirkte sehr nett.

Zwei Treppenstufen auf einmal nehmend, sprintete sie nach oben. Von unten grüßte ihr Nachbar, der mit einem riesigen Schirm das Haus verließ, und auf der Treppe stolperte sie fast über die Putzfrau, die ihr etwas auf Französisch hinterherrief. Helen verstand kein Wort, aber der Tonfall schien ihr keineswegs wohlwollend. Seit sie sich im Keller begegnet waren, hatten sie kein freundliches Wort gewechselt. Helen grüßte immer höflich, aber Sophie Vérac war jedes Mal etwas ruppig. Außerdem hatte sie mehrere Putzeimer vor die uralte Tür im Keller gestellt. Irgendwann würde Helen diese Tür gründlich inspizieren. In der Wohnung herrschte angespannte Stimmung, das spürte Helen schon, als sie hineinkam und Max mürrisch in der Küche sitzen sah.

»Hallo, mein Großer!« Helen gab ihm einen Kuss auf die Stirn. Max brummte nur. Er war schon immer ein Morgenmuffel gewesen.

»Wo ist dein Vater?«

»Im Bad. Er hat mich einfach aus der Dusche geschmissen und gemeckert, dass ich zu lange dusche! Dabei steht er doch selbst eine halbe Stunde drunter. Aber ich muss jetzt los. Wie siehst du eigentlich aus?« Max sah sie fragend an.

»Ich war joggen und bin hingefallen und …«

»Mama, ich muss los«, unterbrach Max sie und aß den letzten Löffel Müsli im Stehen.

»Max, warte, können wir heute Nachmittag oder Abend mal reden?«

»Ich weiß noch nicht, wann ich wieder da bin.« Er wich ihrem Blick aus und nahm seine Jacke und Tasche im Flur. »Ich treffe mich nach der Schule mit Corina.«

»Das freut mich. Ist alles in Ordnung zwischen euch?«

»Was ist denn das für 'ne Frage?« Er protestierte zwar, aber sein Lächeln verriet ihn.

»Na, komm nicht zu spät.« Helen küsste ihn zum Abschied auf die Wange. »Ich hole gleich Oma am Flughafen ab. Es wäre schön, wenn du zum Abendessen da wärst.«

»Oma kommt?! Jetzt? Wo soll die denn schlafen?«

»Ah, das klären wir später! Hab einen schönen Tag!« Sie brachte es nicht übers Herz, ihm zu sagen, dass er sein Bett hergeben musste, und ehrlich gesagt sah sie selbst das auch nicht ein. Es musste eine andere Lösung geben. Irgendwo musste sie noch ein Gästebett besorgen. Das war's, auf dem Rückweg vom Flughafen würde sie im Möbelhaus vorbeifahren.

Helen legte die Visitenkarte auf den Tisch und zog sich direkt vor der Waschmaschine in der Küche aus. Rasch warf sie ihre Kleidung in die Trommel, als sie plötzlich von hinten umarmt wurde und Gregors eiskalte Hände ihre Brüste umfassten. Helen schrie vor Schreck auf und drehte sich um.

»Wie kannst du mich so erschrecken! Ich habe dich überhaupt nicht gehört.«

»Na, das ist ja eine nette Begrüßung. Ich wohne hier und bin mit dir verheiratet, wer soll denn sonst hier rumlaufen? Wie siehst du eigentlich aus?«

Gregor küsste sie auf den Mund.

»›Chez Paul & Maurice‹ – wo hast du denn die Karte her?« Gregor las die dunkelblaue, mit goldener Schrift bedruckte Visitenkarte. »Das ist eines der besten Restaurants in Lyon, es dauert Monate, bis man einen Tisch bekommt.«

»Das gehört dem Neffen von unserer Nachbarin, er hat mich heute Morgen in seinem Wagen mitgenommen und ...«

»Das ist ja toll, dass es dem Neffen unserer Nachbarin gehört. Mich interessiert viel mehr, wie du heute Morgen in sein Auto kommst.«

Helen erzählte ihm von ihrem Ausflug. Danach war Gregors Eifersucht verflogen.

»Fantastisch! Dann musst du deine neuen Kontakte ausnutzen und uns einen Tisch reservieren. Für nächste Woche. Das wäre prima, da kommen vier Kollegen, vielleicht kooperieren wir mit Südamerika, ein riesiger Markt. Ein gigantisches Forschungsprojekt! Da stecken Millionen drin. Jetzt muss ich nur noch diesen Julian Degasse ausbremsen!«

Er verschwand im Flur, um seine Schuhe anzuziehen.

»Heute brauche ich meine besten Powerschuhe. Die dunkelbraunen Mailänder sind perfekt. Kannst du die braunen englischen Schuhe bitte zum Schuster bringen, der Absatz und die Sohle sind abgelaufen.« Er drückte ihr die Schuhe in die Hand.

»Selbstverständlich, Liebster. Denk dran, dass deine Mutter heute kommt, Gregorhase!«

Gregor war schon auf dem Weg nach draußen und brummte etwas Unverständliches. Helen besah sich die Schuhe. Ihrer Meinung nach sahen sie noch ziemlich perfekt aus, aber wenn er unbedingt wollte. Sie stellte sie neben die Tür. Nur noch schnell duschen, dann musste sie los. Das Wasser war eiskalt.

Gerda hatte einen riesigen Rollkoffer und eine kleine Reisetasche. Und wie Helen schnell feststellte, war sie nicht nüchtern. Gerda umarmte ihre Schwiegertochter innig und gab ihr einen etwas zu nassen Kuss auf die Wange. Der Hauch von Alkohol wurde auch nicht von ihrem teuren Parfüm verdeckt. Es war alles etwas zu viel, aber Helen freute sich trotzdem, sie zu sehen.

»Gerda, wie schön, dass du da bist! Soll ich deinen Koffer nehmen?«

Dankbar reichte ihr Gerda den Koffer.

»Stell dir vor, die haben meinen zweiten Koffer in Frankfurt stehen lassen, aber man hat mir versprochen, dass er morgen kommt.«

Helen traute ihren Ohren nicht. Einen zweiten Koffer, um Himmels willen, wie lange wollte sie bleiben?

»Wie groß ist denn der zweite Koffer? Vielleicht hat man ihn übersehen?«

»Nein, nein, Liebes. Den kann man nicht übersehen, der ist genauso groß wie dieser. Ich bleibe übrigens drei Wochen. Ihr freut euch doch!? Ich dachte, das Ticket muss sich ja lohnen! Wir haben uns schon so lange nicht mehr gesehen, und mein Gregorhase ist immer so beschäftigt. Aber du hast ja nichts zu tun, und wir können einiges unternehmen. Und ich war noch nie in Lyon!« Sie strahlte Helen begeistert an, die nach Kleingeld suchte, um den Parkschein zu bezahlen. Drei Wochen, wie sollte sie das nur aushalten?

»Du weißt, dass wir noch nicht richtig eingerichtet sind und auf den Container mit unseren Möbeln warten. Dein Besuch kam etwas überraschend, und ich hatte keine Zeit, etwas vorzubereiten. Wir fahren deshalb schnell im Möbelhaus vorbei. Ich muss noch ein Gästebett besorgen.«

»Das ist nett, Liebes. Ich helfe dir beim Aussuchen.«

›Davon bin ich überzeugt‹, dachte Helen.

Der Einkauf verlief überraschend schnell. Sie suchten nicht nur ein praktisches Gästebett aus, sondern erstanden auch noch ein paar Pflanzen, Bettwäsche und andere Kleinigkeiten. Gerda ließ es sich nicht nehmen, alles zu bezahlen. Da sich das Klappbett zu einem kleinen Würfel zusammenfalten ließ, passte alles in den Wagen.

Helen verstaute ihre Handtasche zwischen dem Fahrer- und Beifahrersitz. Die neu erstandene Zeitschrift, *Lyon-Flash*, schaute heraus und es schien, als ob Maurice Dupont sie direkt ansah. Gerda ergriff die Zeitschrift und blätterte darin.

»Lyon wirkt ja ganz schick, aber auch ziemlich teuer. Denkt ihr nicht manchmal daran, wieder nach Deutschland zu kommen? Ich habe ja das viel zu große Haus. Wir könnten da alle zusammen wohnen. Meinst du, mein Gregor kommt wieder zurück nach Hause?«

Er ist schon lange nicht mehr »dein Gregor«, und sein Zuhause ist jetzt bei mir. Aber Helen wollte ihr nicht ganz die Illusion nehmen.

»Wir sind ja gerade erst hierhergezogen. Jetzt muss man erst einmal abwarten, wie sich alles entwickelt.«

»Ich weiß, dass ihr gerade hierhergezogen seid, aber ich möchte mein Haus und mein Vermögen in guten Händen wissen, wenn ich mal sterbe. Deshalb habe ich mir überlegt, alles dem Tierschutzverein zu überlassen, wenn ihr nicht zurückkommt!« Das war sicherlich als Drohung gemeint. Helen hätte sie am liebsten angeschrien, dass sie sich nicht erpressen lasse. Was bildete Gerda sich ein! Doch Helen blieb äußerlich ruhig und antwortet ihr nicht, sondern griff in ihre Tüte M&Ms und nahm eine Handvoll.

»Du isst ja immer noch so viel Schokolade, aber du kannst es dir ja leisten. Als ich so jung war wie du, war ich auch noch schlanker. Aber irgendwann werden alle Frauen dicker. Und du hast auch die Veranlagung.«

Helen sah Gerda von der Seite an. Die kleine dickliche Frau neben ihr sah zufrieden aus und schien entweder ganz selbstvergessen oder sie war sich tatsächlich bewusst, was sie sagte, und es war ihr egal, ob sie andere verletzte oder nicht.

»Ich achte auf meinen Körper. Ernähre mich vernünftig und jogge regelmäßig. Ich werde schon nicht dick werden.« Helen versuchte, so gelassen wie möglich zu klingen, und griff demonstrativ noch einmal in die Packung.

»Das ist auch gut so, denn Gregor achtet ja auch sehr auf sich. Ich bin so froh, dass er dich hat und dass ihr euch entschlossen habt, zurückzukehren. Und ich bin mir sicher, dass ihr nach Deutschland kommt, wenn ich mit Gregor geredet habe. Ich möchte nicht, dass das Vermögen im Ausland landet. Gregors Vater hat das alles erarbeitet, und er würde es hassen, wenn das Vermögen den Franzosen oder irgendwelchen anderen Ausländern in die Hände fiele. Nein, nein! Dann soll es der Tierschutzverein haben, die werden dankbar sein. Ich habe mit der Leiterin vor ein paar Wochen gesprochen, sie könnten mit dem Geld den neuen Anbau finanzieren. Das Gebäude würde sogar meinen Namen tragen!«

»Gerda, ich finde das ziemlich radikal. Schließlich kommt das Vermögen in erster Linie Gregor zugute, und es spielt keine Rolle, wo wir leben. Wenn du findest, dass der Tierschutzverein wichtiger ist als dein eigener Sohn, dann bitte schön. Aber wenn du versuchen willst, Gregor unter Druck zu setzen, erreichst du gar nichts!«

»Das werden wir ja sehen, ich meine es ja nur gut mit euch und will nicht, dass wir uns streiten. Deshalb bin ich ja auch drei Wochen da, damit wir in Ruhe über alles reden können. Ich habe alle Aktenordner mitgebracht, die wir brauchen.«

»Was meinst du mit ›allen Aktenordnern‹, Gerda?«

»Hans, Gott hab ihn selig, hat immer alles abgeheftet, und ich möchte alles mit Gregor durchsehen, damit er sieht, wie viel Vermögen da ist, und Verantwortung für sein Erbe übernimmt. Kontoauszüge, Unterlagen für Aktien, Kaufverträge und so weiter.«

»Gerda, wie viele Ordner hast du denn mitgenommen?«, fragte Helen vorsichtig.

»Zehn, sie sind in dem anderen Koffer.«

»Das kann ja wohl nicht wahr sein! Stell dir vor, die gingen verloren?«

»Nein, die Fluggesellschaft wird ihn finden und vorbeibringen. Außerdem kann ich mir die ganzen Sachen nicht merken. Ich vergesse viel und kann mich schlecht konzentrieren, und überhaupt kann sich jetzt Gregor um alles kümmern.

Ich lasse euch alles da. Wir haben ja genug Zeit, alles zu besprechen. Es wird dauern, alles durchzusehen, aber du und ich haben ja jeden Tag Zeit, bevor mein Gregorhase aus dem Büro kommt.«

Helen schwieg, es kostete sie Überwindung, ruhig zu bleiben. »Gregorhase« konnte es sicher kaum abwarten, sich durch zehn Ordner Papier zu wühlen!

»Übrigens, Helen, mein Magen fühlt sich nicht so gut an. Sind wir gleich zu Hause?«

Helen bejahte und fuhr etwas schneller. Sie fragte sich, wie sie die nächsten Wochen mit ihrer Schwiegermutter überstehen sollte.

Gerda verzog sich sofort ins Bad, als sie angekommen waren, während Helen alles allein ins Haus schleppte, Gästebettwürfel, Pflanzen und Koffer.

Auf dem Anrufbeantworter ihres Mobiltelefons waren zwei Nachrichten, die erste war von dem Umzugsunternehmen, der Container mit all ihren Sachen komme in zwei Tagen an. Endlich! Die zweite Nachricht war von Jeanne, sie klang aufgeregt und wollte Helen unbedingt etwas erzählen. Merkwürdigerweise fiel Helen ihr Traum von der vorangegangenen Nacht wieder ein. Das unheimliche Gefühl, verfolgt zu werden, kam plötzlich wieder hoch, und Helen sah wieder das Bild vor Augen, wie sie verzweifelt versuchte, ihren Verfolger abzuschütteln. Noch zehn Minuten später, als sie mit Gerda in der Küche saß und Tee trank, lastete dieses bedrückende Gefühl auf ihr.

»Fühlst du dich nicht gut?«, fragte Gerda. »Du siehst etwas blass aus.«

»Ich habe nicht gut geschlafen, vielleicht lege ich mich gleich mal einen Moment hin, wenn du nichts dagegen hast.«

»Nein, nein, mach das ruhig! Ich kann mich schon beschäftigen. Wenn du mir den Schlüssel da lässt, könnte ich mir ein bisschen die Beine vertreten, die Sitzerei im Flugzeug war nicht gut für meine Beine.«

Helen legte ihr den Schlüssel auf den Tisch.

»Wenn du am Tor nach links gehst, kommst du direkt ins Dorf, es ist nicht weit.«

»Danke. Vielleicht kann ich mich später nützlich machen? Soll ich etwas kochen? Ich muss noch meine Sachen auspacken. Für Gregor habe ich ein paar Kleinigkeiten mitgebracht, Sachen aus seiner Kindheit, an denen er immer sehr hing. Für dich habe ich auch etwas und natürlich für meinen Enkel! Wann sehe ich denn Max?«

»Später, Gerda, später. Max ist bis halb vier in der Schule. Ich muss mich jetzt mal hinlegen.« Ohne eine Antwort abzuwarten, stand Helen auf und ließ ihre Schwiegermutter allein sitzen.

Tatsächlich schlief sie tief und traumlos, und als sie später erwachte, fühlte sie sich besser. Aber nur kurz. Der Geruch von Kohl schlug ihr entgegen. Gerda hatte Mittagessen gekocht und sah Helen triumphierend an. In einer Hand hielt sie einen Kochlöffel und in der anderen ein Glas Wein.

»Helen, schau, ich habe Spitzkohl gekocht, ich habe ihn in einem Laden in eurem hübschen Dorf gekauft! Mein Gregorhäschen liebt Spitzkohl mit Kotelett. Das ist ja auch gesund, und Max wird sich sicher auch darüber freuen!« Sie hielt Helen einen Löffel zum Probieren hin.

»Vielen Dank, aber ich möchte nicht probieren, ich bin mir sicher, dass es schmeckt! Wo hast du denn das Kotelett her?«

»Von dem tollen Metzger im Dorf! Ich spreche ja kein Französisch, deshalb habe ich einfach auf ein Stück gezeigt, das war aber so groß, dass er es mir in Stücke geschnitten hat, und der Rest ist im Kühlschrank, das reicht für Gregor und Max. Und wir zwei essen jetzt erst mal. Alles ganz frisch!«

Helen versuchte zu lächeln.

»Ich hatte eigentlich etwas Asiatisches vorbereitet. Das können wir dann vielleicht heute Abend essen.« Sie warf einen Blick in den Kühlschrank und starrte fassungslos auf fünf riesige Fleischstücke, die man locker an Tiger hätte verfüttern können.

»Ich habe uns einen Speiseplan für die nächsten Tage gemacht, ich werde kochen und dich ein bisschen entlasten! Gregor wird sich freuen, ich mache alle seine Lieblingsgerichte.«

»Gut. Ich muss mal kurz weg zu meiner Nachbarin, ich bin in ein paar Minuten wieder da.«

»Aber nicht zu lange! In zehn Minuten ist das Essen fertig!«, rief Gerda ihr hinterher.

Helen zog ihre Schuhe an und verschwand schnell. Dem Geruch nach zu urteilen war das Essen schon *vor* zehn Minuten fertig gewesen!

Jeanne öffnete selbst die Tür, als Helen klingelte. Sie schien auf sie gewartet zu haben.

»Helen, vielen Dank, dass du gekommen bist. Amel ist krank, und ich habe mir schnell eine Quiche gewärmt. Möchtest du ein Stück?«

»Ich habe eigentlich nur fünf Minuten Zeit. Meine Schwiegermutter hat gekocht. Aber ehrlich gesagt, bin ich ziemlich hungrig und Quiche klingt verlockender als Spitzkohl mit Kotelett.«

Es duftete herrlich. Helen betrat zum ersten Mal Jeannes Küche und staunte. Alles war hypermodern. Manche der Hightech-Küchengeräte hatte selbst sie noch nie gesehen. Die schwarzen Arbeitsflächen spiegelten so sehr, dass Helen unsicher war, ob sie aus Stein oder Metall waren. Es gab einen Herd mit mehreren Induktionsfeldern, aber das Herzstück der Küche war ein riesiger Gasherd mit sechs Flammen in unterschiedlicher Größe. Ein *Aga*! Helen war begeistert. Das war immer ihr Traum gewesen, aber sie hatten weder den Platz noch das Geld gehabt.

»Maurice und sein Bruder Paul haben mich beraten. Das ist meine Küche; Pauls Versuchsküche ist sein Heiligtum, das niemand betreten darf. Wenn das Restaurant schließt, kommt er oft ins Haus. Manchmal arbeitet er die ganze Nacht. Er ist überhaupt sehr eigenwillig und introvertiert. Ganz anders als Maurice. So ganz anders.«

Das muss der Mann gewesen sein, den ich am Fenster gesehen habe, dachte Helen.

Jeanne schien in Gedanken verloren.

»Wie meinst du das?«

»Das ist eine lange Geschichte. Ich kenne niemanden, der einen so starken und ausgeprägten Willen hat wie Maurice. Irgendwie bewundere ich ihn. Er ist ein sehr leidenschaftlicher Mensch, das geht fast ins Extreme. Das Restaurant zu managen und seinen Bruder zu beschützen sind seine obersten Prioritäten. Er muss einfach alles beschützen. Um jeden Preis. Aber manchmal übertreibt er es.«

»Er hat mich heute Morgen freundlicherweise im Auto mitgenommen, als es so heftig geregnet hat. Er war sehr nett und hat mir von den Kochkursen im Restaurant erzählt.«

»Ja, er ist ausgesprochen charmant und sehr intelligent. Das kann eine beängstigende Mischung sein, je nachdem, wie man seine Talente benutzt. Und glaub mir, Helen, Maurice nutzt seine Talente wie kein anderer. Aber das beiseite, die Kochkurse sind wirklich etwas Besonderes. Hier«, sie schob Helen einen Teller entgegen, die Quiche sah sehr gut aus.

»Iss, dabei erzähle ich dir, warum ich angerufen habe. Aufregende Neuigkeiten – in einem halben Jahr werden wieder die Michelin-Sterne vergeben. Das Restaurant von Paul und Maurice hat sehr gute Chancen, einen zweiten zu bekommen. Hier in Lyon ist ein Michelin-Stern nicht so selten, aber zwei sind schon etwas Besonderes. Paul arbeitet hart und schafft die unglaublichsten Kreationen, deshalb wird er demnächst ein besonderes Menü zaubern. Das Michelin-Menü! Ein Testessen auf höchstem Niveau. Was sagst du, kommst du mit?!«

Helen war überrascht und freute sich.

»Selbstverständlich komme ich mit! So etwas darf man sich doch nicht entgehen lassen. Aber jetzt musst du mir sagen, was ich da esse. Das schmeckt fantastisch, ganz leicht, fast wie Schaum, und dieser Geschmack! Das sind doch Trüffeln, oder?«

»Ja, das sind in der Tat Trüffeln. Weiße Trüffelmousse mit Pancetta-Lack überzogen auf einem zarten Blätterteig. Paul ist ein wunderbarer Koch, meistens sehe ich ihn im Restaurant oder hier in der Versuchsküche. Früher kam Maurice oft mit, und wir spielten nach dem Essen Karten oder plauderten bis spät in die Nacht. Aber seit der Eröffnung des Restaurants haben die beiden wenig Zeit, und Maurice ist sehr angespannt. Ich habe das Gefühl, irgendetwas stimmt da nicht. Die beiden sind wie meine Kinder. Mit dem Restaurant haben sie wirklich etwas ganz Besonderes geschaffen! Und Paul wird immer besser.« Jeanne war sichtlich stolz.

»Das war wirklich vorzüglich, aber nun muss ich gehen, meine Schwiegermutter wartet und der verkochte Spitzkohl. Ich komme übermorgen so gegen zwölf?«

Jeanne ergriff Helens Arm. »Ja, das würde mich sehr freuen. Und du bist sicher, dass es in Ordnung ist für deine Schwiegermutter? Oder willst du sie mitbringen?«

»Nein, auf keinen Fall.«

Als sie rasch durch den Garten lief, fiel ihr Jeannes Bemerkung nochmals ein: »Er muss einfach alles beschützen. Um jeden Preis.«

Kapitel 19

1979

Die Ruhe im Haus war unheimlich. Er ergriff die Hand seiner Mutter. Sie war unruhig, er fühlte, wie sie zitterte, und ihre Handflächen waren feucht. Wie festgewurzelt standen sie im Flur. Die Schuhe des Vaters lagen neben der Küchentür, er musste vor ihnen zurückgekommen sein. Vielleicht schlief er schon. Schließlich durchbrach sein jüngerer Bruder die Stille.

»Ich bin müde, ich will ins Bett. Kommt, wir gehen schlafen.«

Er zog sie nach oben.

»Shhh, leise, wir wollen Vater nicht wecken«, ermahnte seine Mutter flüsternd.

»Dieser alte Sack! Er hat das Wort Vater nicht verdient!«

Seine Mutter sah ihn erschrocken an. »Wie sprichst du von ihm! Er darf uns nicht hören, sei leise und komm schnell nach oben!«

Der Alte sollte nur aufwachen, diesmal würde er nicht mehr zusehen, wenn er seiner Mutter etwas antat, das neue Taschenmesser in seiner Hosentasche hielt er fest umklammert. Alle drei gingen so leise wie möglich die Treppe hoch. Sein Bruder verschwand nach einem Gutenachtkuss seiner Mutter ins Bad. Er war eigentlich gar nicht mehr klein, sondern fast so groß wie er selbst, und manchmal war er fast ein bisschen neidisch auf dessen Kochkünste. Er wusste natürlich, dass sein Großvater ihm geholfen hatte. Er hatte es schon lange geahnt, aber plötzlich war ihm klargeworden, dass sein Bruder ein ganz besonderes Talent hatte. Ab jetzt würde er ihn nicht mehr damit aufziehen, wenn er stundenlang in Kochbüchern blätterte oder Kräuter und Gewürze testete. So lecker wie heute hatte er schon lange nicht mehr gegessen. Überhaupt war der heutige Tag etwas ganz Besonderes gewesen. Er war jetzt vierzehn. Hoffentlich brachte die Zahl ihm Glück.

Er zog sich im Dunkeln aus und behielt nur seine Unterhose an, es war warm. Das Zimmer wurde durch den Vollmond leicht erhellt, der alles in eine blaugraue Farbe tauchte. An der Wand hing ein Poster von Frank Sinatra; die Musik hörte er immer bei seinem Großvater, und er verband etwas Schönes damit. So wie heute. Hoffentlich würde er nicht den Rest seines Lebens in diesem Haus verbringen. Nein, er war sich sicher, er würde die Schule zu Ende machen, einen guten Beruf erlernen und viel Geld verdienen, einen tollen Wagen fahren. Und er würde gut für seine Mutter sorgen. Nie wollte er so werden wie sein Vater.

Seine Mutter hatte sich auch schlafen gelegt, und er hoffte, dass der Alte sie ab jetzt in Ruhe lassen würde.

Aber die Hoffnung zerbrach. Als er mitten in der Nacht zur Toilette musste und im Dunkeln über den Flur schlich, hörte er seine Mutter weinen. Er zögerte und blieb vor der verschlossenen Schlafzimmertür stehen. Leise klopfte er und trat dann hinein. Obwohl nur das schwache Licht des Mondes das Zimmer erhellte, gab es doch keinen Zweifel an der Szene, die sich ihm bot. Sein Vater schlief nackt auf dem Bauch, er stank nach Alkohol und Zigaretten, wie immer. Seine Mutter lag auf der Seite, die Knie angezogen und fest umklammert. Sie trug ihr dünnes weißes Nachthemd, doch diesmal sah es irgendwie anders aus, er wusste nicht genau warum. Der zerschundene dünne Körper seiner Mutter erinnerte ihn an einen geschlagenen Hund. Sie wurde immer dünner. Er wusste, dass sie vor Kummer kaum noch aß.

Er konnte nicht viel erkennen, aber er kniete sich neben sie und strich ihr die nassen Haarsträhnen aus dem Gesicht.

Was er für Schweiß oder Tränen gehalten hatte, klebte. Es war Blut. Erschrocken zog er die Hand zurück.

»Was hat er getan? Was hat er getan?« Er konnte sich kaum zurückhalten, und sein Flüstern wurde lauter. Der Alte drehte sich auf die Seite und fing an zu schnarchen.

»Schh.« Seine Mutter ergriff seine Hand und versuchte aufzustehen, fiel aber sofort zurück. Er half ihr ins Bad, doch sie konnte sich kaum halten. Im Bad schaltete er das Licht an. Diesen Anblick würde er niemals mehr vergessen. Das Gesicht seiner Mutter war zugeschwollen, ein Auge war nicht mehr zu sehen, das andere war blau und blutig, die klaffende Wunde unter der Augenbraue sah fürchterlich aus, die Oberlippe blutete. Der Alte musste wie ein Wahnsinniger zugeschlagen haben. Unsicher nahm er einen Waschlappen und ließ kaltes Wasser darüberlaufen, seine Hände zitterten. Vorsichtig tupfte er über ihr Gesicht, aber er hatte Angst, ihr weh zu tun. Sie sah schrecklich aus, so schlimm hatte er sie noch nie gesehen, was sollte er jetzt machen? Unten stand das Telefon, aber sie hatten im letzten Monat die Gebühren nicht bezahlen können, und jetzt funktionierte es nicht mehr.

Er konnte zu den Nachbarn rennen, aber er wollte sie nicht allein lassen.

»Mama«, flüsterte er weinend, »Mama, du darfst nicht sterben! Ich hole Hilfe!«

Sie sagte etwas, was er nicht verstand. Sehr undeutlich und leise wiederholte sie: »Nein, ich muss mich nur ein paar Tage ins Bett legen. Ist nicht so schlimm.«

»Doch, Mama, das sieht ganz schlimm aus! Ich habe Angst, lass mich Hilfe holen!«

Sie hielt seine Hand fest.

»Nein, ich bitte dich, nein! Bitte! Im Schrank sind Schmerztabletten, gib mir drei und ein Glas Wasser.«

Mühsam versuchte sie, sich aufzurichten. Er gab ihr die

Tabletten und das Wasser und sah zu, wie sie sehr langsam die Medikamente einnahm. Er konnte es nicht ertragen, sie so leiden zu sehen. Er musste morgen mit seinem Großvater reden, vielleicht konnten sie bei ihm wohnen.

»Geh in dein Bett, mein Junge, ich schaffe das schon.« Schwerfällig stand sie auf und stützte sich auf den Badewannenrand, er half ihr und wollte gerade die Tür öffnen, als er grunzende Geräusche hörte und ein Poltern. Der Alte musste wach geworden sein. Er reagierte schnell. Ohne zu überlegen half er seiner Mutter und schob sie rasch in sein eigenes Zimmer. Der Alte durfte sie nicht noch einmal anfassen, er musste das verhindern. Sein neues Taschenmesser lag griffbereit auf seiner Hose auf dem Stuhl. Er nahm es und stellte sich hinter die Zimmertür. Vielleicht würde der Alte gleich wieder einschlafen. Das Bett seines Bruders war groß genug, er würde sich heute Nacht zu ihm legen, und seine Mutter könnte in seinem Zimmer bleiben. Der Alte stand sowieso nicht vor Mittag auf, bis dahin würden er und sein Bruder in der Schule sein und seine Mutter hoffentlich bei einem Arzt.

Er lauschte, seine Mutter lag zusammengerollt auf seinem Bett und atmete schwer. Behutsam deckte er sie zu und öffnete dann leise die Tür. Das Zimmer seines Bruders war nur wenige Schritte entfernt, aber als er gerade einen Fuß auf den Dielenboden gesetzt hatte, wurde die Schlafzimmertür gegenüber aufgerissen, und sein Vater kam polternd auf ihn zu.

»He, du kleiner Scheißkerl, wo willst du hin?«

Er legte seine große Hand auf die Schulter des Jungen und drückte ihn gegen die Wand. Die wahnsinnigen Augen des Vaters starrten ihm entgegen.

»Ins Bad, ich wollte ins Bad.«

»Dann geh, ich muss auch noch pinkeln.«

Blitzschnell duckte sich der Junge und rannte ins Bad,

verschloss die Tür hinter sich und öffnete den Klodeckel, wartete ein paar Sekunden und spülte dann ab. Hoffentlich würde der Alte sofort wieder verschwinden.

Als er aus dem Bad kam, stand sein Vater schon davor. Wider Erwarten ging er nicht hinein, sondern packte den Jungen erneut an den Schultern. Sein Griff war diesmal wesentlicher fester.

»Wo ist deine Mutter?«

»Ich … ich weiß es nicht, vielleicht ist sie in der Küche, Wasser trinken.«

Er wollte sich ducken und sich rasch aus dem Griff lösen, aber es gelang ihm nicht.

»Bleib hier! Du weißt genau, wo sie ist!«

»Nein, ich weiß es nicht, lass mich los!«

»Du kleine Ratte, du weißt doch was! Wärst du doch bloß nie geboren worden, ich hätte die Schlampe nie geheiratet, wenn sie nicht schwanger gewesen wäre. Die hat garantiert für jeden die Beine breit gemacht. Wer weiß, ob ich dein Vater bin? Die dachte ja immer, sie sei was Besseres. Ich hätte sie gleich fertigmachen sollen. Ich hätte sagen können, dass sie die Treppe runtergefallen ist. Niemand hätte Verdacht geschöpft. Mir glaubt man. Mein Vater war Bürgermeister hier!«

»Du darfst ihr nicht wehtun! Außerdem glaubt dir das keiner, lass mich los.«

»Ich werde es dir beweisen, du kleines Arschloch! Und mit dir fang ich an!«

Die großen Pranken des Vaters hatten sich um seinen Hals geschlossen, Panik ergriff ihn. Der Alte war verrückt geworden. Der Griff wurde immer fester. Das Taschenmesser! Er wusste selbst nicht, wie es geschah, aber plötzlich war die Klinge ausgeklappt, er stach einfach zu. Alles ging ganz schnell, er stach irgendwo hin, sein Vater schrie auf und torkelte rückwärts.

Er rannte in sein Zimmer, knallte die Tür zu, schloss ab und schob die Kommode davor. Das hatte er schon öfter getan, und er betete, dass sein Vater die Tür nicht eintreten würde. Dann hockte er sich an die Wand und klopfte ein SOS-Zeichen, das er mit seinem Bruder verabredet hatte, käme es zum Äußersten. Der Plan war, dass sein Bruder dann Hilfe holen würde. Hoffentlich wachte er auf. Neben seinem Fenster war eine Regenrinne, die er hinunterklettern konnte, sie hatten das ein paarmal geübt. Jetzt kam es drauf an.

Bitte, bitte, wach auf und hol Hilfe. Er klopfte das SOS.

Im Flur hörte er seinen Vater laut fluchen und hantieren, er hörte schleifende Geräusche und Wasser lief. Anscheinend hatte sein Vater sich ins Bad geschleppt. Viel Zeit blieb nicht, er klopfte lauter.

Vor Angst fing er an zu weinen, was würde passieren, wenn sein Vater die Tür aufbrach? Wahrscheinlich würde er zuerst ihn und dann seine Mutter umbringen. Plötzlich klopfte es zweimal – das vereinbarte Zeichen. Sein Bruder hatte ihn gehört. Jetzt musste die Zeit ihm helfen. Er sah nach seiner Mutter, sie schlief tief und fest. Die Geräusche vor der Tür wurden immer lauter, sein Vater schrie:

»Das zahlst du mir heim! Ich mach dich fertig und deiner Mutter mach ich das Leben zur Hölle!«

Während sein Vater die Treppe hinunterhumpelte, saß er zusammengekauert und weinend in einer Ecke neben der Kommode. Er hoffte so sehr, dass sein Bruder rechtzeitig wieder da sein würde. Wo wollte sein Vater hin? Die Zeit schien langsamer zu vergehen denn je. Er lauschte auf jedes Geräusch, er hatte gehört, wie sein Bruder über die Straße gerannt war. Eine ältere Dame in der Nachbarschaft hatte vor längerer Zeit ihre Hilfe angeboten, nachdem sie eines Tages seinen kleinen Bruder weinend auf der Straße gefunden hatte. Der besoffene Alte hatte seiner Mutter mit dem

Bügeleisen die Hand verbrannt, der Junge hatte es beobachtet, worauf sein Vater ihm gedroht hatte, die Mutter das nächste Mal umzubringen, falls er zur Polizei ginge.

Verzweifelt war der Bruder aus dem Haus gelaufen. Er hatte es ja nicht der Polizei erzählt, sondern nur Madame Molak.

Madame Molak war sehr eigenwillig. Sie lebte allein mit einem Hund und einem Wellensittich, sie gehörte nicht zu den Tratschtanten im Dorf, die sich immer wieder die Mäuler zerrissen über seine Familie. Madame Molak bot einfach ihre Hilfe an – Tag und Nacht.

Plötzlich hörte er in der Ferne die Sirene eines Polizeiautos, das näher kam. Endlich! Jetzt würden sie den Alten einsperren. Er sah aus dem Fenster und sah seinen Bruder mit Madame Molak, sie hatte eine Decke um seine Schultern gelegt. Nun hielt das Polizeiauto vor dem Haus, gefolgt von einem Krankenwagen. Stimmen wurden laut, er schob die Kommode zur Seite und öffnete die Tür, keine Spur von seinem Vater, aber er sah erleichtert einen Polizisten ins Haus stürmen. Der Polizist kam ihm bekannt vor – das war doch ein Mann aus dem Dorf, mit dem sein Vater manchmal in der Kneipe saß?

»Endlich, meine Mutter ist …«, weiter kam er nicht, der Polizist griff ihn fest am Arm und zerrte ihn die Treppe hinunter. Er rief seinem Kollegen zu: »Ich habe ihn! Er scheint unbewaffnet zu sein!« Dann zu dem Jungen gewandt: »Du kommst jetzt mit! Du hast deinen Vater mit einem Messer schwer verletzt. Los, steig in den Wagen!«

»Aber er hat mich bedroht, und er hat meine Mutter geschlagen! Bitte! Hören Sie mir zu! Sie liegt oben in …«

Aber weiter kam er nicht. Der Polizist schob ihn in den bereitstehenden Streifenwagen.

»Meine Mutter braucht Hilfe!«, schrie er verzweifelt ein letztes Mal.

»Hast du die auch abgestochen?! Wir kümmern uns gleich um sie. Los, steig ein!«, entgegnete der Polizist.

Während sein Vater auf eine Trage im Krankenwagen gelegt wurde, schrie er vor Schmerzen, aber der Junge wusste, dass er übertrieb, besonders als er in seine Richtung rief: »Mein Sohn, mein eigen Fleisch und Blut hat mir das angetan!«

Als die Tür des Polizeiautos sich hinter ihm schloss, war im klar, dass er verloren hatte. Madame Molak redete wild gestikulierend auf den anderen Polizisten ein, man konnte sehen, dass sie sehr wütend war. Sein kleiner Bruder stand neben ihr und versuchte ebenfalls, die Aufmerksamkeit auf sich zu ziehen, indem er an der Jacke des Polizisten zerrte, aber vergebens, das Auto fuhr mit ihm davon. Alles, was er noch hörte, waren der Polizeifunk und das Radio im Wagen. Frank Sinatra sang »My Way«. Und dann sah er einen entgegenrasenden Krankenwagen mit Blaulicht. Gott sei Dank, der musste für seine Mutter sein.

»I did what I had to do. And saw it through without exemption ... and more, much more than this, I did it my way.«

Kapitel 20

Vor dem Haus parkte der riesige Container, und drei Männer waren damit beschäftigt, alles auszuladen. Helen konnte jetzt schon das Gesicht der Putzfrau erahnen, wenn sie den ganzen Dreck im Treppenhaus sehen würde. Es hatte in der Nacht geregnet, und die Schuhe der Arbeiter hinterließen ihre Spuren. Es würde mindestens bis zum späten Nachmittag dauern, bis alles ausgepackt wäre. Als sie vorgestern Abend Gregor gebeten hatte, sich diesen Tag freizunehmen oder wenigstens ein paar Stunden zu Hause zu bleiben, damit sie mit Jeanne zu dem Michelin-Testessen gehen konnte, hatte er nur widerwillig zugestimmt. Den halben Vormittag hatte er an seinem Mobiltelefon verbracht, nebenbei den Umzugsmännern Kommandos zuschreiend. Gerda wuselte herum, wischte und putzte ständig in den Bädern, Toiletten und in der Küche herum. Helen war froh, all dem für ein paar Stunden zu entkommen.

Jeanne wartete schon, aber etwas schien sie zu bedrücken. Während der Fahrt in Jeannes altem Mercedes hinunter nach Lyon sprachen sie wenig.

Das Restaurant lag in einer Seitenstraße in der wunderschönen Renaissance-Altstadt. Das von außen unscheinbare Gebäude verbarg einen vierhundert Jahre alten Innenhof, der von einem Glasdach bedeckt wurde. Steinerne Balkons mit Ornamenten zierten die etwa acht Meter hohen Wände, von den Dachkanten starrten *gargouilles* hinab, steinerne Fratzen, eine gruseliger als die andere. Der Innenhof war teilweise mit wertvollen antiken Teppichen ausgelegt, auf denen runde, weiß eingedeckte Tische standen. Die schlichten schwarzen Holzstühle entpuppten sich als bequemer, als sie aussahen. Üppige, sehr moderne Blumengestecke standen auf einigen strategisch platzierten alten Steinblöcken. Im Hintergrund lief leise Musik.

Außer drei Männern an einem Tisch in einer Ecke des Restaurants waren sie die einzigen Gäste. Trotz ihrer dunklen schicken Anzüge sahen die Typen jedoch nicht sonderlich seriös aus. Aber Helens Aufmerksamkeit wurde rasch abgelenkt, als Maurice auf sie und Jeanne zusteuerte und sie herzlich begrüßte.

»*Mesdames!* Ich freue mich sehr, dass meine wundervolle Lieblingstante und Sie, Helen, uns heute die Ehre erweisen, die hervorragenden neuen Kreationen von Paul zu testen!« Dabei sah er Helen an, mit einem Blick, der Blei zum Schmelzen gebracht hätte. Eine solche Flirtoffensive war Helen nicht gewöhnt, weder aus Asien noch aus Deutschland. Aber es tat ihr gut.

»Da unser Restaurant heute erst zum Abend öffnet und das Personal noch nicht vollzählig ist, stehe ich Ihnen persönlich zur Verfügung. Als Aperitif bringe ich Ihnen einen 1975er Pol Roger.«

Maurice ließ Helen und Jeanne allein.

»Sieht das toll aus hier! Das Restaurant scheint ja sehr gut zu laufen. Ich habe einen Artikel darüber in der *Lyon Match* gesehen, Maurice war sogar auf dem Titelbild.«

»Ja, es läuft sehr gut. Normalerweise ist es fast unmöglich, kurzfristig einen Tisch zu bekommen, aber jetzt ist ja eigentlich geschlossen. Für mich gibt es natürlich immer einen Tisch, und für ganz besondere Gäste, wie die dahinten.« Jeanne schaute abfällig in die Richtung der drei Männer.

»Wer ist das denn?«, fragte Helen neugierig.

»Wenn ich das wüsste. Angeblich ›Freunde‹ von Maurice. Maurice ist sehr temperamentvoll, er weiß, wie man Menschen beeinflusst. Nimm dich vor ihm in Acht, er hat eine besondere Art, mit Frauen umzugehen. Paul ist das genaue Gegenteil. Er ist sehr verschlossen, aber er hat ein gutes Herz und kocht mit Leib und Seele. Paul ist sehr vorsichtig im Umgang mit anderen Menschen. Nicht so wie Maurice, er kennt Gott und die Welt.« Weiter kam sie nicht. Maurice war mit drei Gläsern Champagner aufgetaucht.

»Ich hoffe, Sie werden sich wohl fühlen hier! Damit meine ich unsere wundervolle Stadt Lyon und unser Restaurant, und auch sonst hoffe ich Sie öfter zu sehen. Meine liebe Jeanne –«, er prostete Helen und Jeanne zu und setzte sich.

»Dies ist ein ganz besonderer Champagner von Pol Roger, wir haben noch etwa sechzig Flaschen davon. Wein und Champagner sind eine Leidenschaft von mir. Wenn Sie Lust haben, zeige ich Ihnen mal unseren Weinkeller.«

»Das würde mich wirklich interessieren. Mein Mann interessiert sich auch für große Weine, vielleicht könnten wir Ihre Sammlung zusammen besichtigen?«

»Selbstverständlich, Helen, jederzeit! Ich würde mich freuen, Ihren Mann kennenzulernen.« Maurice lächelte sie an. Helen hätte nicht erwartet, dass er von der Idee, ihren Mann zu treffen, angetan wäre. Sie fand, dass er viel Wärme ausstrahlte. Eigentlich war er ihr sympathisch. Er trank den Rest seines Champagners in einem Zug aus und stand auf.

»So, jetzt werde ich mich um den ersten Gang kümmern. Paul hat beschlossen, heute seine neuesten Menüvorschläge auszuprobieren. Man weiß nicht, wann der Testesser von Michelin kommt, aber wir werden zwei Menüs komplett neu gestalten, deshalb ist es gut, es mal vorher auszuprobieren. Vielen Dank, dass ihr da seid.« Er küsste Jeanne liebevoll auf die Stirn. Sie nahm kurz seine Hand und sah ihn ernst an, dann verschwand er wieder in Richtung Küche. Der erste Gang bestand aus *Foie gras* aus dem Languedoc mit Feigensorbet und geröstetem Sesam. Helen schwebte im siebten Himmel, sie liebte *Foie gras*; obwohl sie sich durchaus des ethischen Dilemmas bewusst war, schmeckte es einfach zu gut.

Währenddessen wuchtete ein schweißgebadeter Gregor Kartons mit Geschirr von der Küche in die Essecke des Wohnzimmers, um alles dort eigenhändig in den großen schwarz lackierten Schrank zu räumen, den gerade zwei Arbeiter zusammengeschraubt hatten. Sein Mobiltelefon klingelte. Es war Julian Degasse.

»Gregor, Sie sind nicht in Ihrem Büro und Ihre Sekretärin sagte mir, Sie hätten einen Tag frei genommen. Sind Sie etwa krank?«

»Julian. Warum ich mir einen Tag frei nehme, geht Sie nichts an. Nein, ich bin nicht krank. Was gibt's?« Gregor war schon gereizt, wenn er nur Degasse' Stimme hörte. Helen war glücklich mit ihren Sprachkursen und ihrer neuen, etwas verrückten Freundin Jeanne, Max war verliebt in Corina und mochte seine Schule, und er? Er liebte seinen Beruf und die neue Verantwortung, aber Degasse versuchte bei jeder Gelegenheit, Ärger zu machen, und hatte immer eine spitze Bemerkung parat. Allerdings war Gregor gewappnet, von dem würde er sich nicht fertigmachen lassen! Diesen Krieg würde er gewinnen. Erst recht, seitdem er die Labore und die entsprechenden Führungspositionen umstrukturiert hatte. Ab jetzt gab es regelmäßige Revisionen. Gregor wollte immer auf dem aktuellsten Stand sein. Besonders über die Entwicklung des Reiskorns R25, das war praktisch sein Baby, er hatte es entwickelt und er wusste, wie wichtig es war. Dieses Reiskorn wurde gerade in einigen asiatischen Ländern getestet. Die Testphase war entscheidend, der praktische Einsatz vor Ort musste genau protokolliert werden, wie wuchs die Pflanze, wie reagierte sie auf Umwelteinflüsse, Schädlinge, Ernte etc. Würde R25 sich bewähren, konnte es weltweit angebaut werden. Ein absoluter Erfolg, auf jeder Linie!

Degasse unterbrach seine Gedanken.

»Es gibt ein Problem. Labordaten von der letzten Testphase wurden in einem wissenschaftlichen Dossier bei der Konkurrenz gefunden.«

»Was?! Bei welcher Konkurrenz, welche Daten?«

»Angeblich hat NOVAK einen Prototypen entwickelt, der ebenfalls gegen die üblichen Schädlinge resistent und mit Vitaminen und Mineralstoffen angereichert ist. Das Dossier wurde angeblich beim *New Scientist* gesichtet, der einen Artikel über die Testphase schreiben will.«

»Das ist unmöglich!« Gregor ließ sich in einen Sessel fallen. »Ich will genau wissen, wo diese Daten herkommen. Können wir an das Dossier rankommen?«

»Eine Kopie des Dossiers liegt auf Ihrem Schreibtisch, es gibt keinen Zweifel, das sind unsere Daten. Wenn Sie mich fragen, sieht das nach Industriespionage aus, und ich habe auch schon ...«

»Degasse, Sie lassen die Finger von meinem Schreibtisch. Ich bin in einer halben Stunde da!«

Gregor legte auf, ohne sich zu verabschieden. Wenn das tatsächlich stimmte, wäre das eine Katastrophe! NOVAK war bekannt für seine korrupten Methoden, es zählten nur Macht und Geld in dieser Firma. Man hatte ihm dort auch eine Stelle angeboten, mit einem außergewöhnlich hohen Gehalt. Aber er ließ sich nicht kaufen. Nicht von so einem Konzern.

»Mama, ich muss sofort in die Firma! Die Möbelpacker wissen ja, was zu tun ist.«

Gerda versprach ihm, auf alles aufzupassen, er solle sich keine Sorgen machen.

Dabei entgingen ihm nicht ihre Fahne und die leicht verwaschene Sprache.

»Mama, ich habe etwas sehr Wichtiges zu erledigen und weiß noch nicht, wann ich wieder da bin. Ich weiß auch nicht genau, wann Helen kommt. Aber ich bitte dich, keine Kisten auszupacken, das machen wir selbst.«

»Aber Gregorhase, ich meine es doch nur gut! Schließlich habe ich mehr Lebenserfahrung. Und weiß, wie man eine Wohnung optimal einräumt. Es wäre sowieso viel besser, wenn ihr in Deutschland wohnen würdet!«

»Schluss jetzt! Ich muss jetzt schnell duschen. Wir unterhalten uns später! Und nenn mich nicht Gregorhase!«, zischte er an und knallte die Badezimmertür hinter sich zu.

Geeiste Himbeeren thronten auf Pfefferminzsorbet und karamellisierten Spekulatiuströpfchen. Helen konnte sich an dem Kunstwerk nicht sattsehen und satt essen. Dies war schon der fünfte Gang, die kleinen *Amuse-bouche* nicht mitgezählt, aber sie hätte glatt noch eine Portion essen können. Dieses Menü war überwältigend gewesen. Jeanne und sie hatten sich sehr angeregt unterhalten. Obwohl sie sich noch nicht so lange kannten, hatte sich eine tiefe Vertrautheit zwischen den Frauen entwickelt. Sie erzählte Jeanne alles, selbst von ihren Eltern und dem Tod ihrer Schwester, etwas, worüber sie eigentlich nie sprach, weil es zu schmerzhaft für sie war. Jeanne hatte sie angesehen und einfach gesagt: »Das muss schrecklich gewesen sein. Ich weiß, wie du dich fühlst, aber dein Schmerz hat dich stark gemacht. Du schöpfst Kraft daraus, zu wissen, dass du alles schaffen kannst, weil du dieses Trauma durchgestanden hast. Ich habe mir mein Leben lang Kinder gewünscht, aber nie welche bekommen, und ich fühle mich dir sehr nahe, obwohl wir uns nicht lange kennen. Es würde mich sehr freuen, wenn ich für dich da sein könnte, praktisch als zweite Mutter. Ich weiß, das klingt komisch, aber du bist mir sehr ans Herz gewachsen.«

»Jeanne, ich würde mich freuen. Ich habe meine Eltern und meine Schwester immer mehr vermisst, als ich mir eingestehen wollte. Direkt nach deren Tod bin ich mit Gregor ins Ausland gegangen. Mein Bruder lebt auf Sylt und ist ein totaler Eigenbrötler, Ornithologe. Wir haben uns seit etwa zehn Jahren nicht gesehen. Ich habe ihm zwar eine Karte aus Lyon geschickt, mit unserer Handynummer, aber er reagiert nicht. Er reagiert auf gar nichts und gibt mir die Schuld am Tod unserer Schwester. Ich hätte alle warnen müssen, nach meinem Traum. Aber so einfach ist das nicht gewesen. Ich hatte den Unfall meiner Schwester praktisch vorausgeträumt, aber ich glaubte damals selbst nicht daran. Und als ich weggezogen bin, sagte er, ich bräuchte mich nicht mehr zu melden. Manchmal fühle ich mich entwurzelt. Eigentlich habe ich gar kein Zuhause mehr. Natürlich mit Gregor und Max, in Ländern, die ich zwar liebe, aber wo ich mich ewig als Tourist fühle. Eigentlich habe ich keinen Ort, wo ich hingehöre.«

»Es sind nicht das Land oder der Ort, sondern die Menschen, die dir das Gefühl geben, irgendwo hinzugehören. Und jetzt gehörst du hier her.«

Es gab noch einen *Café gourmand* mit köstlichen Macarons. Danach stand Jeanne auf, und Maurice half ihr in den Mantel.

»Wir sollten noch schnell Paul begrüßen, Helen kennt ihn ja noch nicht.« Jeanne ging vor Richtung Küche, und Helen folgte ihr. Die Küche betrat man durch eine Schwingtür, deren schwarzes Holz ein goldener Löwe zierte. Lyons Wappentier, wie Maurice erwähnte.

In der Küche waren mindestens fünf Personen, die kochten, rührten, blitzschnell Gemüse schnitten und eine Art Ofen bedienten, den Helen noch nie gesehen hatte.

Paul war nicht zu übersehen. Seine Gesichtszüge waren denen von Maurice sehr ähnlich, aber unter seiner Kochmütze blitzten blonde Locken hervor, und seine Augen waren grün. Paul untersuchte zwei Hähnchen und war im Gespräch mit einem anderen Koch. Er nickte ihr und Jeanne zur Begrüßung zu und wandte sich dann wieder dem Koch zu. Helen verstand nicht viel, schloss aber aus seinem Ton, dass er mit einem der Hühner nicht zufrieden war.

Maurice übersetzte: »Es wurden Bresse-Poularden geliefert, aber nicht von Miéral, sondern von einem anderen Züchter. Paul nimmt nur Miéral und sonst nichts.«

»Hallo liebste Tante! Wie war das Menü?« Paul küsste Jeanne, umarmte sie und hob sie in die Luft.

Helen gab er die Hand. Sie unterhielten sich kurz, und Helen bedankte sich für das wundervolle Essen. Maurice stand dabei und sagte kein Wort, aber Helen konnte an seinen angespannten Unterkiefermuskeln sehen, dass irgendetwas nicht stimmte.

Nach kurzer Unterhaltung verabschiedete Paul sich. Maurice sah ihm nach und wandte sich dann an Helen: »Ab Montag fängt ein neuer Kurs an, jeden Tag von vierzehn Uhr dreißig bis siebzehn Uhr dreißig. Bitte kommen Sie.«

»Mal sehen, meine Schwiegermutter ist zu Besuch. Und unsere Möbel sind heute gekommen, ich habe so viel Arbeit. Aber, danke! Ich melde mich spätestens Freitag.«

»Nein, nein, ich kann unmöglich bis Freitag warten. Ich möchte Sie unbedingt wiedersehen, und Sie können mich nicht so lange warten lassen, bitte. Bitte.« Maurice setzte wieder dieses unwiderstehliche Lächeln auf. Helen war sich sicher, dass er damit zumindest Schokolade zum Schmelzen brachte.

»Also gut. Ich komme am Montag.«

Statt eines Dankeschöns bekam sie ein weiteres Lächeln und einen Handkuss. Frankreich war ein großartiges Land. Sie liebte das Essen und die charmanten Männer … Gott sei Dank war sie selbst mit einem Prachtexemplar verheiratet.

Als sie nach Hause kam, war das Prachtexemplar nicht da. Max saß in der Küche und aß aufgewärmten Kohl. Er knurrte etwas Unverständliches zur Begrüßung. Sie suchte

Gerda und stolperte dabei über diverse Kisten, Möbel, die an der falschen Stelle standen. Dann fand sie Gerda. Schlafend auf ihrem Ehebett, von einer Duftwolke umgeben, die Kohl und Pfefferminz in sich vereinigte. Angewidert öffnete Helen das Fenster und stolperte dabei über eine offene Kiste, die Gerda anscheinend angefangen hatte auszuräumen. Helens Unterwäsche und Gregors einschlägige Fotobände.

Kapitel 21

Alles war eskaliert in den letzten Tagen.

Gerda hatte das Ruder an sich gerissen und alle Möbel so umgestellt, wie sie wollte. Bei einer Gelegenheit hatte sie sich demonstrativ auf das Sofa gesetzt und einen Monolog gehalten. »Ich finde, hier sollte es stehen bleiben. Von hier aus habe ich den schönsten Blick über Lyon, ich kann sogar die Alpen sehen. Wenn ich wieder weg bin, könnt ihr ja alles umstellen. Aber vielleicht lohnt sich das auch nicht, weil ihr bald nach Deutschland kommt, da gehört ihr hin. Du, Helen, hast ja keine Familie mehr, und deinen schrulligen Bruder auf der Insel kann man ja nicht mitzählen. Wahrscheinlich bist du diejenige, die nicht zurück nach Deutschland will, damit du nicht an den Tod deiner Eltern und deiner armen Schwester erinnert wirst. Aber vielleicht will Gregor wieder zurück – ich bin doch eure einzige Familie. Allerdings hat das heutzutage offensichtlich alles keinen Wert mehr. Ich möchte mal wissen, welche Werte Max mitbekommt. Er hat kaum Zeit für mich und ist nur mit seiner Corina zusammen, die ist ja auch nicht deutsch. Dem Jungen würde es auch nicht schaden, mal anständig zu essen. Bis jetzt hat er kaum etwas angerührt von dem, was ich gekocht habe. Dabei ist Kohl doch so gesund! Wo ist Max eigentlich?«

Gerda hatte keine Ahnung, wie verletzend sie war. Sie meinte jedes Wort ernst. Helen kochte vor Wut, doch sie versuchte, ruhig zu bleiben, und zählte innerlich bis fünfzehn, bevor sie antwortete.

»Gerda, Max ist alt genug, um zu entscheiden, was er isst und was er mag, und es spielt keine Rolle, ob seine Freundin aus Deutschland kommt oder nicht, Hauptsache, er ist glücklich. Er ist sogar sehr glücklich hier, und heute Nachmittag ist er mit ein paar Freunden ins Kino gegangen. Und ob wir nach Deutschland gehen oder nicht, entscheiden nur Gregor und ich, sonst niemand! Jetzt lass mich bitte die Möbel wieder umräumen.«

Gerda stand erbost auf.

»Wo ist denn Gregor? Soll er nicht mitentscheiden, wie hier alles stehen soll? Fragen wir ihn doch. Ich glaube, gerade schließt jemand die Wohnungstür auf. Das muss mein Gregorhase sein!«

»Gregor und ich haben bereits alles besprochen! Aber bitte, fragen wir ihn«, zischte Helen.

Gregor stand im Flur, zog sich die Schuhe aus und warf einen Blick in seinen Schuhschrank.

»Irgendjemand war an meinen Schuhen, die stehen nicht wie sonst.« Gereizt stellte er sie wieder ordentlich hin, Abstände genau gleich, farbsortiert.

Helen ging in den Flur.

»Deine Mutter möchte dich etwas fragen. Ich bin nicht kompetent genug!«

»Man kann die Luft hier ja förmlich schneiden. Ich habe schon genug Stress im Büro! Was ist denn los?«

Helen sah Gregor an, und plötzlich tat er ihr leid. Sie hatte gehofft, dass Gerda mit zunehmendem Alter vielleicht umgänglicher würde. Doch das war nicht der Fall, wie sich innerhalb der letzten Tage gezeigt hatte.

Ohne Helens Antwort abzuwarten, fuhr Gregor fort.

»Dicke Luft hier, dicke Luft im Büro! Degasse versucht, mich fertigzumachen. Ich bin mir sicher, dass er hinter den verschwundenen Daten steckt und sie der Konkurrenz zuspielt, aber …«

»Gregorhase! Da bist du ja endlich!« Gerda stand im Flur, einen Aktenordner unterm Arm.

»Mama, zum hundertsten Mal, ich bin nicht dein Gregorhase! Ich kann jetzt auch keine Akten ansehen!« Er ging an ihr vorbei und ließ sich auf das Sofa fallen.

»Mein Junge, es dauert doch nicht lange. Ich habe alle Ordner mitgebracht, die dein Vater angelegt hat. Ich will ja nur, dass du sie durchsiehst. Dann können wir darüber reden, wie du dein Erbe antrittst. Und findest du nicht, dass das Sofa ganz hervorragend hier steht?!«

Das Gespräch wurde laut und zu einem Wortgefecht aus Anschuldigungen und müden Verteidigungsversuchen, Missverständnissen und uralten Schuldgefühlen. Gerda beschuldigte Gregor, das Erbe seines Vaters nicht zu würdigen, und sie würde alles dem Tierheim vermachen. Keiner der beiden sprach mit Helen, die sich in die Küche zurückgezogen hatte, nachdem sie vergeblich versucht hatte, zu vermitteln.

Die Diskussion im Wohnzimmer verstummte plötzlich.

Türen knallten, Gerda verschwand im Bad. Gregor begann, hektisch seinen ganzen Kleiderschrank einzuräumen, alles neu nach Farben zu sortieren und pedantisch seine Unterhosen und Socken nachzuzählen.

»Können wir deine Mutter nicht nach Hause schicken? Mir wird das langsam zu viel mit ihr!« Helen ließ sich auf das Bett fallen.

»Das geht nicht. Wir sehen sie so selten, auch wenn sie nervt, ist sie trotzdem meine Mutter.«

»Ich weiß nicht, wie ich das aushalten soll! Du verschwindest jeden Morgen ins Büro, und ich kann mir den ganzen Tag ihre Kommentare anhören. Ich versuche höflich zu sein, aber lange schaffe ich das nicht mehr.«

»Gut. Ich rede mit ihr. Ich will wenigstens zu Hause meine Ruhe haben.«

»Hör doch endlich auf, dein ganzes Zeug zu sortieren. Das ist doch alles super ordentlich, dieses zwanghafte Aufräumen von dir, das geht mir auch auf den Geist!«

Gregor hielt in seiner Bewegung inne.

»Himmel! Lass mich doch, ich habe das unter Kontrolle.

Es muss ja nicht jeder so ein Chaos im Schrank haben wie du!«

»Ja, Kontrolle, das ist das Wort, das dich mit deiner Mutter verbindet!«

»Lieber ein bisschen Kontrollzwang als völliges Durcheinander. Man findet ja nichts bei dir, sogar deine Schuhe sind auf einem gigantischen Haufen! Ordnung ist das halbe Leben!«

»Dann habe ich lieber in der anderen Hälfte Spaß! Die Ordnung ist die Lust der Vernunft, aber die Unordnung ist die Wonne der Fantasie!«

»Wo hast du das denn her?«

»Paul Claudel, ein französischer Schriftsteller! Sei froh, dass ich nicht so ordentlich bin wie du, sonst würden wir nur noch aufräumen und putzen!«

Gregor musste lachen und warf sich zu ihr aufs Bett.

»Du hast recht. Dann würden wir so einiges verpassen.«

Er wollte Helen gerade küssen, als sein Telefon klingelte.

»Da muss ich ran, sorry, das ist einer der Laborleiter.«

Helen wusste, dass sie ihn jetzt besser in Ruhe ließ. Leise schloss sie die Tür. Sie begann, die Küchenkartons auszupacken, als Max nach Hause kam. Mit Corina im Arm.

»Hi Mama, kann Corina ein paar Tage hier pennen? Ihre Eltern verreisen. Ich habe ihr gesagt, dass du bestimmt total cool damit bist. Oder?«

Was sollte sie dazu sagen? Schlimmer konnte die Stimmung ja nicht mehr werden. Sie würde mit Corinas Eltern reden, was die davon hielten. Es freute sie irgendwie, dass Max so viel Vertrauen hatte, seine Freundin nach Hause zu bringen. Sie wollte diesen Vertrauensbeweis nicht im Keim ersticken.

»Von mir aus, aber nimm Rücksicht auf Oma.«

Max verdrehte die Augen.

Kurz danach war aus seinem Zimmer laute Musik zu hören. Gregor schrie etwas Unverständliches. Gerda lief mit ein paar Aktenordnern durch den Flur und fluchte vor sich hin.

»Alles geht zum Tierschutzverein. Die sind wenigstens dankbar!« Dann blieb sie an der Küchentür stehen.

»Jetzt ist Max ja da, dann mache ich gleich ein paar Koteletts.«

Helen konnte den Montag kaum abwarten.

Kapitel 22

Die drei Männer waren bereits bei der zweiten Flasche Romanée Conti. Paul waren diese Typen zutiefst unangenehm, und er führte mit seinem Bruder eine hitzige Diskussion in der Küche, wo dieser gerade eine Platte mit Austern fertigmachte.

»Ich habe die Nase voll von deinen sogenannten Freunden – die kommen und gehen, als ob ihnen das Restaurant gehört. Sie trinken unseren teuersten Wein, zahlen nie dafür. Das kann so nicht weitergehen, ich will, dass du sie rausschmeißt!«

Maurice sah seinen Bruder ernst an und schwieg, er dachte an heute Mittag. Das Menü, das Paul zubereitet hatte, war fantastisch gewesen. Und Helen faszinierte ihn wie schon lange keine Frau mehr. Die schwarzen Haare umrahmten ihre feinen Gesichtszüge wie ein Gemälde, außerdem war sie unglaublich attraktiv. Besonders vor ein paar Tagen, als er sie morgens in seinem Wagen mitgenommen hatte. Sie war völlig durchnässt gewesen, ihr Top hatte an ihr geklebt wie eine zweite Haut.

Maurice' Schweigen machte Paul noch wütender.

»Hörst du mir eigentlich zu?! Ich kann so nicht arbeiten! Ich muss mich konzentrieren, es geht um den zweiten Michelin-Stern, das bedeutet alles für mich, mein Leben lang habe ich davon geträumt. Ich lasse mir meine Kreativität und Inspiration von diesen Proleten nicht ruinieren. Wer weiß, vielleicht gehören deine Freunde zur Lyoner Mafia!«

Maurice' Miene blieb reglos, lediglich eine gewisse Anspannung war zu spüren.

»Paul, die drei sind meine Freunde, und sie werden nicht gehen. Du gehst! Geh in deine Versuchsküche bei Jeanne, dort hast du alle Ruhe und Zeit der Welt! Pack einfach dein ganzes Zeug.«

»NEIN! Ich lasse mich nicht vertreiben, nicht dieses Mal.«

»Dann bleib und lass uns in Ruhe.« Maurice drehte sich um und wollte die Küche verlassen, als Paul ihn am Arm festhielt.

»Maurice, du machst doch keine krummen Geschäfte? Du hast es mir versprochen, nachdem du damals …«

»Mach dir keine Sorgen …«

Paul wandte sich seinem Soufflé zu und murmelte etwas Unverständliches.

Maurice gesellte sich an den Tisch zu den Männern und öffnete eine weitere Flasche Wein. Einer der drei war ein paar Jahre älter als Maurice. Sein Gesicht war von Linien und Narben durchzogen, sein dichtes schwarzes Haar mit den leicht grauen Schläfen gab ihm ein markantes Aussehen. Seine Augen waren kalt und stahlblau. Er wurde »der Papst« genannt. Nur wenige kannten seinen richtigen Namen, er wurde gefürchtet wie kein anderer. Die beiden Männer links und rechts von ihm waren bullige Kraftprotze, die dazu abgerichtet waren, ihn zu beschützen und keine Fragen zu stellen.

»Maurice, mein Freund, ich liebe euer Restaurant, dein Bruder ist ein Genie und du weißt, wie du dein Geld investieren musst!« Er prostete ihm zu. »Aber – es wird Zeit, dass du mir mein Geld zurückzahlst. Und zwar bald. Ich gebe dir noch drei Wochen.«

»Hör zu, ich weiß, ich bin mit den Raten hinten dran, aber ich hatte eine schlechte Phase beim Pokern. Ich werde dir nächste Woche alles zurückzahlen, ich habe da jemanden an der Hand, der mir den Porsche für fast das Doppelte abkauft.«

»Das Doppelte? Nehmen wir einmal an, du hättest einen Idioten gefunden, der dir das Doppelte für dein Auto zahlt. Es wäre nicht genug. Mein alter Freund. Das Restaurant läuft sehr gut, lass dir etwas einfallen. Frag deinen Bruder, oder vielleicht muss ich mal mit ihm reden.«

Maurice warf einen Blick in Richtung Küche.

»Kommt nicht in Frage! Er hat keine Ahnung. Halt ihn da raus! Ich warne dich, sonst müsste ich vielleicht auch ein paar Sachen erzählen!« Maurice ärgerte sich im selben Moment über seine Äußerung; dem Papst zu drohen, war eine schlechte Idee gewesen.

Die Kraftprotze sahen erwartungsvoll ihren Chef an, der aber nur kurz die Hand hob, um sie zurückzupfeifen.

»Mein alter Freund Maurice, du weißt, dass man mir nicht droht.« Er lehnte sich über den Tisch und sah Maurice direkt in die Augen. »Hör mir gut zu! Ich sage dir eins, wenn, dann gehst *du* unter! Dafür werde ich sorgen! Fast eine halbe Million habe ich dir gegeben. Das ist eine Menge Geld für einige Leute. Und ich bin nicht kleinlich, aber ich will mein Geld zurück!! Die restlichen dreihunderttausend! Sonst könnte es durchaus sein, dass es hier plötzlich zu Lebensmittelvergiftungen kommt. Dann müsst ihr ein paar Tage oder Wochen schließen, das kann dauern. Und wenn der Ruf erst mal ruiniert ist, naja. In Küchen entstehen oft auch Brände, man könnte euch dann Versicherungsbetrug anhängen. Oder noch schlimmer, der Koch – das Genie – hätte einen tödlichen Unfall!«

»Du verdammtes Schwein! Du willst mich erpressen! Wage es nicht, meinem Bruder etwas anzutun!«, zischte Maurice wütend. Seine Hände schwitzten. Er wusste, dass sein Gegenüber ohne zu zögern handeln würde.

Der Papst lehnte sich grinsend zurück und trank sein Glas aus. Dann erhob er sich und verließ das Restaurant, ohne sich noch einmal umzudrehen.

Maurice wusste, dass er verloren hatte.

Wie hatte er sich nur auf solch einen Verbrecher einlassen können?

Kapitel 23

1979

Die Gegend war ihm unbekannt. Sie waren schon stundenlang gefahren. Regen prasselte gegen die Scheiben des Wagens, und die kleinen Scheibenwischer hatten Mühe, sich schnell genug zu bewegen. Neben ihm saß eine Frau, die sehr streng wirkte und ernst aussah. Man hatte ihm gesagt, dass sie auf ihn aufpassen würde, bis man ihn in das Heim für schwererziehbare Jugendliche brachte. Dort würde er die nächste Zeit verbringen, mindestens ein Jahr. Oder auch zwei, hatte man ihm gesagt.

Sein Vater hatte eine schwere Stichverletzung am Bein und hatte viel Blut verloren, ein größerer Blutverlust resultierte jedoch aus einer Verletzung der Leber, und er musste notoperiert werden.

Er war sich sicher, nur einmal zugestochen zu haben! Die Verletzung musste der Alte sich selbst zugefügt haben, das war gar nicht anders möglich!

Und seine Mutter, was würde aus ihr werden, wenn er nicht mehr da war, sie zu beschützen? Und aus seinem Bruder? Als er nach seiner Mutter gefragt hatte, hieß es, sie sei im Krankenhaus. Als er versuchte zu erzählen, was sein Vater mit ihr gemacht hatte, wurde er als Lügner bezeichnet.

Und jetzt war er auf dem Weg in dieses Heim. Von dem er sich keine Vorstellung machen konnte. War es wie ein Gefängnis oder wie eine Art Zuhause? Man hatte gesagt, er könne Besuch bekommen, einmal im Monat, aber er könne nicht nach Hause.

Er zitterte vor Angst. Noch nie war er so lange von zu Hause weggewesen. Tränen rannen über seine Wangen und seine Nase lief, er hatte kein Taschentuch und wagte es nicht, seinen Ärmel zu benutzen. Beschämt sah er aus dem Fenster. Er fühlte sich unendlich einsam. Wortlos reichte ihm die Dame neben ihm ein Taschentuch. Es war aus einem sehr zarten Stoff, und es roch gut, es war das Einzige, was ihm noch blieb. Das einzige Menschliche. Er würde es jahrelang behalten.

Das Heim war mehr eine Anstalt oder ein Gefängnis. Tatsächlich war es eine alte Festung aus dem Mittelalter unweit der spanischen Grenze. Das hatte man ihm später erzählt. Früher hatten etwa tausend Soldaten hier gelebt, jahrhundertelang war es ein strategisch wichtiger Militärstützpunkt zwischen Frankreich und Katalonien. Die Festung galt als uneinnehmbar, mit über zehn Meter dicken Mauern.

Keiner kam rein. Vor allem aber kam keiner raus.

La Forteresse de Salas lag in einem Tal nicht weit vom Meer, das wusste er, man konnte manchmal nachts die Wellen rauschen hören. Etwa zweihundertfünfzig Jungen waren dort untergebracht, genau wie er, alle kleine Verbrecher. Das hatte der Fahrer des Wagens gesagt, ein fetter Polizist, der ihn und die Frau fuhr. Sein unangenehmes Grinsen, das er gelegentlich im Rückspiegel sah, verfolgte ihn noch lange im Schlaf.

Der Regen ließ etwas nach, als sie die Furcht einflößende Festung erreichten. Noch nie hatte er solch ein großes Gebäude gesehen. Sie wurden von einem Mann, der wohl der Direktor war, in ein Büro geführt. Überall hingen eingerahmte Urkunden und Auszeichnungen an der Wand.

Es wurden Papiere überreicht und unterzeichnet, keiner redete mit ihm. Nur der Polizist und die Frau sprachen mit dem Direktor, Commandant Brusac.

Keiner begrüßte ihn. Keiner verabschiedete sich von ihm.

Der Schlafsaal war dunkel, und ihm wurde befohlen leise

hineinzugehen, man zeigte ihm ein Bett mit einem kleinen dazugehörigen Schränkchen.

Diese Nacht schlief er nicht, er lag da und wagte nicht, sich zu bewegen. Er starrte die Decke an und dachte über sein Leben nach. Das hatte er nun davon, dass er versucht hatte, seine Mutter zu schützen, gegen das Böse, gegen seinen Vater.

Er wollte etwas Gutes tun, aber er hatte verloren. Das Böse hatte gewonnen. Der Duft von warmen Zimtschnecken, für immer verloren.

Es begann bereits zu dämmern, als er vor Erschöpfung einschlief.

Eine laute Sirene ertönte, für einen Moment wusste er nicht, wo er war. Um ihn herum entstand plötzlich Tumult. Er sah sich um und tat es den anderen Jungen nach, nahm rasch seine Kleider vom Stuhl und folgte den anderen zu einem Waschraum, wo Seifenstücke lagen, er wusch sich verschämt. Keiner beachtete ihn.

Die Festung war gigantisch. Er lief einfach hinter den anderen her. Der Schlafsaal lag im obersten Stockwerk eines Seitenflügels, eine breite Steintreppe führte nach unten in einen großen Hof, in dessen Mitte stand ein Brunnen. Mehrere Torgewölbe und Gänge, Türme und Treppen gingen von diesem Platz aus. In einem der Seitenflügel befand sich der Speisesaal.

Das Frühstück bestand aus einer Tasse lauwarmer Milch und einem Stück Brot.

Er aß hastig und hätte gerne noch etwas mehr gehabt, aber es schien nur ein Stück zu geben. Er sah sich suchend um, an seinem Tisch saßen etwa fünfzig Kinder, es gab fünf lange Tische, und auf keinem standen extra Brot oder Milch. Dann sah er den Jungen gegenüber, er war kleiner und schmächtiger als er und trug eine leicht verbogene Brille, seine dunkelblonden Haare waren seitlich gescheitelt. Er lächelte ihm schüchtern zu. Dann schob der Junge ihm die Hälfte seiner Brioche über den Tisch. Er bedankte sich mit einem Kopfnicken und aß sie gierig. Es wurde fast nicht geredet, nur hier und da hörte man leises Gemurmel. Am Kopfende des langen Saals war ein kleinerer Tisch, der quer und etwas erhöht stand. Er erkannte Commandant Brusac, den Leiter des Heimes, wieder. Links und rechts von ihm saßen jeweils fünf andere Personen, alles Männer. Davon waren drei Priester, einer davon war sehr groß und breitschultrig, mit der Statur und der Nase eines Boxers. Keiner von ihnen sah nett aus.

Er hatte seinen letzten Bissen gerade heruntergeschluckt, als erneut ein Alarm ertönte, alle aufsprangen und in Reihen den Saal verließen. Als er die Tür erreichte, legte sich eine schwere Hand auf seine Schulter. Man winkte ihn und einen anderen Jungen heraus. Der andere war etwa so groß wie er selbst, aber dicker und muskulöser. Seine Haare waren kurz rasiert, und er sah ihn herausfordernd an. Er fühlte, dass er mit ihm noch Ärger haben würde. Sie folgten dem Priester, der aussah wie ein Boxer und sich als Bruder Martin vorgestellt hatte. Sein Büro war in einem sehr kühlen Raum mit einem kleinen Fenster, die schwere Holztür fiel krachend ins Schloss. Die Jungen wurden angewiesen, sich auf die beiden Holzstühle vor dem Schreibtisch zu setzen.

»Ich bin mir sicher, dass ihr wisst, warum ihr hier seid. Beide habt ihr gesündigt gegen den Herrn, aber ihr habt jetzt sehr lange Zeit, über eure Sünden nachzudenken, Buße zu tun und euch zu bewähren! Ich bin für euch verantwortlich und werde euch gleich zu eurer Klasse bringen. Jeden Tag außer sonntags geht ihr zur Schule, sonntags ist Messe und jeden Abend Andacht. Hier folgt man den Regeln, während der Mahlzeiten wird nur das Nötigste gesprochen. Ihr habt jeden Tag körperliche Ertüchtigungen, und jeglichen Anweisungen wird Folge geleistet, ohne Widerworte! Und seid euch darüber im Klaren – ihr bleibt so lange hier, wie wir es für nötig halten. Ob ihr fähig seid, wieder in die Gesellschaft eingegliedert zu werden, entscheiden wir. Einige kommen zurück zu ihren Familien, andere dienen der Kirche, und der Rest ist für das ewige Fegefeuer bestimmt, sie bleiben unbelehrbar böse.« Es folgten weitere Regeln, Hinweise und Maßregelungen. Wie sollte er es hier nur ein Jahr oder länger aushalten? Warum war er nur hier gelandet, er war doch nicht böse!

»Und falls ihr nicht gehorcht, bin ich gezwungen, euch körperlich zu bestrafen. Denn Gott verlangt, dass man den Teufel austreibt, auch mit Züchtigungen.«

Ein Blick an die Wand, wo Lederriemen und Peitschen hingen, ließ keinen Zweifel an der Bedeutung seiner Worte.

Kapitel 24

Helen war etwas früher am Restaurant angekommen. Der Kochkurs würde erst in vierzig Minuten anfangen, aber sie hatte die Flucht ergriffen, nachdem Gerda zum wievielten Male angefangen hatte, von Gregors Erbe und dem Tierschutzverein zu reden, um dann in einen Monolog zu verfallen, dass Helen sich nicht angemessen kleide, nur weil sie eine schwarze Lederhose und Stiefel trug.

Heute Abend musste sie noch mal mit Gregor reden, so konnte das nicht weitergehen, Gerda musste abreisen, und zwar bald.

Irgendwo würde sie noch einen Kaffee trinken, bevor der Kurs anfing. Plötzlich hörte sie ihren Namen.

»Helen, *bonjour*!«

Maurice küsste Helen zur Begrüßung auf beide Wangen.

»Ja, ich bin zu früh, ich wollte noch schnell einen Kaffee trinken und komme später wieder.« Helen schickte sich an zu gehen, aber Maurice legte die Hand auf ihre Schulter.

»Bleib, ich mache dir den besten Kaffee weit und breit. Ich wollte sowieso gerade eine Pause machen und einen Espresso trinken. Ich darf doch du sagen?«

Helen nickte zustimmend. Sie fand die plötzliche Vertrautheit zwar überraschend, aber nicht unangenehm. Sie folgte ihm ins Restaurant und wunderte sich selbst, dass sie so viel Sympathie für Maurice empfand. Er hatte eine unglaubliche Ausstrahlung.

Die Bar bestand aus einem riesigen Steinblock mit diversen Ecken und Kanten, der so geschliffen war, dass man sich bequem daran setzen konnte.

Maurice hantierte an einer Maschine – »Nuova Simonelli Aurelia« las Helen – und setzte sich dann neben sie an die Bar.

Der Kaffee war in der Tat sehr gut, ebenso wie der kleine *Macaron* mit Pistazienfüllung.

»Wie gefällt dir Lyon?«, fragte Maurice und blickte ihr tief in die Augen.

»Mir gefällt die Stadt sehr gut, und so langsam taste ich mich auch an die Sprache heran. Außerdem finde ich die französische Küche sehr interessant, besonders als Gegensatz zu Hongkong. Dort habe ich zwei Kochkurse bei Martha Sherpa besucht.«

»Eine Königin unter den Kochschulen, sehr anspruchsvoll und eine fantasievolle Verwendung von Kräutern. Ich hoffe, unser Kurs wird dir gefallen.«

»Bestimmt. Jeanne hat mir schon viel erzählt.«

»Ja, Jeanne. Eine außergewöhnliche Frau. Etwas exzentrisch. Das Grundstück, auf dem sie lebt, hat eine völlig verwilderte Ecke, dort wachsen sehr seltene Gewürze und Pilze, ein wahres Paradies. Paul sitzt dort oft lange und lässt sich inspirieren. Wenn du willst, zeige ich es dir mal. Ich muss wahrscheinlich übermorgen hin. Paul braucht ein paar Pilze, die es nur dort gibt. Wenn du auf dem Balkon stehst, kannst du den Garten gut überblicken. Ich werde mich bemerkbar machen, falls ich dich sehe. Oder ich schicke dir eine SMS.«

Helen musterte Maurice eingehend. Er wusste, dass sie verheiratet war, flirtete aber trotzdem heftig mit ihr. Oder bildete sie sich das nur ein, und es war völlig harmlos? Was war schon dabei, wenn Maurice ihr diesen Teil des Gartens zeigte? Woher wusste er, dass sie den Garten von ihrem Balkon aus überblicken konnte? Hatte er sie da schon gesehen? Oder beobachtete Maurice sie womöglich? Einmal ganz zu Anfang hatte sie einen Mann an einem der Fenster von Jeannes Haus gesehen, damals war es ihr unheimlich und unangenehm gewesen, aber jetzt wusste sie, dass es eigentlich nur Paul oder Maurice gewesen sein konnten. Sie musste unbedingt diese Ecke in Jeannes Garten sehen. Mit oder ohne Maurice.

Helen kehrte mit ihrer Aufmerksamkeit zu Maurice zurück.

»Ja, gerne. Meine Schwiegermutter ist zu Besuch und ziemlich anstrengend. Ich bin eigentlich ganz froh, wenn ich nicht zu Hause sein muss. Und wenn Jeannes Garten genauso interessant ist wie ihr Haus, warum nicht.«

»Sehr gut, wir probieren gerade etwas mit Thai Basilikum, Ananassalbei, Kaskadenthymian und …«

Sein Mobiltelefon klingelte, und er entschuldigte sich mit einem Kopfnicken. Er verschwand hinter einer der Säulen. Plötzlich wurde seine Stimme lauter, und Helen hatte das Gefühl, dass er Angst hatte. Sie verstand kein Wort, Maurice sprach sehr schnell, aber Wortfetzen drangen zu ihr, ›lass es sein, tue es nicht, warte‹, dann wurde seine Stimme zischend und leise, bedrohlich. In der nächsten Sekunde verließ er schnellen Schrittes das Restaurant, ohne sie weiter zu beachten. Draußen begann er sogar zu rennen. Neugierig ging sie zur Tür und sah ihm nach. Er rannte verdammt schnell, er musste ziemlich durchtrainiert sein. Oder große Angst haben.

Der Duft von wildem Estragon lag in der Luft, als Helen zwanzig Minuten später mit fünfzehn anderen Leuten in einem Vorraum der Kochschule im obersten Stock von ›Paul & Maurice‹ stand.

Vier blitzblanke Edelstahlbänke mit jeweils vier weißen, großen Schneidebrettern, ein Sortiment von Messern neben jedem Brett, mehrere kleine Edelstahlschalen auf dem Tisch, deren Inhalt sie nicht sah. Maurice hatte sie alle herzlich willkommen geheißen.

Helen beobachtet ihn. Er sah blendend aus, weder sein Hemd noch der perfekt sitzende Anzug sahen verschwitzt aus, seine Gesichtszüge waren entspannt, sein Lächeln war unwiderstehlich. Nur die feucht schimmernde Stirn, wo sein dichtes schwarzes Haar leicht grau war, verriet, dass er kurz vorher wie ein Wahnsinniger gerannt war.

Er erklärte, dass er die Menüfolgen erläutern und einige Informationen für die kommenden Tage geben werde, dann werde einer der Köche den Kurs übernehmen, aber er werde gelegentlich vorbeischauen. Die Teilnehmer hatten sich kurz vorgestellt, und Helen war erstaunt, wie viele Ausländer mitmachten. Außer ihr waren da zwei Japaner, ein amerikanisches Pärchen, ein Schwede und eine Frau aus Südafrika. Die restlichen neun waren Frauen aus Lyon und Umgebung. Und bei einigen war sofort zu sehen, dass sie den Kochkurs nicht nur gebucht hatten, um neue Kniffe zu lernen, sondern wegen Maurice. Die Blicke, die sie ihm zuwarfen, waren eindeutig. Nachdem sich jeder gründlich die Hände gewaschen hatte – eine genaue Anleitung dazu hing sogar über dem Waschbecken –, wurden weiße Schürzen verteilt, und sie gruppierten sich um die Tische. Helen war das amerikanische Pärchen sofort sympathisch. Hillary und James kamen aus Texas, hatten den breiten Akzent der Südstaaten und ein noch breiteres Lächeln. Beiden war anzusehen, dass sie eine Leidenschaft für Essen hatten. Helen mochte die unglaublich bunten Hemden der beiden mit den leuchtenden Farben und Mustern. Außerdem fielen sie zwischen den Beige- und Blau-Tönen der Französinnen auf. Helen hatte eine Schwäche für Exzentrik, deshalb mochte sie auch Jeanne so sehr.

Vor dem Kochkurs war sie kurz bei ihrer Freundin gewesen. Jeanne hatte angefangen, ihre Bibliothek dann doch nach Farben zu sortieren, und Helen hatte versprochen, ihr zu helfen. Es sah fantastisch aus! Sie waren zwar noch lange nicht fertig, aber Jeanne hatte eine Wand mit Grüntönen geschaffen, von Pfefferminze bis zu Tannengrün, und Helen hatte an einer anderen Seite des riesigen Raumes mit Rot und Pink angefangen. Es war erstaunlich, wie viele Bücher Jeanne besaß. Sie hatte große Lust, das auch zu Hause zu machen. Sie hatte zwar viel weniger Bücher als Jeanne, aber sie konnte sich schon jetzt Gregors Gesicht vorstellen, wenn seine Bücher nicht mehr thematisch und alphabetisch, sondern nach Farben sortiert wären. Doch seit er die neue Stelle angenommen hatte, war sein Humor verschwunden. Die letzten Nächte hatte er schlecht geschlafen und sich unruhig im Bett hin und her gewälzt. Sein ganzer Frust manifestierte sich in seinem Ordnungszwang. Gestern Morgen im Bad hatte sie beobachtet, wie er immer wieder die Handtücher umgehängt und glatt gestrichen hatte, bis sie alle exakt in einer Linie hingen. Sein iPod war im Bad eingedockt, und er hatte »Shinedown« gehört, immer ein Zeichen für seine schlechte Laune. Dann hatte er angefangen, seine Hemden neu zu sortieren, und vor sich hin geflucht, weil ein weißes bei den hellblauen gelandet war. Vielleicht würde es besser werden, wenn Gerda abgereist war. Das ganze Theater um sein Erbe machte das alles nicht einfacher.

Sie wurde aus ihren Gedanken gerissen, als Maurice vor ihr stand und ihr einen lebenden Hummer unter die Nase hielt.

»So müssen Hummer aussehen und riechen. Sie werden gleich Hummer auf Sauternes-Schaum und Estragonravioli zubereiten und sollten wissen, wie man einen guten Hummer von einem schlechten unterscheidet!«

Maurice setzte den Hummer auf die Mitte eines Tisches, wo dieser nervös hin und her lief. Helen hatte das große Messer in seiner Hand nicht gesehen. Blitzschnell stach er zu – genau zwischen die Augen des Tieres.

Kapitel 25

Er starrte angespannt auf seine Schuhspitzen, die rechte sah tatsächlich dunkler aus. Das konnte nur beim Mittagessen mit dem Geschäftsführer passiert sein, als ein Glas Rotwein umgekippt war, ein paar Tropfen mussten auf seinem Schuh gelandet sein.

Seine guten Mailänder Schuhe, praktisch ruiniert, er könnte noch mal schnell nach Hause fahren und die Schuhe wechseln, die Besprechung fing erst in zwei Stunden an. Aber dann würde er seiner Mutter in die Arme laufen. Und das wollte er auf alle Fälle vermeiden. Die letzten Tage waren unerträglich gewesen. Er mochte seine Mutter, ohne Zweifel. Ob er sie liebte, da war er sich nicht mehr sicher.

Nein, er konnte es nicht ertragen, ihr jetzt zu begegnen, er würde Helen bitten, ihm die Schuhe vorbeizubringen.

Helen nahm sofort ab und sprach leise.

»Ich bin in meinem Kochkurs, gibt es etwas Wichtiges?«

»Tut mir leid, dich zu stören, aber ich brauche dringend die schwarzen Mailänder.«

»Was?!« Helen verließ die Küche und beobachtete durch ein Fenster in der Tür, wie Maurice den Hummer halbierte. »Wieso brauchst du Schuhe? Ist etwas passiert?«

»Nicht direkt, aber ich habe in einer Stunde diese wichtige Besprechung, und die dunkelbraunen Mailänder haben einen Fleck, ein Schuh ist dunkler als der andere und ich bekomme es nicht ab. Tut mir leid, dich in dem Kochkurs zu stören, das hatte ich völlig vergessen, aber vielleicht könntest du mir die Schuhe trotzdem schnell vorbeibringen? Ich revanchiere mich heute Nacht!« Er hatte diesen zuckersüßen charmanten Ton, dem Helen sonst nur schwer widerstehen konnte, aber jetzt war das Maß wirklich voll.

»Nein, Gregor, ich bringe dir nicht deine Schuhe! Selbst wenn ich Zeit hätte – das geht einfach zu weit. Ich verstehe dein Problem, aber du musst etwas dagegen tun. Seit Tagen machst du uns alle wahnsinnig, indem du die Handtücher hin und her ziehst, deine Hemden ständig umsortierst, die ganzen Küchenutensilien sind nach Farben sortiert, und du hast es sogar gewagt, meinen Spiegelschrank umzuräumen!«

»Tut mir leid.«

»Ich weiß, aber so geht das nicht. Ich toleriere einiges, aber was zu viel ist, ist zu viel!«

»Mein Stress! Du hast keine Ahnung von meinem Stress! NOVAK hat wahrscheinlich einen Großteil unserer Daten geklaut und bringt das neue Reiskorn früher auf den Markt! Alles hängt davon ab! Alles!«

»Hör auf, mich anzuschreien! Ich lege gleich auf!«, flüsterte Helen wütend.

»Ja, ja, mach nur deinen Kochkurs und entspann dich, aber deinem Spiegelschrank tat es gut, mal aufgeräumt zu …«

Helen hatte aufgelegt.

Gregor starrte fassungslos auf sein Telefon. Sie hatte noch nie aufgelegt, ohne sich vorher zu verabschieden. Wenn sie wütend war, sagte sie normalerweise wenigstens noch »Tschüss« oder »Bye«.

Er wusste, dass er im Moment anstrengend war, aber es war auch anstrengend für ihn, im Chaos zu leben. Zu Hause sah es aus wie auf der Müllhalde. Helen war entweder bei Jeanne oder sonst wo, und die Kisten waren immer noch nicht alle ausgepackt! Und jetzt hatte er keine Schuhe!

Es klopfte. Ohne seine Antwort abzuwarten, stand Julian Degasse in der Tür.

»Ich wollte vor dem Meeting kurz mit Ihnen reden. Sie haben doch einen Moment?!«

Er ließ sich in einen der großen Ledersessel vor Gregors Schreibtisch fallen.

»Was gibt es? Ich habe nicht viel Zeit!« Gregor kochte innerlich vor Wut, wegen Helen, wegen seiner Schuhe, und jetzt saß dieser Lackaffe wieder in seinem Büro. Gedanklich hatte er schon den Revolver auf dem Schreibtisch liegen.

»Ich dachte, ich sage es Ihnen lieber persönlich, bevor es möglicherweise später angesprochen wird. Wie Sie wissen, ist das Dossier von NOVAK bezüglich des neuen Prototyp-Reiskorns NO-28 fast identisch mit unserem R25. In der IT-Abteilung geht das Gerücht um, dass interne Daten von einem unserer Rechner an NOVAK geschickt wurden.«

Gregor starrte Degasse an. Tausend Gedanken schossen ihm durch den Kopf.

Nach dem letzten Treffen, als sich alle Forschungsgruppenleiter in Gregors Büro versammelt hatten und man die schockierende Nachricht vom Datenklau diskutierte, war man sich einig gewesen, dass der Schuldige nicht unter den Mitarbeitern zu suchen war. Es gab noch die Möglichkeit, dass Informationen über die Forschungszentren in Karatschi oder Hongkong durchgesickert waren. Die Übereinstimmungen waren zu eindeutig, als dass man an einen Zufall glaubte.

Das korrupte Schwein, das dafür verantwortlich war, würde dafür bezahlen! Dass die undichte Stelle aber in seiner eigenen Abteilung sein sollte, schien ihm unglaublich.

»Was wollen Sie damit sagen?« Gregor war vorsichtig mit seiner Formulierung, vielleicht war es auch eine Falle.

»Nun ja, ich habe David Brooks von der IT-Abteilung zufällig im Flur getroffen, und er hat mir erzählt, alles deute darauf hin, dass in den letzten Wochen E-Mails von uns an NOVAK gingen, um genau zu sein, vor drei Wochen. Das Dossier wurde vor vier Tagen eingereicht; selbst wenn es nicht stimmt, dass sie ein fast identisches Reiskorn entwickelt haben, wird das den Markt ganz schön durcheinanderbringen! Natürlich wird jeder wissen, dass wir es zuerst entwickelt haben, aber trotzdem ist es schlecht fürs Image.«

»Selbstverständlich ist es schlecht fürs Image! Außerdem habe ich es entwickelt, und – wir – haben es nur weiterentwickelt! Davon abgesehen, muss die IT-Abteilung erst mit mir darüber reden und nicht mit Ihnen. Ich kläre das selbst mit Herrn Brooks. Danke.«

Gregor wartete, dass Degasse endlich ging, der aber blieb sitzen.

»Sonst noch was?«, fragte Gregor gereizt.

»Ich wollte nur sagen, dass ich selbstverständlich auf Ihrer Seite bin.«

Degasse hatte einen sehr neutralen, fast mitleidigen Gesichtsausdruck, dann fiel sein Blick auf Gregors Schuhe.

»Oh, ist Ihnen etwas ausgelaufen?«

»Das sollte nicht Ihr Problem sein! Aber wenn Sie es genau wissen wollen, ich war vorhin mit dem CEO essen, und mir ist ein kleiner Schluck 99er Châteauneuf du Pape darauf getropft. Sie kennen Professor Dr. Redoute? Offensichtlich nicht. Es gibt immer nur das Beste für die Besten!«

Degasse verließ das Büro ohne eine weitere Erwiderung.

Gregor schaffte es gerade noch, ihm mit dem imaginären Revolver in den Rücken zu schießen.

Kapitel 26

Jeanne saß neben einem Stapel Bildbände mit schwarzem Einband und legte gerade weitere Bücher dazu, um die schwarzgraue Bücherwand zu vervollkommnen, als plötzlich Maurice neben ihr stand.

»Maurice, was machst du denn hier? Ich dachte, du betreust den Kochkurs? Falls du Paul suchst, der ist schon wieder gegangen. Er war nur kurz hier, um Kräuter und Pilze zu holen.«

Jeanne stand auf und strich sich eine Haarsträhne aus dem Gesicht.

»*Bonjour,* Jeanne! Du siehst bezaubernd aus.« Er küsste sie zur Begrüßung auf beide Wangen.

»Ich muss mit dir reden, Jeanne, bitte.«

Sie sah ihm an, dass er sehr angespannt war.

»Also gut. Komm, gehen wir in den Garten. Ich habe den ganzen Tag in der Bibliothek zugebracht, aber dank Helens Hilfe bin ich fast fertig. War sie heute beim Kochkurs?«

Jeanne wechselte ihre Schuhe und ging mit Maurice über die Terrasse in den Garten.

»Ja, sie war beim Kochkurs, ich habe sie nach Hause gefahren, da ich sowieso zu dir wollte.«

»Magst du sie?« Jeanne sah Maurice herausfordernd an. Er stand neben ihr, und sie sah nur sein Profil, die Hände vor seiner Brust verschränkt.

»Warum willst du das wissen?«

»Ich kenne dich sehr gut. Dir laufen die Frauen hinterher, aber nie ist es etwas Ernstes. Nicht seit damals. Seit Catherine. Helen sieht ihr ähnlich.«

»Müssen wir darüber reden!? Ich weiß, dass sie aussieht wie Catherine, aber das ist lange her. Und sie hat mich verlassen.«

Maurice versuchte, so gleichgültig wie möglich zu klingen, aber es gelang ihm nicht ganz. Er spürte Jeannes Hand auf seinem Arm.

Catherine hatte er vor vielen Jahren in Lyon kennengelernt. Paul absolvierte damals seine Ausbildung zum Koch bei Guy Savoy in Paris, und er zum Hotelfachmann in einem renommierten Lyoner Hotel. Catherine arbeitete im selben Hotel. Bereits am ersten Tag war Maurice klar, dass er die Frau fürs Leben gefunden hatte. Auch bei ihr war es Liebe auf den ersten Blick gewesen. Nach der Ausbildung zogen sie zusammen, in eine kleine Dachgeschosswohnung über den Dächern von Lyon. Maurice arbeitete im Management eines renommierten Hotels in Lyon, und Catherine fing an, Marketing und Betriebswirtschaft zu studieren. Maurice entwickelte Gefallen an teuren Luxusgütern und gab immer mehr Geld für Anzüge und Autos aus. Gelegentlich spielte er Poker und gewann größere Summen Geld. Er kaufte einen teuren Verlobungsring, und Catherine und er beschlossen zu heiraten, alles schien perfekt. Sie steckten schon mitten in den Hochzeitsvorbereitungen, als Maurice einen alten Freund wiedertraf, den ›Papst‹. Eine zwielichtige Gestalt, die mit irgendwelchen krummen Geschäften ihr Geld verdiente. Immer häufiger stritten Catherine und Maurice deshalb. Der ›Papst‹, der Maurice Geld für die Eröffnung des Restaurants geliehen hatte, beteuerte stets, ein guter Freund von Maurice zu sein. Maurice erledigte im Gegenzug kleinere Gefälligkeiten für ihn, ohne Fragen zu stellen, so eines Nachts im November, als er im Auftrag des ›Papstes‹ ein Auto von Frankreich nach Spanien brachte. Für Catherine, die nicht wusste, wo er war und was er tat, war das Maß voll – sie packte am darauffolgenden Morgen ihre Koffer und verschwand. Maurice hatte den Gedanken an sie lange verdrängt, bis Helen auftauchte. In Jeannes Wohnzimmer hatte er Helen vor einigen Wochen zum ersten Mal gesehen.

Sie sah Catherine verblüffend ähnlich. Für einen Moment hatte er jegliches Gefühl für Zeit und Raum verloren. Er war schwer aus der Fassung zu bringen, aber damit hatte er nicht gerechnet. Er wusste nicht, was er sagen sollte, und sein Ton Jeanne gegenüber fiel zu ruppig aus. Kein Wunder, dass seine Tante nicht mit ihm hatte reden wollen.

Doch jetzt musste er es noch mal versuchen, denn die Angelegenheit drängte, aber Helens Bild tauchte immer wieder in seinem Kopf auf. Jeannes Stimme riss ihn aus seinen Gedanken.

»Also gut, wir müssen nicht über Catherine reden, aber das war damals alles deine Schuld. Lass dir nur noch eins gesagt sein: Helen ist etwas ganz Besonderes, und sie ist verheiratet. Ich weiß, dass dich das sonst nicht stört, aber ich will nicht, dass du deine Spielchen mit ihr treibst!«

»Wie das klingt, was glaubst du denn, was ich bin. Ich respektiere sie, und auch, dass sie verheiratet ist.«

»Ich habe dich noch nie so schamlos lügen hören! Aber bitte. Also weswegen bist du hier?«

Sie gingen langsam durch den parkähnlichen Garten, und Maurice, der mit über einen Meter neunzig sehr viel größer war als Jeanne, musste aufpassen, nicht an tief hängende Äste zu stoßen.

»Ich will nicht um den heißen Brei herum reden. Wir müssen ein paar größere Anschaffungen für das Restaurant machen, Paul kann ohne bestimmte Geräte nicht weiterkommen. Dazu gehört der neueste Pacojet, Paul hat dir vielleicht davon erzählt. Damit kann man tiefgefrorenes Gemüse oder andere Lebensmittel zu fantastischen Sorbets, Suppen, Saucen et cetera pürieren, alles ist ganz frisch und der Geschmack besser als alles, was du sonst kennst. Die Farben und die Aromen bleiben intensiv, alle Gourmetküchen haben das jetzt. Das andere ist ein Molteni-Herd, ein unbedingtes Muss für Paul! Du weißt, wie wichtig der zweite Michelin-Stern für ihn und das Restaurant ist. Es wäre unverzeihlich, wenn wir scheitern oder den Stern sogar verlieren würden, bloß weil wir technisch nicht mehr auf der Höhe der Zeit sind. Das würde Paul nicht verkraften. Außerdem müssen wir die Küche vergrößern, die Umbauarbeiten werden teuer sein, besonders, weil es schnell gehen soll. Ich will das Restaurant nicht wochenlang schließen. Paul könnte dann aber unter optimalen Bedingungen kochen. Er arbeitet Tag und Nacht an neuen Ideen. Ich würde dich nicht fragen, wenn es eine andere Lösung gäbe. Ich bitte dich, Jeanne – hilf uns.«

Er blieb stehen und nahm ihre Hände in die seinen.

»Es stimmt, ich mag es nicht, wenn du um den heißen Brei herum redest, also wie viel?«

Jeanne löste sich von ihm und ging langsam weiter.

»Fünfzigtausend Euro.«

Jeanne blieb stehen und sah ihn an.

»Das kann nicht dein Ernst sein! Ich habe euch großzügig die Versuchsküche in meinem Haus finanziert, die Paul so gerne wollte. Ich habe euch beiden zum Beginn eurer Ausbildung eine größere Summe geschenkt. Wenn das eine geschäftliche Investition ist, warum gehst du nicht zur Bank?«

Maurice sah sie nicht an, sondern ging ein paar Schritte voraus und kickte einen kleinen Stein aus dem Weg. Er konnte ihr schlecht erklären, dass er nie bei einer Bank gewesen war, sondern sich das ganze Geld vom ›Papst‹ geliehen und nur noch zwei Wochen Zeit hatte, um die restliche Summe des Darlehens zurückzuzahlen. Jeanne wäre schockiert, wenn sie wüsste, wie hoch seine Schulden tatsächlich waren. Er wollte ihr nach und nach Geld entlocken.

»Das geht nicht.« Er drehte sich zu ihr um. »Das Restaurant ist schon mit einer Hypothek belastet, die Renovierung und Innenausstattung waren teurer als geplant. Du bist unsere einzige und letzte Hoffnung. Bitte, Jeanne, ich flehe dich an!«

Sie war tatsächlich seine letzte Chance.

»Nein, Maurice, so schnell kann ich das nicht entscheiden, das musst du verstehen. Es kommt bestimmt nicht auf eine Woche an, lass mich in Ruhe darüber nachdenken. Ich sage dir nächste Woche Bescheid.«

Jeanne drehte sich um und ging raschen Schrittes zurück zum Haus. Maurice folgte ihr.

»Warte! Jeanne.«

Jeanne blieb stehen.

»Was gibt's denn noch? Ich muss in Ruhe darüber nachdenken.«

»Könntest du die Entscheidung nicht schneller treffen? Molteni hat ein Angebot, wir könnten den Herd billiger bekommen, das gilt aber nur bis Ende der Woche. Bitte, Jeanne.«

»Maurice, ich lasse mich nicht unter Druck setzen und erst recht nicht von dir! Dafür kenne ich dich zu gut. Also geh jetzt. Ich melde mich bei dir!«

Jeanne verschwand im Haus, und er blieb im Garten zurück.

Sie musste ihm das Geld geben. Er musste sie irgendwie dazu bringen, egal wie!

Paul war schon immer ihr Liebling gewesen. Als Kinder waren sie nie bei Jeanne gewesen, sie hatte zu weit weg gelebt. Sie war die Schwester seines Vaters. Erst nach dem Tod seines Vaters hatten sie wieder Kontakt gehabt. Jeanne hatte ihr Elternhaus in der Provinz früh verlassen, um in Paris Sprachen zu studieren. Während des Studiums wurde sie als Fotomodell entdeckt; sie lief für die größten Pariser Modehäuser über den Laufsteg und zierte die Titelseiten der Modemagazine. Auf einer der Modenschauen lernte sie den adeligen Multimillionär Pierre de Valmont kennen, die beiden heirateten, Jeanne behielt ihren Mädchennamen, Dupont, und arbeitete nur noch selten. Die beiden führten eine glückliche, aber kinderlose Ehe, Jeanne, die sich eigene Kinder gewünscht hatte, nahm sich ihrer Neffen an und half ihnen nicht nur finanziell. Valmont verstarb früh und hinterließ ihr sein Vermögen.

Gerda saß am großen Esszimmertisch und blätterte hektisch durch ihre Akten, die überall auf dem Tisch verteilt lagen. Helen war heute Mittag einfach zu ihrem albernen Kochkurs gegangen und hatte sie allein gelassen! Max war mit seiner Freundin in seinem Zimmer verschwunden, nur noch laute Musik war zu hören. Das Zimmer war abgeschlossen, und er reagierte nicht auf ihr Klopfen! Ungeduldig schob Gerda die Ordner beiseite und sah sich in der Wohnung um. So viele unausgepackte Kisten! Sie hätte das früher schneller geschafft. Aber heute war ja alles anders! Es würde sicher nichts schaden, wenn sie einige ausräumte. Sie öffnete eine der Kisten im Korridor. Schuhe! Haufenweise Schuhe, alle von Helen, unglaublich, wie konnte jemand nur so viele Schuhe besitzen!? Bei Gregor war das etwas anderes, er arbeitete ja schließlich und brauchte immer die besten Schuhe. Aber Helen? Diese Absätze und Farben! Naja, es war nicht ihr Problem.

Gerda war gerade mit der zweiten Kiste fertig und hatte angefangen, einen Karton mit Gregors Schuhen auszupacken, als Helen gut gelaunt nach Hause kam.

»Hallo Gerda, wie geht es dir? Hast du etwas Nettes gemacht?«

»Ich habe ein bisschen aufgeräumt und geputzt und packe jetzt eure Schuhe aus. Ich wusste ja gar nicht, dass man so viele Schuhe haben kann!« Helen runzelte die Stirn, sagte aber nichts. Gerda fuhr fort: »Wie war denn dein

Kochkurs? Du hast ja schon etliche gemacht, da lernt man doch nichts Neues.« Sie wischte sich mit einem Arm den Schweiß von der Stirn.

»Lass doch die Schuhe, ich mache den Rest später. Vielen Dank, Gerda! Der Kurs war wunderbar! Ich habe viel gelernt und noch nie so wunderbare Sachen gegessen. Ich liebe die französische Küche, du kannst dir nicht vorstellen, auf welchem Niveau da gearbeitet wird! Und der Kurs ist heiß begehrt, ich habe mich mit einem Paar aus Amerika unterhalten, die haben schon vor einem halben Jahr gebucht. Ich hatte Glück, dass jemand abgesprungen ist. Ich freue mich schon auf nächste Woche!«

»Da fliege ich ja zurück. Bringst du mich denn zum Flughafen?«, fragte Gerda nervös, man würde sie ja wohl nicht lieblos in ein Taxi setzen.

»Selbstverständlich bringe ich dich zum Flughafen.«

Helen hatte völlig vergessen, dass Gerdas Flug mit ihrem Kochkurs kollidierte.

»Was ist das hier eigentlich für ein Lärm? Max übertreibt es ein bisschen.« Helen klopfte an seiner Tür, aber er öffnete nicht. Sie drückte die Klinke runter, er hatte abgeschlossen. Sie dachte sich ihren Teil.

Aber sie vertraute ihm, und sie mochte Corina. Es war schön, Max so glücklich zu sehen. Dennoch war Helen fast ein bisschen eifersüchtig, würde er jetzt nur noch mit Corina über seine Probleme und Sorgen reden, brauchte er seine Eltern überhaupt noch?

»Die Musik ist ja immer noch so laut. Hast du nichts gesagt?«, fragte Gerda verwundert, die jetzt mit einer Tasse Kaffee am Tisch saß.

»Es ist alles in Ordnung, lass ihn. Ich brauche etwas frische Luft.« Helen öffnete die Balkontüren und trat hinaus. Der leichte Regen wirkte erfrischend. Über der Stadt schoben sich imposante schwarze Wolken ineinander, die Berge waren hinter einem Schleier von Regen und Wolken verschwunden.

Irgendwann sah sie ihn. Maurice stand im Regen, sein Hemd und sein Anzug klebten an ihm wie eine zweite Haut. Die Hände in den Taschen, den Kopf leicht gesenkt, lehnte er an einem alten Baum, dessen oberstes Drittel abgesägt war.

Helen hatte ihn einige Sekunden beobachtet, als er den Kopf hob und zu ihr hochschaute. Obwohl er weit weg stand, war sie sicher, dass er sie sah. Was machte er wohl da, allein in Jeannes Garten?

Das Gewitter würde jeden Moment losbrechen, sie musste wieder nach drinnen gehen, aber sie konnte sich nicht von seinem Blick lösen.

Als es blitzte und kurz ein lauter Donnerschlag ertönte, zuckte sie zusammen.

Maurice war verschwunden.

Kapitel 27

1980

Seine Füße waren eiskalt, er war zu groß für das Kinderbett. Ein Klingeln hatte ihn aufgeweckt. Vielleicht war es auch nur ein Traum gewesen.

Der Mond schien schwach ins Zimmer.

Er war schon lange genug hier, kannte alle Regeln, Unterrichtspläne, Lehrer, die Zeiten, wann er reden durfte, aufstehen musste, sich zu waschen hatte – alles war geregelt, und es gab keine Ausnahmen. Die Festungsmauern wirkten manchmal erdrückend und manchmal wie ein Schutz, wenn er an seinen Vater dachte. Von seiner Mutter hatte er nichts gehört, er bekam Briefe von seinem Großvater und gelegentlich von seinem jüngeren Bruder. Keiner der beiden äußerte sich über Mutter, obwohl er jedes Mal nach ihr fragte. Der Alte war auf jeden Fall noch zu Hause, das berichtete sein kleiner Bruder. In ein paar Wochen war Weihnachten, vielleicht würde man ihn dann für ein paar Tage beurlauben.

Er lag wach und starrte die dunkle Zimmerdecke an. Er fror so sehr, dass er nicht schlafen konnte. Außer ihm schliefen die meisten, ein paar Betten weiter lag Karl, der kleine schmächtige Junge, der ihm schon am ersten Tag aufgefallen war. Er sah, wie Karl sich im Bett aufsetzte, auf dem Nachtschränkchen nach seiner Brille tastete, aufstand und leise aus dem Schlafsaal schlich. Er sah auf die Uhr am Ende des Schlafsaals, genau konnte er es nicht erkennen, aber es war nicht später als drei. Wo wollte Karl um diese Zeit und bei dieser Kälte hin? Wahrscheinlich hatte sein Wecker geklingelt, aber warum? Neugierig stand er auf und schlich sich ebenfalls hinaus.

Er sah ihn gerade noch, wie er in einem anderen Gang verschwand. Barfuß lief er so schnell er konnte auf dem kalten Steinboden hinterher. Vereinzelt brannte ein Licht, ansonsten wurden die Flure in den dunklen Mauern nur durch den Wintermond erleuchtet. Es herrschte Totenstille. Gelegentlich blieb Karl stehen und lauschte, dann blieb auch er stehen und presste sich so dicht wie möglich gegen eine dunkle Wand. Plötzlich wurde Karl langsamer, fast zögerlich, dann schien er sein Ziel erreicht zu haben: die Tür zu Bruder Martins Büro. Was um Himmels willen wollte er da mitten in der Nacht?

Karl klopfte leise. Langsam öffnete sich die Tür einen Spalt, und im Lichtstrahl des Zimmers erkannte er Bruder Martin.

Auf Zehenspitzen schlich er sich langsam heran. Durch das Schlüsselloch konnte er den Rücken Bruder Martins erkennen, der ruhig auf Karl einredete, aber er konnte kein Wort verstehen. Da entdeckte er zwischen dem unebenen Steinboden und der alten Holztür eine Ritze. Er legte sich flach auf den Boden und presste sein Ohr so dicht wie möglich gegen die schmale Öffnung.

Er vernahm eindeutig Bruder Martins Stimme.

Was er hörte, ließ ihm das Blut in den Adern gefrieren.

»Du hast dir Zeit gelassen, mein Sohn, ich habe schon auf dich gewartet. Du hast doch noch den kleinen Wecker, den ich dir gegeben habe. Du weißt, der Herr hat im Traum zu mir gesprochen und dich auserwählt. Nun tue, was du tun musst, denn der Finger Gottes zeigt auf dich und verlangt, dass du ihn zur Huldigung küsst.«

Dann hörte er außer ein paar lustvollen Lauten nichts, die Geräusche kannte er von seinem Vater, diesem Schwein.

Vorsichtig kniete er sich hin und spähte durch das Schlüsselloch. Bruder Martin war bis zur Hüfte entblößt, und Karl kniete irgendwie vor ihm, wahrscheinlich auf einer der hölzernen Gebetsbänke. Angeekelt wandte er sich ab. Würgereiz stieg in ihm auf.

Am liebsten hätte er die Tür aufgerissen und diesen Mistkerl zur Rede gestellt! Aber Bruder Martin war groß und sehr muskulös, er hätte keine Chance gegen ihn. Nein, er durfte nichts überstürzen. Zuerst musste er mit Karl reden, gleich morgen früh.

Aber dazu kam es nicht, denn Karls Bett war leer, als der Alarm ertönte. Er sprang wie alle anderen aus dem Bett und ging rasch in den Waschraum, um noch eine heiße Dusche zu erwischen. Dort stand Karl mit gesenktem Kopf unter einer viel zu heißen Dusche. Der fette Balthasar war gerade dabei, ihn wegzuschubsen.

»He, lass den Kleinen in Ruhe, dusch doch woanders!«

»Was geht es dich an, was ich mit Karlchen mache. Hau ab!«

Balthasar und er waren am selben Tag angekommen, er konnte sich noch gut an die Begegnung in Bruder Martins Büro erinnern. Balthasar war nicht beliebt, aber er hatte es geschafft, Anführer des Schlafsaals zu werden, denn er prügelte sich mit jedem, der ihm in die Quere kam. Bis jetzt war er Balthasar aus dem Weg gegangen, vor allem weil ihm der Idiot egal war. Aber nicht heute. Nicht bei Karl. Nach den Ereignissen der letzten Nacht hatte sich Wut in ihm angesammelt, er würde Karl so lange gegen Balthasar verteidigen wie nötig!

Mittlerweile hatte Karl die Dusche verlassen und trocknete sich ab. Auf seinem Rücken zeichneten sich rote Striemen ab, die er mit dem Handtuch zu verstecken versuchte.

»Was hast du mit dem Schwächling zu schaffen? Ich bin euer Anführer, und wenn ich duschen will, dann muss er Platz machen. Außerdem geht der Dreck von dem sowieso nicht ab!«

Balthasar lachte schallend, ebenso seine zwei Lakaien, die

wie unterwürfige Hunde immer neben ihm herliefen. Nach einem drohenden Blick in die Runde fingen auch einige andere Kinder an zu lachen.

Balthasar schubste Karl erneut, so dass dieser fast das Gleichgewicht verlor.

»Hör auf!«

Mittlerweile hatten sich alle anderen Jungen versammelt und bildeten einen Kreis um sie.

»Sonst passiert – was, du Bohnenstange?« Balthasar grinste ihn provozierend an.

»Das!« Blitzschnell hatte er dem Dicken eins auf die Nase gegeben und nochmal und nochmal. Er schlug einfach zu, blind vor Wut.

Balthasars Nase und Lippe bluteten. Doch dieser setzte zum Gegenschlag an. Wie ein Stier schoss Balthasar vorwärts und rammte ihm die Faust in seinen Magen.

Der Schmerz war ungeheuerlich, er taumelte rückwärts und stieß gegen die Wand, dann fühlte er einen krachenden Schmerz in seinem Kopf. Er schaffte es gerade noch, sich wieder aufzurichten, er wollte nicht verlieren. Nicht gegen Balthasar! Balthasar schaute triumphierend in die Runde. Das war seine Gelegenheit. Trotz der Schmerzen warf er sich nach vorne und zog dem Dicken die Beine weg. Balthasar landete rückwärts auf den Fliesen, und sein Kopf schlug hörbar auf. Er blieb reglos liegen. Unruhe machte sich breit. Die beiden Lakaien beugten sich über ihren Anführer und versuchten, ihn aufzuheben, schafften es aber nicht.

»Du hast ihn umgebracht. Du Mörder!«, rief einer.

Er sah in die Runde und antwortete ganz ruhig: »Ich habe ihn nicht umgebracht, er ist nur bewusstlos, seht, er atmet noch!« Er griff einen Zahnputzbecher, füllte ihn mit eiskaltem Wasser und kippte es in Balthasars Gesicht.

Balthasar öffnete die Augen und stöhnte vor Schmerzen.

Er sah in die Runde, alle Augen waren auf ihn gerichtet.

»Ab jetzt bin ich euer Anführer! Hier wird keiner mehr geärgert! Habt ihr das verstanden?!« Alle nickten zustimmend.

Dann winkte er Karl zu sich. »Karl hat ab jetzt das zweite Kommando! Jeder muss ihn respektieren, und, Balthasar«, er beugte sich hinunter zu ihm, »das gilt auch für dich, verstanden!?«

Angewidert machte Balthasar eine Bewegung mit dem Kopf.

In diesem Augenblick wurde die Tür aufgerissen, und Bruder Martin erschien mit einem der anderen Lehrer in der Tür.

»Was ist denn hier los!?«, brüllte er »Der zweite Alarm! Der gesamte Schlafsaal ist nicht erschienen, warum ...«

Dann fiel sein Blick auf den am Boden liegenden Balthasar.

»Gütiger Gott! Was ist passiert, schnell, holt Hilfe! Er muss in die Krankenstation!«

Bruder Martin und Bruder Johannes nahmen Balthasar unter beide Arme und schleppten ihn, begleitet vom Rest der Gruppe, zur Krankenstation. In dem ganzen Wirbel achtete keiner mehr auf ihn, der im Waschsaal zurückgeblieben war und sich im Spiegel betrachtete. Er hatte sich gewaschen und angezogen, Blut aus den dicken schwarzen Locken gewaschen. Gegen irgendetwas war er gefallen, als Balthasar ihm den Stoß in den Magen verpasst hatte. Es tat immer noch höllisch weh. Aber Balthasar hatte ihn provoziert, und er musste Karl einfach beschützen, erst recht nach dem, was er in der Nacht beobachtet hatte. Ob er deshalb Schwierigkeiten bekam?

Vielleicht half es, mit dem Direktor oder Bruder Martin zu reden? Letzterer war zwar ein Schwein, aber was die Schule betraf, war er immer gerecht. Zur Not musste er ihn eben mit dem erpressen, was er beobachtet hatte. Er würde sich stellen und die Situation erklären, man durfte Schwächere nicht drangsalieren. Auf dem Weg zu Bruder Martin kam ihm Bruder Johannes entgegen, mit erhobener Hand rief er: »Da bist du ja! Dass du es wagst, hier herumzulaufen, nach dem, was du getan hast! Los, komm mit in mein Büro!« Bruder Johannes griff ihn am Oberarm und führte in den Gang entlang. Ausgerechnet Bruder Johannes! Er kannte ihn nicht gut, weil er die Älteren unterrichtete, aber er war gefürchtet. Mit wehender brauner Kutte lief er neben ihm her. Er hatte Probleme mitzuhalten. Das Büro war sehr klein und hatte nur ein sehr schmales Fenster, was früher wahrscheinlich eine Schießscharte gewesen war. In der Ferne waren die schneebedeckten Berge jenseits der spanischen Grenze zu sehen.

Er musste vor dem gewaltigen Schreibtisch stehen, während Bruder Johannes dahinter Platz nahm.

»Balthasar hat eine schwere Gehirnerschütterung und eine Platzwunde, die genäht werden muss! Was hast du dir nur dabei gedacht? Bist du ein Instrument des Teufels?« Bruder Johannes spuckte die Worte nur so aus, in seinen Mundwinkeln bildete sich weißer Schaum.

Obwohl sich die Bilder der letzten Nacht unauslöschlich in sein Gedächtnis gebrannt hatten und er Bruder Johannes am liebsten alles erzählt hätte, wagte er es nicht. Er versuchte, möglichst ruhig zu bleiben.

»Es tut mir sehr leid, Bruder Johannes, aufrichtig leid, aber ich habe den kleinen Karl verteidigt, den Balthasar und seine Freunde immer ärgern. Ich wollte ihn nur beschützen. Es stimmt, ich habe Balthasar geschlagen, aber dass er so unglücklich gefallen ist tut mir leid!« Er beugte schuldbewusst den Kopf. Es tat ihm nicht leid, im Gegenteil! Dieser Mistkerl hatte bekommen, was er verdiente. Und jetzt war er Anführer des gesamten Schlafsaals!

»Nun«, Bruder Johannes sprach etwas leiser und langsamer. »Man muss selbstverständlich den Schwächeren helfen und sie beschützen. Aber nicht so! Du hättest es Bruder Martin oder mir melden müssen! Es steht dir nicht zu, zu urteilen! Du hast gesündigt und dafür musst du büßen! Es kommt ein Vermerk in deine Akte, du wirst Weihnachten keinen Ausgang haben und keinen Besuch empfangen! Du wirst heute kein Mittagessen bekommen, sondern im Hof barfuß den Schnee schippen! Außerdem hast du bis morgen früh Redeverbot! Nach der Hofarbeit wirst du dir von Bruder Martin alle Schulaufgaben geben lassen, auch die von Balthasar, und diese mit Sorgfalt erledigen. Danach sagt dir Bruder Martin, was deine weiteren Aufgaben sind. Glaube nicht, dass es damit erledigt ist! Du kannst jetzt gehen und die Latrinen putzen, um zwölf Uhr erwarte ich dich im Hof!«

»Danke, Bruder Johannes.«

Der Junge nickte kurz, verließ den Raum und machte sich auf den Weg zu den Latrinen. Barfuß den Schnee wegzuschaufeln und Bruder Martin gegenüberzutreten, das machte ihm nichts aus, das würde er überleben, aber Weihnachten allein, ohne seinen Bruder und seine Mutter, noch nicht einmal sein Großvater würde ihn besuchen dürfen – das war das Schlimmste.

Die Latrinen waren schmutzig, eiskalt, und der Geruch von Urin brannte in seiner Nase, ab und zu ging ein Junge auf ein Klo. Bruder Philibert, der für die Werkstatt und die Toiletten zuständig war, schaute gelegentlich nach ihm. Als es sich unter den Jungen herumgesprochen hatte, was er tat, bekam er Besuch von Balthasars Lakaien. Ohne ihn weiter zu beachten, verschwand jeder auf einem Klo. Die Geräusche, die die beiden von sich gaben, waren unmissverständlich. Er hörte, wie einer sich übergab, und die Darmgeräusche des anderen ließen das Schlimmste befürchten. Das war der Anfang von Balthasars Rache. Als sie wieder verschwunden waren, sah er, was sie ihm hinterlassen hatten. Sie hatten sich beide neben dem Klo entleert. Er würgte, aber er würde sich nicht unterkriegen lassen!

Um Punkt zwölf Uhr holte Bruder Johannes ihn zum Schneeschippen ab, nicht ohne vorher die Latrinen inspiziert zu haben. Es war fast eine Erlösung, in den Hof zu treten und die eiskalte, frische Luft einzuatmen. Bis er die Schuhe ausziehen musste. Der Schnee begann an einigen Stellen um seine warmen Füße herum zu schmelzen. Noch war ihm nicht zu kalt. Bruder Johannes drückte ihm einen Schneeschieber in die Hand.

»Ich möchte den ganzen Hof frei sehen. Von dem großen Speisesaalfenster aus wird dich immer jemand im Auge behalten. Wenn du dich schnell genug bewegst und in Gedanken den Rosenkranz betest, wird dir nichts passieren! Im Gegenteil, es härtet ab.«

Mit diesen Worten verschwand er, mitsamt den Schuhen. Der Hof war riesig und nur am Rand von schmalen Dächern vor dem Wetter geschützt. In der Mitte stand ein alter Brunnen, auf dessen Öffnung eine Holzplatte lag. Alles war von Schnee bedeckt, nicht sehr hoch, es waren noch Spuren eines freigeschaufelten Weges zu erkennen.

Leichte Schneeflocken wirbelten umher und verliehen dem Ganzen einen friedlichen Eindruck. Außer ihm war niemand draußen.

Seine kalten Füße rissen ihn aus seinen Gedanken. Er versuchte, zügig zu arbeiten, schob den Schnee zur Seite und arbeitete von innen nach außen. Langsam wurde ihm etwas wärmer. Seine Füße waren allerdings eiskalt und knallrot, und in den Zehen hatte er kein Gefühl mehr. Aber er würde nicht aufgeben! Niemand würde ihn kleinkriegen! Am Fenster des Speisesaals stand Bruder Johannes und beobachtete ihn. In diesem Moment schwor er sich, dass er, sollte er diesen schrecklichen Ort jemals verlassen, das Leben eines Gewinners führen würde. Niemals mehr wollte er Verlierer sein und sich so erniedrigen lassen.

Gelegentlich blieb er stehen und bewegte seine Zehen. Er würde es ihnen schon zeigen, allen! Er dachte an seine Mutter, seinen Großvater, seinen kleinen Bruder. Dann fiel ihm ein Lied ein, von Frank Sinatra, seinem Idol, seinem Retter, so wie er wollte er sein. Mit dessen Liedern konnte er alles um sich herum vergessen, alles, was schlecht war in seinem Leben.

Und er sang »*It was a very good year*« für sich selbst, und lächelte bei der Zeile »*When I was twenty-one it was a very good year*«. Mit einundzwanzig würde er ein gutes Leben führen, davon war er überzeugt.

Für eine Weile vergaß er alles um sich herum, da waren nur er, Frank und der Schnee.

Nach dem Stand der Sonne zu urteilen waren fast drei Stunden vergangen, als Bruder Johannes mit seinen Schuhen in der Hand den Hof betrat.

»Geh jetzt zu Bruder Martin, er erwartet dich schon.«

Kein Wort des Lobes oder der Anerkennung. Seine Hände schmerzten, er hatte kein Gefühl mehr in seinen Fingern, und als er versuchte, seine Schuhe anzuziehen, fiel er fast um vor Kälte und Erschöpfung. Wollten sie ihn umbringen?

Bruder Johannes stützte ihn und führte ihn in den fast leeren Speisesaal. Erst jetzt merkte er, wie hungrig er war. Jemand gab ihm einen heißen Tee und eine Decke, die er sich über die Schultern hängte, seine Zähne klapperten und er zitterte am ganzen Körper.

»Trink aus. Bruder Martin lässt man nicht warten.«

Er trank den heißen Tee viel zu hastig, aber er spürte, wie ihm wärmer wurde.

»Ich kann nicht mehr, ich bin so müde, mir ist so kalt, ich spüre meine Füße kaum noch, lasst mich, bitte. Kann ich nicht später zu Bruder Martin?« Seine Stimme klang schwach; und er saß zusammengekauert an dem Tisch, seine Hände umklammerten die heiße Tasse. Bruder Johannes beugte sich zu ihm hinab und sprach direkt in sein Ohr, leise, aber unmissverständlich.

»Wage es nie mehr zu widersprechen! Oder du wirst einen hohen Preis zahlen! Wir können veranlassen, dass du viele Jahre deines Lebens hinter Gittern verbringst! Jetzt geh!« Bruder Johannes griff ihn am Arm und zog ihn so schnell vom Stuhl hoch, dass die Tasse umfiel.

Wie er die steile steinerne Treppe hochkam, wusste er nicht, ihm fehlte jegliche Kraft. Bruder Johannes bahnte sich einen Weg durch die Schüler, die ihnen auf der Treppe entgegenkamen und ihn mitleidig ansahen. Die meisten wussten, was jetzt passieren würde, er ahnte es, schließlich hatte ihn Bruder Martin bei seiner Ankunft darauf hingewiesen. Diesmal würde ihn Frank Sinatra nicht retten.

Kapitel 28

Jakobsmuscheln in Morcheljus auf Kartoffelgnocchis, gefolgt von Zitronensorbet und Moelleux au Chocolat, las Helen in der E-Mail. Das würde sie morgen Nachmittag also im Kurs kochen, ihr lief jetzt schon das Wasser im Mund zusammen.

Vorher würde sie noch Gerda zum Flughafen bringen. Helen konnte es kaum erwarten. Obwohl sie ihr ziemlich auf die Nerven gegangen war und sie sie mehr als einmal am liebsten hinausgeworfen hätte, tat Gerda ihr irgendwie leid. Sie sah, wie einsam ihre Schwiegermutter war und wie liebevoll sie Gregor ansah, auch wenn dieser sich für seine Mutter bisher kaum Zeit genommen hatte. Er meckerte nur ständig herum, dass nicht aufgeräumt sei, dass die Küchenhandtücher falsch gefaltet seien, und der Seifenspender im Bad war entweder leer oder dann zu voll. Seine gesamte Wäsche musste gebügelt werden, und meistens war es ihm nicht glatt genug. Helen weigerte sich inzwischen, seine Unterwäsche zu bügeln. Deshalb kam es öfter zu Streitereien. So wie am Abend zuvor.

Als Gregor nach Hause gekommen war und seine Schuhe im Schrank gesehen hatte, hatte er einen Tobsuchtsanfall bekommen. Sie waren nicht gerade ausgerichtet, und Gerda, die die Kisten ausgepackt hatte, war nicht auf die Idee gekommen, sie nach Farben zu sortieren.

Zunächst verdächtigte Gregor Max, der mittlerweile die gleiche Schuhgröße wie sein Vater hatte. Die beiden brüllten sich im Flur an, bis Max zurück in sein Zimmer ging und die Tür hinter sich zuknallte. Helen und Gerda versuchten vergeblich, die Wogen zu glätten. Gregor ging an ihnen vorbei in das Wohnzimmer und ließ sich in einen der schweren Ledersessel fallen.

»Komm, Gregor, hör auf zu streiten, lass uns essen gehen, und wir bereden alles in Ruhe!« Helen sah ihn streng an.

»Nein, nein, nein, ich kann nicht! Ich habe zu arbeiten. Degasse will mir an den Kragen. Angeblich wurden die Daten an die Konkurrenz von einem internen Rechner verschickt. Möglicherweise sogar von meinem eigenen E-Mail-Account! Verstehst du, da hat sich jemand reingehackt! Gleich rede ich mit dem Leiter der IT-Abteilung, er ruft mich hier auf der Privatleitung an, das ist sicherer, vielleicht müssen wir dann später noch mal ins Büro. Ich habe überhaupt keine Zeit, Essen zu gehen oder mich um irgendetwas zu kümmern. Tut mir leid, aber das ist wirklich sehr wichtig!«

»Gut, dann gehe ich eben allein mit Gerda!«, erwiderte Helen schnippisch.

»Ehrlich gesagt ist mir der Appetit vergangen! Ich bin müde!«

Mit diesen Worten war Gerda auch schon in ihrem Zimmer verschwunden und hatte ebenfalls die Tür zugeknallt. Gregor schaute ihr verblüfft nach.

»Gregor, muss das sein!? Reiß dich zusammen, auch wenn du extremen Stress hast, so geht das nicht weiter! Dein Kontrollzwang macht uns alle wahnsinnig.«

Gregor wirkte zerknirscht. »Es tut mir leid. Aber im Moment wächst mir einfach alles über den Kopf. Du hast ja wenigstens deine Kochkurse und Jeanne!«

»In der Tat! Aber glaubst du, mir fällt es leicht, mich hier einzuleben, eine Sprache zu lernen, die mir nicht liegt?! Ich verstehe kein Wort, wenn ich Nachrichten höre, Zeitung lese, Fernsehen schaue. Natürlich ist der Kochkurs eine willkommene Ablenkung, natürlich mag ich Jeanne sehr, und natürlich versuche ich das Beste aus der Situation mit deiner Mutter zu machen. Aber ich sehe auch, wie einsam sie ist. Sie braucht dich. Und ich brauche dich ebenfalls, Gregor.«

»Du hast ja recht. Es tut mir leid. Wirklich. Ich muss mich bei dir und auch bei Max entschuldigen. Wir schaffen das schon, das verspreche ich dir. Wir werden glücklich sein in Lyon. Ohne dich würde ich das alles sowieso nicht schaffen.«

Helen umarmte Gregor, sie wusste, dass er es ehrlich meinte, und spürte, wie er sich langsam entspannte. Er küsste sie, bevor er sich von ihr löste.

»Ich werde jetzt mit Mutter reden, morgen fliegt sie ja schon.«

»Gut, ich lass euch alleine, ich glaube, es ist besser, wenn ich nicht dabei bin.«

Helen brauchte dringend frische Luft. Die Abendsonne tauchte den Garten in ein mildes Licht, aber in zwanzig Minuten würde auch das verschwunden sein. Helen beschloss, einen spontanen Besuch bei Jeanne zu machen, bevor es dunkel wurde. Jeanne hatte ein heiteres Wesen und brachte sie immer wieder zum Lachen. Sie kletterte über den Zaun und ging in Richtung Villa. Die dicht stehenden Nadelbäume ließen den schmalen Weg dunkler erscheinen. Irgendwo musste auch der Kräutergarten sein, von dem Maurice erzählt hatte. An einer Gabelung folgte sie einem winzigen Pfad den Hang hinunter, Maurice hatte erwähnt, dass die Kräuter am Hang wuchsen, und der andere Pfad führte zum Haus, wie sie wusste. Die Bäume wurden immer dichter, und Helen musste einigen Ästen ausweichen. Plötzlich hörte sie ein Rascheln im Gebüsch. Sie blieb stehen und sah sich um. Sie erwartete, eine der Katzen zu sehen, oder ein anderes Tier, doch da war nichts. Sollte sie umkehren? Das wäre albern, nur wegen eines winzigen Geräuschs wegzurennen. Doch sie fühlte sich beobachtet, irgendjemand oder irgendetwas beobachtete sie. Ein Tier? Vielleicht ein Hund? Oder doch eine Katze? Sie fühlte sich in ihren Traum versetzt, leichte Panik ergriff sie. Bildete sie sich alles ein? Sie versuchte, ruhig zu bleiben. Nur noch ein paar Meter, sie würde den Kräutergarten sicher gleich finden. Sie ging weiter, ohne sich umzudrehen. Aber das Gefühl, beobachtet zu werden, schwand nicht, im Gegenteil, die Bedrohung schien immer näher zu kommen. Helen blieb stehen und rief:

»Hallo! Ist da jemand?«

Sie lauschte, flach und rasch atmend.

Niemand antwortete ihr.

Aber sie spürte, dass da jemand war.

Sie versuchte, die Panik zu unterdrücken.

Umdrehen und langsam zurückgehen.

Tief ein- und ausatmen. Plötzlich hörte sie ein Knacken hinter sich.

Sie zögerte. Umdrehen oder wegrennen?

Ein erneutes Knacken.

Blitzschnell drehte sie sich um. Jemand kam auf sie zu.

Eine Gestalt im Dickicht, eingehüllt von der Abenddämmerung.

Sie rannte, so schnell sie konnte, den Pfad zurück, Äste schlugen ihr ins Gesicht, jemand war ihr auf den Fersen.

Schneller, immer schneller. Sie stolperte über eine Wurzel und konnte sich gerade noch an einem Baumstamm abfangen.

Sie rannte weiter.

Er war dicht hinter ihr, ganz dicht, Todesangst ergriff sie. Gleich würde er sie packen.

Kapitel 29

Sein Parkplatz war besetzt. Maurice stieg aus und ging auf den schwarzen Wagen mit dem riesigen Spoiler zu, die Seitenscheiben waren schwarz abgeklebt. Er klopfte an das Fenster auf der Fahrerseite. Das Fenster öffnete sich einen Spalt. Alles, was er erkennen konnte, war eine dunkle Sonnenbrille.

»Entschuldigung, aber Sie stehen auf meinem Parkplatz, würden Sie bitte woanders parken?!« Maurice deutete auf das kleine Schild ›Privé‹ – die Parkplätze waren ausschließlich für die Angestellten des Restaurants reserviert. Der Fahrer öffnete die Tür und stellte sich provokant vor Maurice. In der Innenseite seines Jacketts sah Maurice das Halfter einer Pistole. Das konnte nur eins bedeuten.

»Ich nehme nicht an, dass Sie Polizist sind?«, sagte Maurice so freundlich wie möglich.

»Erraten, du Schlaumeier! Du bist Maurice, stimmt's? Schöne Grüße vom Papst, ich soll dich daran erinnern, dass bald Zahltag ist. Damit du es nicht vergisst!« Er klopfte Maurice fest auf die Schulter.

Dann stieg er wieder in den Wagen und fuhr mit quietschenden Reifen davon. Maurice sah ihm hinterher. Dass der Papst einen seiner Geldeintreiber vorbeischickte, war ein Zeichen, dass er es ernst meinte. Es blieb ihm nicht mehr viel Zeit, und er brauchte einen Plan. Fünfzigtausend von Jeanne zu verlangen, war zu viel gewesen, vielleicht würde sie sich auf zwanzigtausend einlassen. Vielleicht würde der Papst eine Anzahlung akzeptieren. Für die Finanzierung der neuen Küchengeräte und den neuen größeren Eingangsbereich würde er sich etwas anderes einfallen lassen.

Das Restaurant war voll besetzt. Normalerweise begrüßte er einige der Gäste persönlich, aber dieses Mal ging er direkt in die Küche zu Paul. Er würde Jeanne anrufen und sie nochmals um ein Gespräch bitten. In der Küche herrschte die übliche Hektik, und Maurice sah seinen Bruder, der sich mit seinem Souschef stritt, es ging um die Karotten, die ihm nicht fein genug geschnitten waren. Als Paul seinen Bruder sah, entspannte sich seine Miene ein wenig.

»Wie schön, dass du auch mal auftauchst! Ich muss mit dir reden. Ich komme in vier Minuten in dein Büro!«

Dann widmete er sich einem Risotto mit Pfifferlingen.

»Können wir das nicht später erledigen, heute Abend zum Beispiel, ich habe viel zu tun.« Maurice sah seinem Bruder über die Schulter. »Was sind das? Pfifferlinge?«

»Ja, fantastisch, ich habe sie gestern Abend aus Jeannes Garten geholt. Eigentlich ist es noch ein bisschen früh, aber mit dem vielen Regen haben wir Glück!«

Maurice schloss die Tür seines Büros hinter sich und setzte sich an seinen Schreibtisch. An der Wand hing ein großes Bild, das ihn und Paul vor dem Restaurant zeigte.

Das Foto war einen Tag nach der Verleihung des ersten Michelin-Sterns entstanden. Er konnte sich noch gut daran erinnern, die Freude und das Gefühl, es erreicht zu haben. Sie gehörten zu den Spitzenrestaurants, Leute würden eigens nach Lyon kommen, um bei ihnen zu essen. Er konnte nicht zulassen, dass der Papst alles ruinierte. Zur Bank gehen war keine Option, nicht mit seiner Vergangenheit. Vor vielen Jahren hatte er Spielschulden gehabt und versucht, mit einem Bankkredit alles zurückzuzahlen, aber mit seinem Gehalt als Hotelmanager und bei seiner unersättlichen Lust auf schnelle Autos, maßgeschneiderte Anzüge, Frauen und Poker hatte er seine Raten nicht zahlen können.

In dieser Situation hatte er den Papst wiedergetroffen. Einen Jugendfreund, den er eigentlich lieber vergessen hätte, doch es gab etwas, was die beiden für immer verband, ob er wollte oder nicht.

Der Papst hatte Geld, viel Geld, Macht, Einfluss, Verbindungen, Leute, die für ihn arbeiteten, ohne Fragen zu stellen. Und es war sofort klar, dass der Papst seinen Einfluss überall geltend machte. Er hatte nicht nur bei Polizei und Banken seine Kontakte. Seiner Meinung nach waren alle entweder käuflich oder erpressbar, nur manchmal musste man etwas nachhelfen.

Maurice wusste, dass der Papst tief in der Lyoner Mafia steckte, vielleicht sogar der Kopf der Mafia war, aber darüber schwieg man besser. Immer wieder hörte man von Leuten, die plötzlich verschwanden oder bei Autounfällen starben, nachdem sie sich entweder mit dem Papst angelegt hatten oder ihre Schulden nicht mehr hatten bezahlen können.

Und jetzt war er genau in dieser Situation!

Er durfte nicht zulassen, dass sie alles verloren. Er wollte das Restaurant behalten, und er würde darum kämpfen, egal um welchen Preis!

Vor ein paar Tagen hatte er tausendfünfhundert Euro im Spielkasino verloren und beschlossen, das Spielen sein zu lassen, das Risiko war zu hoch. Als er Jeannes Nummer wählte, erschien Paul im Büro.

»Ich muss mit dir reden. So geht das nicht weiter, wir brauchen dringend den Pacojet; du hast mir versprochen, einen zu bestellen, wo bleibt das Ding? Wenn wir unser Niveau halten wollen, ist das unbedingt nötig. Also?« Paul stand vor seinem Schreibtisch und wartete ungeduldig auf eine Antwort.

»Setz dich.«

Vielleicht könnte Paul Jeanne um Geld bitten. Er musste es versuchen.

»Ich habe keine Zeit! Das Restaurant ist voll. Ich will nur, dass du mir sagst, wann er kommt, damit ich die Menüs entsprechend planen kann.«

»O. k. Ich bestelle ihn, aber wir brauchen Geld, viel Geld.

Ich habe gestern Jeanne gefragt, ob sie aushelfen kann, aber sie wollte nicht so richtig. Kannst du nicht mal mit ihr reden?«

»Was, ich? Wir waren uns von Anfang an einig, dass ich koche und du das Management übernimmst. Außerdem komme ich mit ihr im Moment auch nicht so zurecht. Gestern Abend habe ich die Pfifferlinge im Garten geholt, das hat etwas länger gedauert, um sie zu finden, man muss ja vorsichtig sein, du weißt ja …«

Maurice winkte ab, er wusste, worauf Paul anspielte.

»… also es war schon dunkel, da hörte ich ein Geräusch und schlich mich an und dann stand da plötzlich diese Nachbarin! Sie hat sich fürchterlich erschreckt und geschrien. Jeanne kam dazu und hat mir praktisch verboten, abends noch in den Garten zu gehen oder auf ihrem Grundstück ›herumzugeistern‹, wie sie es nannte! Unglaublich! Nur wegen dieser Helen, die sie noch gar nicht so lange kennt. Im Moment habe ich die Nase voll! Außerdem ist auf den Souschef kein Verlass …« Er sah auf die Uhr und öffnete dann hastig die Bürotür. »Ich muss los, die Soufflés …«

Paul würde Jeanne nicht fragen. Es blieb ihm nichts anderes übrig, als sie selbst anzurufen.

Grün und Blau war eigentlich eine schöne Kombination. Jeanne saß vor ihren Büchern und sortierte sie weiter nach Farben. Im Hintergrund lief »Night and Day« von Ella Fitzgerald. Eigentlich entspannte sie diese Musik, aber nach gestern Abend gelang ihr das nicht recht. Sie stand auf und schaltete den CD-Spieler ab. Sie musste nochmal mit Paul reden. Sie mochte ihn wirklich sehr, viel mehr als Maurice. Er war zwar ein begnadeter Koch, aber manchmal fehlte ihm jegliches Gespür für den Umgang mit Menschen. Maurice hingegen war viel verbindlicher und eloquenter, und die Tatsache, dass er gut aussah, half natürlich.

Aber er hatte auch eine dunkle Seite, war kalt und kalkulierend und verstand es, sein Gegenüber zu manipulieren. Maurice erinnerte sie oft an einen schwarzen Panther, der seine Beute umkreiste und mit seiner Schönheit betörte und dann plötzlich zubiss. Paul war kein bisschen berechnend, aber impulsiv und manchmal wie ein trotziges Kind, wenn es nicht nach seinem Kopf ging. Sie dachte an gestern Abend zurück.

Sie hatte sich gerade zum Abendessen hingesetzt, als ein markerschütternder Schrei aus dem Garten kam. Amel war in der Küche, das wusste sie, also wer hatte da so entsetzlich geschrien? Sie war eilends nach draußen gerannt und hatte nicht lange suchen müssen. Sie hatte Helen außer Atem auf dem Boden sitzend gefunden; Paul stehend neben ihr mit einem Korb Pilze.

»Was ist denn hier los?«, hatte Jeanne schon von weitem gerufen.

Helen hatte nur abgewinkt und war aufgestanden.

»Tut mir leid, aber ich habe mich so erschreckt, als Paul plötzlich vor mir stand.«

»Das war nicht meine Schuld! Ich brauchte dringend die Pilze.« Paul war ganz in Schwarz gekleidet, und seine blonden Locken steckten unter einem schwarzen Beanie. Jeanne hatte ihn erbost angesehen.

»Wieso musst du ausgerechnet um diese Zeit durch den Garten schleichen und Helen erschrecken! Du könntest wenigstens ein bisschen Rücksicht nehmen und deine Pilze und Kräuter früher einsammeln. Wie siehst du überhaupt aus?«

»Wieso soll ich Rücksicht nehmen, wenn Helen über den Zaun klettert und auf deinem Grundstück herumläuft? Schließlich muss ich hier arbeiten!« Verärgert war er Richtung Haus marschiert.

Helen wandte sich an Jeanne, um sich zu entschuldigen.

»Jeanne, das war doch jetzt hoffentlich nicht meinetwegen, es war ja auch meine Schuld, ich wollte zu dir, das heißt, eigentlich wollte ich in den Kräutergarten, von dem mir Maurice erzählt hat, und dann habe ich die Orientierung verloren. Mir ist die ganze Situation sehr unangenehm.«

»Das muss dir nicht unangenehm sein, was schleicht Paul auch hier herum. Ich weiß, dass dieser Teil des Gartens ganz schön finster ist, ehrlich gesagt, gehe ich da selber gar nicht mehr hin, nur Maurice und Paul, und ab und zu der Gärtner. Nein, ich habe das nicht deinetwegen gemacht, ich habe mich auch schon erschreckt, wenn Paul durch das Haus schleicht wie eine Katze. Und dann trägt er, außer in der Küche, ständig Schwarz. Das passt zu seiner Weltsicht. Er hatte es nicht immer leicht im Leben. Doch lassen wir das. Komm, auf den Schreck trinken wir einen Schluck!«

Kapitel 30

Der Flieger war pünktlich. Helen hatte Gerda zum Flughafen gefahren und ihr beim Einchecken geholfen.

Am Abend zuvor hatte Gregor noch eine heftige Diskussion mit seiner Mutter gehabt. Letztendlich hatten sie sich darauf geeinigt, dass Gerda nichts überstürzen würde mit dem Tierschutzverein. Wer weiß, vielleicht würden sie ihn ja bald rausschmeißen, wenn er die Situation in der Firma nicht in den Griff bekäme. Und vielleicht würde er dann tatsächlich zurück nach Deutschland gehen. Er würde auch einen Blick in die Akten werfen, wenn Gerda sie ihm überließe, unter der Bedingung, dass sie etwas an ihrem Verhalten ändern würde.

»Mutter, deine Rechthaberei ist unerträglich! Ich habe mich wirklich auf dein Kommen gefreut. Aber diese ständigen Kommentare und Streitereien mit Helen! Ich bin mit Helen verheiratet, wir leben hier und wir bestimmen, wo unsere Möbel zu stehen haben, und nicht du. Bitte akzeptiere das ein für alle Mal!«

Gerda wich seinem Blick schuldbewusst aus.

»Wen habe ich denn sonst noch? Ich will mich nicht mit euch streiten. Ich fühle mich oft sehr allein, selbst als dein Vater noch lebte. Kurz bevor er starb, hat er mir gestanden, dass er mich eigentlich schon lange verlassen wollte. Ich weiß, dass ich anstrengend bin, aber so schrecklich bin ich doch nicht, oder?« Jetzt fing sie an zu weinen.

Gregor war in der Küche verschwunden und mit einer Rolle Küchentücher zurückgekommen.

»Es tut mir leid, Mutter. Du bist manchmal ein bisschen anstrengend, aber wir lieben dich und du bist mir wichtig.« Er hatte seine Hand auf ihre Schulter gelegt, und Gerda hatte ihn dankbar angesehen.

»Ich weiß ja, dass du eigentlich recht hast. Und ich verspreche dir, dass ich mich bessere. Aber …«

»Was, aber?«

»Aber ich bin hier nicht die Einzige mit einem Problem. Du weißt, was ich meine: deinen Kontrollzwang. Helen und Max haben es auch nicht einfach.«

Gregor hatte sie erstaunt angesehen. Darüber hatte er nicht reden wollen. Aber sie hatte recht.

»Also gut. Ich mache dir einen Vorschlag! Wir werden gemeinsam an unseren Problemen arbeiten. Versprochen!«

Gregor hatte Gerda die Hand gereicht, und zögerlich hatte sie sie ergriffen.

Als Helen zwei Stunden später zurückkam, waren beide in ein Gespräch über Gerdas Kindheit vertieft und sahen sich ein altes Fotoalbum von Gregor an.

Jeanne saß allein in ihrem Wohnzimmer und blickte aus dem Fenster. Sollte sie Helen von Maurice' und Pauls Vergangenheit erzählen? Damit sie verstand, warum Paul sich mit anderen Menschen so schwertat und welche Gefahr von Maurice ausging? Für sie selbst war es ein belastendes Kapitel ihres Lebens, und eigentlich war sie froh, nicht darüber sprechen zu müssen. Aber Pauls Verhalten heute Abend hatte sie zweifeln lassen. Nachdem Helen sich verabschiedet hatte, hatte Jeanne ihn aufgesucht. Neben der Versuchsküche war ein kleines Schlafzimmer mit Bad, in dem Paul häufig übernachtete; obwohl er eine schöne und großzügige Wohnung in der Nähe des Restaurants mit Blick über die Rhone hatte. Die Küche war eine Mischung aus den neuesten Luxusgeräten und Materialien und einer altmodischen Küchenzeile mit alten hölzernen Schränken, die Wände waren in Pastelltönen gestrichen. Paul stand mit dem Rücken zu Jeanne. Sein T-Shirt sah verschwitzt aus und klebte an seinem Körper.

»Hallo, Paul.«

Er antwortete ihr nicht sofort, sondern erst, als sie näher gekommen war und fast neben ihm stand.

»Willst du etwas Besonderes? Ich muss mich konzentrieren.«

Vor ihm lagen diverse Kräuter, und er hantierte mit einem Mörser.

»Was machst du da?« Jeanne sah, dass auch rohe Holunderbeeren auf der Arbeitsplatte lagen und er zwei davon mit dem Mörser zermalmte. »Sind rohe Holunderbeeren nicht giftig?«

Paul hielt inne und drehte sich zu ihr um.

»Das sind sie.«

»Ist das denn nicht gefährlich, was du da machst? Ich will nicht, dass du dich vergiftest.«

»Ich vergifte mich nicht.«

Er gab noch eine weitere Beere dazu. Er hasste es, wenn man ihn störte. Am liebsten hätte er Jeanne hinausgeworfen. Aber das konnte er nicht, schließlich war es ihr Haus.

»Warum hast du dich nicht bei Helen entschuldigt?«

Das war es also.

»Ich sah keine Veranlassung.«

»Aber du hast sie zu Tode erschreckt. Meine Güte, Paul, sei doch nicht immer so anstrengend!« Jeanne schlug mit ihrer flachen Hand auf die Arbeitsfläche. Er besah sich fasziniert ihre Hand, schlank und elegant, aber voller Falten und Altersflecken. Crème brûlée sah so ähnlich aus. Vielleicht könnte ein besonderer Effekt erreicht werden, wenn man einen anderen Zucker zum Karamellisieren der Oberfläche verwendete? Er musste unbedingt brasilianischen Zucker besorgen.

»Paul?! Hörst du mir überhaupt zu?« Jeanne wurde ungeduldig.

»Was?«

»Du hast dich nicht entschuldigt!«

»Na und! Ich habe keine Zeit für solchen Blödsinn! Was läuft die hier abends auf dem Grundstück herum?!«

»So benimmt man sich nicht! Ein Gentleman entschuldigt sich.«

»Dafür ist Maurice zuständig. Er ist der Gentleman von uns beiden. Außerdem ist er sowieso hin und weg von Helen. Es würde mich nicht wundern, wenn er sich bald an sie ranmacht.«

Jeanne hielt seinen Arm fest.

»Hör zwei Minuten auf zu arbeiten und rede mit mir!«

Paul sah sie an, und Jeanne erschrak über die Kälte in seinen Augen. Es gab nur einen einzigen Menschen, bei dem sie diesen Blick gesehen hatte, aber daran wollte sie nicht denken. Sie ließ seinen Arm los.

»Was willst du? Ich muss arbeiten!«

»Ich will wissen, was Maurice von Helen will. Hat er dir was erzählt?«

»Frag ihn selbst.«

Paul hätte Jeanne am liebsten angebrüllt, dass sie endlich verschwinden solle.

»Er sagt nicht viel, du kennst ihn doch. Soll ich wirklich wiederholen, was er sagt? Nein, das willst du nicht. Aber ich kann dir versprechen, dass es ihm egal ist, ob sie verheiratet ist oder nicht. Und jetzt geh bitte. Sonst könnte mir aus Versehen noch eine Holunderbeere zu viel reinfallen, und ich will nicht, dass jemand stirbt.«

Jeanne ging Richtung Tür und blieb dann stehen.

»Paul, ich meine es ernst. Ich will nicht, dass du nachts hier herumschleichst und Leute erschreckst. Auch wenn du ein begnadeter Koch bist und ich fest an dich glaube, würde es mich freuen, wenn du ab und zu Rücksicht auf deine Mitmenschen nähmest. Gute Nacht.«

Statt einer Antwort spannte sich sein Rücken an.

Das ganze Haus war in Dunkelheit getaucht. Außer im Treppenhaus hatte Jeanne überall das Licht ausgemacht; es beruhigte sie, im Dunklen zu sitzen. Aber die Ruhe hielt nicht lange. Das Telefon klingelte.

»Jeanne, bitte entschuldige die späte Störung.«

»Maurice. Gerade haben wir von dir gesprochen.«

»Wer ist›wir‹?« Er klang nervös.

»Dein Bruder und ich. Was möchtest du denn um diese Uhrzeit?«

»Ich muss mit dir reden. Bitte, Jeanne, du bist meine letzte Hoffnung!«

»Warum gefällt mir das nicht? Wieso bin ich deine letzte Hoffnung?«

»So habe ich das nicht gemeint, ich will dich nicht unter Druck setzen. Ich muss einfach mit dir reden.«

»Na gut, morgen, bevor das Restaurant öffnet.«

»Danke, Jeanne.«

Ein eigentümliches Gefühl beschlich sie, als sie aufgelegt hatte.

Helen wurde von Gregor geweckt, der in seinem Kleiderschrank wühlte. Er trug bereits seine Anzughose, aber noch kein Hemd.

»Was machst du denn da?«, fragte sie verschlafen.

»Guten Morgen, mein Engel!« Gregor warf sich auf das Bett und küsste sie. »Ich räume meinen Schrank um. Ich mische meine Farben etwas. Das habe ich gestern mit Gerda beschlossen. Außerdem sollten wir mal zusammen ein paar Tage verreisen, an die Côte d'Azur, sobald sich die Gelegenheit bietet!«

»Klingt toll! Ein paar Tage am Mittelmeer wären genau das Richtige jetzt. Aber fang vielleicht nicht morgens um halb sechs damit an, deinen Schrank umzuräumen.« Helen drehte sich zur Seite und wollte weiterschlafen. Doch Gregor lag halb auf ihr.

»Ich muss gleich ins Büro, ich glaube, ich kann den Übeltäter überführen, indem ich ihm eine Falle stelle. Ich verabschiede mich noch schnell von Gerda. Tschüss, Darling!« Er küsste Helen auf die Stirn und verschwand.

Als Helen sich eine halbe Stunde später ins Bad schleppte, saß Gerda mit Gregor und Corina in der Küche. Helen stutzte. Sie hatte Corina gestern gar nicht gehört, aber sie übernachtete jetzt so oft hier. Corina tat Max sichtlich gut. Selbst Gerda verstand sich inzwischen gut mit ihr. Fast bedauerte Helen es, dass ihre Schwiegermutter nach Deutschland zurückflog.

Auf dem Weg vom Flughafen zurück in die Innenstadt rief Jeanne sie an, um sich nach ihrem Befinden zu erkundigen.

»Mach dir keine Sorgen, Jeanne. Es ist alles in Ordnung. Ich bin gerade auf dem Weg zum Kochkurs. Ich melde mich später bei dir.«

Jeanne schien erleichtert. »Viel Spaß! Falls Paul noch etwas von seinem Pilzrisotto übrig hat, könntest du mir etwas mitbringen.«

»Gerne. Bis später.«

Helen versuchte, sich gedanklich nur auf den Kochkurs zu konzentrieren. Aber immer wieder drängten sich die Bilder des gestrigen Vorfalls und ihres Albtraums dazwischen.

Kapitel 31

Heute stand Helen mit zwei Franzosen an einem Arbeitstisch, und die Stimmung war ganz anders als in der vergangenen Woche mit den Amerikanern. Alles wurde viel ernster genommen, und Helen fand es faszinierend, wie die beiden über die Jakobsmuscheln und Zitronen fachsimpelten. Helens Französisch war noch weit davon entfernt perfekt zu sein, aber sie hatte einen Punkt erreicht, wo sie einfach drauflosplapperte, und sie versuchte an dem Gespräch teilzunehmen. Die beiden Franzosen waren ihr sympathisch; die Diskussion über die Herkunft und die Verarbeitung der verschiedenen Zutaten war sehr interessant. Helen hatte noch nie jemanden so ernsthaft und ausgiebig über Kartoffeln reden hören. Wie in der vorangegangenen Woche leitete der Souschef den Kurs. Helen war beeindruckt von seiner Perfektion. Als die Teilnehmer am Nachbartisch die Zwiebelwürfelchen zu ungleichmäßig geschnitten hatten, warf er alles in die Abfallschale. Insgesamt mussten die Armen vier Zwiebeln schneiden, bis er einigermaßen zufrieden war. Aber der Aufwand lohnte sich, die Jakobsmuscheln zerschmolzen wie Butter auf der Zunge, der Morcheljus war frisch und verbreitete ein Aroma, das Helen an einen Wald erinnerte. Die Kartoffelgnocchi waren luftig und leicht, nicht schwer und klebrig. Das Zitronensorbet war Helen etwas zu sauer, allerdings verfeinerte die Hibiskusessenz den Geschmack. Die ganze Gruppe applaudierte begeistert, als der erste Bissen des Moelleux au Chocolat gegessen wurde. Der Rand hatte die Konsistenz von Seide, die Schokolade löste sich fast sofort im Mund auf und hinterließ eine leicht nussige, leicht bittere Note – das ursprüngliche Aroma von Kakaobohnen aus Madagaskar, wie der Souschef erklärte. Der weiche heiße Kern in der Mitte war schwer und süß, eine perfekte Symbiose.

Am Ende des gemeinsamen Mahls verabschiedete man sich herzlich mit Küsschen links und rechts.

Jetzt musste Helen sich nur noch nach dem Pilzrisotto für Jeanne erkundigen. Sie hatte heute weder Paul noch Maurice gesehen und hoffte, eine Begegnung mit Paul vermeiden zu können.

Im Gewimmel in der Hauptküche war die Stimme Pauls unüberhörbar, er schrie irgendwelche Kommandos auf Französisch, so schnell, dass Helen nicht ein Wort verstand. Aber er hatte seine kleine Armee gut unter Kontrolle, jeder verschwand ohne Widerworte an einen Arbeitsplatz, außer dem Souschef, der eine Diskussion mit Paul führte, die Helen ebenfalls kaum verstand, anscheinend ging es um einen »Pacojet«. Was auch immer das war. Als Paul Helen sah, unterbrach er das Gespräch. Ohne ein Lächeln oder irgendeine Begrüßung näherte er sich ihr.

»Das ist meine Küche! Willst du etwas Bestimmtes?«

»Tut mir leid, Paul, aber Jeanne hat mich gebeten, ihr Pilzrisotto mitzubringen, falls welches übrig ist.«

»Aha. Geh in den Kühlraum im Keller, dort ist Maurice, der gibt dir etwas.« Er drehte sich um und ließ sie stehen.

Eine unscheinbare weiße Metalltür führte in den Keller. Dahinter lag ein langer Gewölbegang. Es war sehr kühl, und hinter einer alten Eisentür, die halb offen stand, sah Helen einen üppig bestückten Weinkeller. Am Ende des Ganges waren Geräusche zu hören und dort vermutete Helen Maurice. Aber sie brauchte ihn nicht zu suchen, er kam ihr schon entgegen.

»Ich habe mich gefragt, wer auf Stöckelschuhen in den Keller kommt, das kann nur eine sehr schöne und attraktive Frau sein!«

Er schenkte ihr sein breitestes Lächeln. Helen winkte ab.

»Ich möchte nur etwas Pilzrisotto für Jeanne holen.«

Vor dem begehbaren Kühlraum war ein Vorraum mit deckenhohen Regalen voll mit Tabletts, auf denen die unglaublichsten Sachen lagen. Macarons! Der Boden war dunkelrot gekachelt. Eine freie Wand war dunkelblau gestrichen, davor stand ein kleiner Kaffeehaustisch mit zwei passenden Stühlen und einer altmodischen Tischlampe, die den Raum in ein angenehmes Licht tauchte. An der Wand waren zwei hölzerne Weinkisten als Regale angebracht, in denen Ordner, Papiere und Schreibmaterial lagen.

Helen liebte Macarons. Daneben lagen kleine buntgestreifte Würfel, die von Zucker ummantelt waren. Helen starrte fasziniert die Leckereien an, während Maurice in einem der Kühlräume verschwand. Er kam mit einer kleinen Metalldose zurück.

»Das Risotto für Jeanne. Und die kleinen Früchtewürfel hier sind aus purer Essenz hergestellt, das ist Ananas-Rose.« Er hielt ihr einen der kleinen gelb und rosa gestreiften Würfel hin. Als Helen kostete, fand in ihrem Mund die reinste Aromenexplosion statt, Ananas wurde zärtlich von Rosenduft umhüllt. Helen wurde in eine ihr unbekannte Welt entführt.

»Moment, da fehlt noch etwas!« Maurice verschwand und kam gleich darauf mit zwei Gläsern und einer Flasche zurück.

»Das ist ein 94er Baume de Venise, das Beste, was man dazu trinken kann. Nimm Platz!«

Maurice stellte die Gläser auf den Tisch und machte einen kleinen Teller mit Früchtewürfeln und ein paar Macarons zurecht.

»Ich habe eigentlich nicht viel Zeit, Jeanne wartet bestimmt auf ihr Essen, ich muss dringend Kisten auspacken, und ehrlich gesagt kann ich gar nichts trinken, ich muss ja noch fahren.«

»Ich fahre dich selbstverständlich nach Hause und bringe das Essen zu Jeanne, ich muss sowieso noch etwas für Paul besorgen. Du kannst deinen Wagen draußen auf dem Parkplatz stehen lassen. Ich würde mich sehr freuen, wenn du ein bisschen bliebest.«

Er setzte sich ihr gegenüber auf den Stuhl.

»Paul und ich haben hier schon Nächte verbracht, probiert, diskutiert und kreiert.« Er deutete auf die Regale. »Hier stört uns niemand, und die Temperatur ist gerade richtig. Lass mich dir die Früchte von Pauls Arbeit zeigen.« Er erhob sein Glas.

»Also gut, einen winzigen Schluck, dann fahre ich nach Hause, und zwar mit meinem Auto.«

Als sie ihr Glas erhob, stieg ihr der Duft von Aprikosen in die Nase, Aprikosen der Provence mit einem Unterton von Lavendel. Der Geschmack war überraschend, leicht süß, doch nicht unangenehm, mit einer Weichheit, die Helen an Samt erinnerte und an einen Sommer in der Provence.

»Der ist wirklich sehr gut! Aber mich würden nicht nur die Würfelchen interessieren, sondern auch die Macarons. Die sind bestimmt sehr schwierig herzustellen, oder?« Helen griff nach einer knallgrünen, doch zu ihrer Überraschung hielt Maurice ihre Hand fest. Seine Hände waren unerwartet zart, hatten aber etliche Narben, vielleicht Küchenunfälle?

»Das Rezept ist französischen Ursprungs, obwohl die Italiener behaupten, dass sie die Dinger erfunden haben. Das italienische Rezept dauert zwei und das französische vier Stunden, selbstverständlich arbeiten wir nach einem alten französischen Rezept. Der obere und untere Bereich sind hauptsächlich aus Mandeln, Eischnee und Puderzucker hergestellt, es ist ganz leicht. In der Mitte ist eine Creme oder ein Coulis, ein Früchtepüree, in diesem Fall eine Pistaziencreme, aus frischen, jungen Nüssen, sie geben dem Gebäck seinen intensiven Geschmack. So darfst du die Macarons übrigens nicht halten.« Er legte ihr das grüne Gebäck in die Handfläche. »Sie sind äußerst zerbrechlich und man muss sehr aufpassen, dass sie nicht kaputtgehen, den vollen Geschmack hat man nur, wenn man die Macarons als Ganzes verspeist. So.«

Er nahm das grüne kleine Teil vorsichtig zwischen Daumen und Zeigefinger und hielt es vor Helens Mund. Vorsichtig biss sie ein großes Stück ab und verstand, was Maurice meinte, es zerfiel pudrig in ihrem Mund. Die Creme in der Mitte schmeckte nach frischen Pistazien. Da war noch ein anderer Geschmack. Was war das nur? Helen kam beim besten Willen nicht darauf.

Maurice aß die andere Hälfte.

»Sind die nicht unglaublich! Paul ist wirklich ein Meister.«

Helen nickte zustimmend.

»Ich muss gestehen, dass ich Pistazien eigentlich nicht besonders mag, aber die schmecken ganz anders, gar nicht süß, sondern nussig und zart. Aber da ist noch eine andere Note.«

»Paul schafft es, zum ursprünglichen Geschmack zu gelangen. Wir benutzen fast ausschließlich Produkte aus Frankreich, möglichst regional und natürlich bio. Der grüne Farbstoff wird durch Basilikum erzeugt und gibt einen fein akzentuierten Unterton, die beiden Aromen ergänzen sich perfekt. So sollte es auch zwischen Mann und Frau sein. Besonders bei einer so schönen Frau wie dir. Ich wüsste genau, wie ich dich verwöhnen würde.«

Helen war für einen Moment irritiert, fühlte sich aber auch geschmeichelt. Es gab also doch Männer, die sie attraktiv fanden, außer Gregor.

»Vielen Dank, Maurice, ich habe in Gregor schon mein perfektes Gegenstück gefunden. Und an Frauen mangelt es dir bestimmt nicht. Allein im Kochkurs sind zwei, die sicherlich nicht nur wegen des Kochens dort sind.«

»Vielleicht, die sind mir egal. Ich bin nicht mehr an oberflächlichen Affären interessiert. Wenn mich eine Frau fasziniert, dann will ich sie ganz, ihren Körper, ihren Geist! Ich liebe Frauen, die zu schätzen wissen, was perfektes Kochen bedeutet, denen es egal ist, woher ich komme und was ich geworden bin. Man muss Frauen behandeln wie Schokolade! Die besten Kakaobohnen sind selten und sehr wertvoll. Verarbeitet man dunkle Schokolade mit etwas Sahne, hat man eine Ganache. Zuerst hat man die makellose Schönheit außen, die Haut, die man liebevoll mit der Zunge umspielen will. Man tastet sich nur zaghaft an den zarten verletzbaren Kern heran. Doch dann lässt die samtweiche Füllung die Sinne explodieren! Der zarte Schmelz der Ganache, der sich anfühlt wie die ultimative Erfüllung.«

Helen war sprachlos. Zeit zu gehen, sie erhob sich.

»Warte! Ein letzter Schluck und eine letzte Ganache.«

Er ging zu einem der Regale und kam mit einer sehr kleinen, schwarzen, quadratischen Schokolade zurück. Darauf waren die Initialen P und M zu sehen.

Nach ihrem Empfinden stand er ein paar Zentimeter zu nah, unwillkürlich wich sie zurück.

»Es tut mir leid, ich möchte dich nicht bedrängen, bitte, probiere die Ganache. Paul hat sie gestern gemacht.«

»Also gut. Aber dann gehe ich!«

Helen nahm die Schokolade und wusste nach wenigen Sekunden, was er meinte.

»70% Tao-Bohnen, besser geht es kaum«, sagte Maurice stolz.

»Unfassbar! Ich habe schon viel Schokolade in meinem Leben gegessen, aber noch nie so etwas von dieser Intensität!« Ihre Leidenschaft für M&Ms verschwieg sie besser.

Maurice schenkte Helen und sich selbst noch einmal nach und erhob sein Glas, um mit ihr anzustoßen.

»Ein letzter Schluck von dem guten Baume de Venise. Auf das Leben und die Liebe!«

Helen trank aus und stellte ihr Glas auf den Tisch. Der Wein hatte es in sich, er schmeckte zwar exzellent, aber er stieg ihr zu Kopf. Sie musste nach Hause, und zwar sofort.

»Ich muss jetzt aber wirklich gehen.«

Sie ging zur Tür, doch Maurice versperrte ihr den Weg.

»Ich weiß nicht, ob ich noch einmal die Gelegenheit haben werde, dir das zu sagen, aber du sollst wissen, dass ich dich begehre, wie ich schon lange keine Frau mehr begehrt habe. Ich weiß, du bist verheiratet, aber für mich bist du die perfekte Ganache. Ich kann deine Liebe nicht haben, aber ich biete dir meine ehrliche Freundschaft und Wertschätzung an, es würde mich freuen, wenn du wenigstens das annehmen könntest.«

Er hielt ihr seine ausgestreckte Hand hin. Helen zögerte, das war jetzt alles zu viel für sie.

»Maurice, es reicht. Ich muss jetzt nach Hause.«

Kapitel 32

1980

Die Luft im Schlafsaal war stickig. Einige der Jungen hatten schwere Erkältungen, ein paar mit hohem Fieber. Da die Krankenstation überlastet war, mussten sie in ihren Schlafsälen bleiben und husteten die halbe Nacht. Die meisten waren schon in der Schule. Er selbst war nicht erkältet, aber sein ganzer Körper schmerzte, man hatte ihm erlaubt, sich auszukurieren, jeden Tag sah jemand nach ihm und den anderen Kindern. In den letzten Nächten war so viel Schnee gefallen, dass der Arzt aus dem nahe gelegenen Dorf nicht mit dem Auto durchkam, und der Pfleger auf der Krankenstation hatte alle Hände voll zu tun. Deshalb sprang Bruder Martin ein.

Er hasste Bruder Martin.

Und während er dalag und jede Faser seines Körpers spürte, kam die Erinnerung wieder. Die Erinnerung, ein Albtraum.

Vor zwei Tagen hatte man ihn wieder zu Bruder Martin geführt, nachdem er barfuß in der eisigen Kälte den Schnee im Hof weggeschaufelt hatte. Bruder Johannes stellte ihn vor die schwere Holztür und klopfte. Fast im selben Augenblick wurde die Tür geöffnet. Wortlos wurde er in den Raum geschoben.

Bruder Martin forderte ihn auf, sich zu setzen, und goss ihm heißen Tee in einen Becher, den er gierig austrank, obwohl er sich fast den Mund verbrannte. Draußen im Hof war er wie in Trance gewesen und hatte sich mit Frank Sinatras Liedern abgelenkt. Aber jetzt war alles anders, er konnte sich kaum bewegen vor Kälte. Was auch immer jetzt passierte, noch schlimmer konnte es nicht kommen. Bruder Martin saß auf seinem Stuhl, seine Miene war regungslos. Dann beugte er sich über den Schreibtisch und sprach ihn an.

»Mein Sohn, du hast harte Arbeit geleistet, sicher hat dir Gott beigestanden. Was hast du denn die ganze Zeit gemurmelt, waren es Psalmen oder vielleicht sogar der Rosenkranz unserer ehrwürdigen Mutter? Sage mir, welchen Heiligen du gelobet hast?«

Der Junge hob seinen Kopf, seine schwarzen Augen waren matt und müde.

»Frank Sinatra«, murmelte er leise.

Bruder Martin beugte sich weiter nach vorne.

»Was habe ich da gerade gehört?!«

Irritiert sah ihn der Junge an, seines Fehlers bewusst.

»Franziskus, der heilige Franziskus, Bruder Martin.«

»Habe ich nicht eben Frank Sinatra gehört!?«

Der Junge schwieg und fixierte einen Punkt an der Wand hinter Bruder Martin, der sich erhoben hatte.

»Steh auf, Junge! Ich glaube, das Böse steckt noch immer in dir. Dass du einen Menschen fast totprügelst und obendrein mich anlügst, ist wahrhaftig eine große Sünde in den Augen Gottes und verlangt eine schwere Strafe!«

Er nahm eine der kleinen Peitschen von der Wand und riss ihm im selben Moment die Decke von den Schultern; reflexartig umklammerte der Junge seine Schultern. Sein dünnes weißes Hemd war immer noch feucht.

»In Anbetracht der Schwere deines Vergehens bekommst du fünfundzwanzig Hiebe. Hebe dein Hemd!«

Der Junge tat, wie ihm befohlen. Den ersten Schlag spürte er kaum, die darauf folgenden Hiebe dafür umso deutlicher, jeder Peitschenhieb schien sich tiefer in sein Fleisch zu bohren, es brannte und schmerzte, warmes Blut lief über seinen Rücken. Er zählte nicht mit. Irgendwann hörten die

Schläge auf. Der Junge hob langsam den Kopf und sah Bruder Martin vor sich stehen, verschwitzt, außer Atem und zufrieden, und auf seinem Gesicht lag ein Grinsen, das dem Jungen eine Gänsehaut über den Rücken jagte.

»Jetzt siehst du deine Schuld vielleicht ein, aber völlige Vergebung erreichst du nur, wenn du den Finger Gottes küsst!«

Was Bruder Martin jetzt entblößte, ließ den Jungen vor Ekel zurückweichen. Aber sein Kopf wurde in die richtige Position gebracht und was danach passierte, war genau das, was schon dem kleinen Karl in jener Nacht widerfahren war. Er kam erst wieder zu sich, als er grob in den Flur geschoben wurde, mit den Worten:

»Gott hat dir deine Sünden vergeben und in dir einen Diener gefunden!«

Es war schon dunkel. Er hörte Geschirr klappern, die anderen aßen zu Abend und der Duft von warmem Essen stieg ihm in die Nase. Er torkelte Richtung Speisesaal, wo er kurz vor der Tür zusammenbrach.

Als er wieder erwachte, lag er in seinem eigenen Bett. Es musste früher Morgen sein, dem Licht nach zu urteilen, das durch das Fenster drang. Ein lautes Niesen hatte ihn geweckt. Als er den Kopf zur Seite drehte, sah er den kleinen Karl. Dieser erzählte ihm, dass alle in der Schule seien, außer den Kranken, und dass ihn alle für einen Helden hielten und zum Oberanführer machen wollten. Und ob er denn keinen Hunger habe, wollte der kleine Karl wissen, schließlich habe er lange geschlafen.

Er hatte keinen Hunger, aber der Geschmack in seinem Mund war so ekelhaft, dass er ihn sich am liebsten mit Seife ausgewaschen hätte. Doch es stand noch nicht einmal Wasser am Bett, er konnte auch nicht aufstehen, um welches zu holen, denn es gab keine Stelle an seinem Körper, die nicht schmerzte.

Als er Karl antworten wollte, war dieser schon wieder eingeschlafen.

Der Kleine schnaufte, sein Atem war schwer, sein Kopf knallrot; wahrscheinlich hatte er hohes Fieber. Unter anderen Umständen wäre er aufgestanden und zu ihm hinübergegangen.

Er schwor Rache, Rache an Bruder Martin und an seinem Vater. Nie wieder würde er sich demütigen oder verletzen lassen, er würde ein Gewinner sein. Nie mehr auf der Verliererseite. Ich bin ein Gewinner! Immer wieder murmelte er diesen Satz vor sich hin und ballte dabei so fest die Fäuste, dass sich seine Fingernägel in seine Haut bohrten und blutige Spuren hinterließen.

Die nächsten Tage verbrachte er im Bett, er musste es über sich ergehen lassen, dass Bruder Martin täglich nach ihm und den anderen Kindern sah. Bruder Martin hielt sich bei ihm zurück, was körperliche Berührungen anging, er konnte aber sehen, dass er den kleinen Karl unter der Decke befummelte. In einem günstigen Moment sprach er Karl darauf an.

»Ich weiß, was Bruder Martin mit dir macht.«

Karl wurde rot und sah sich um.

»Er macht nichts mit mir, und ich will nicht darüber reden.«

Verlegen starrte er zur Decke.

»Doch, ich weiß es, ich bin dir einmal nachts nachgegangen, und habe durchs Schlüsselloch gesehen …«

»Schh, Schh, verrate mich nicht. Bitte, bitte«, unterbrach ihn Karl ängstlich »Es ist alles meine Schuld.«

»Nein! Es ist nicht deine Schuld, dieses Schwein ist daran schuld. Du darfst dir das nicht mehr gefallen lassen.«

»Ich kann nicht! Wenn ich nicht komme, weiß er, dass etwas nicht stimmt, und tut mir noch mehr weh. Gott befiehlt ihm dann, mir noch mehr Schmerzen zuzufügen.« Sein schmächtiger Körper zuckte zusammen.

»Karl, was macht er mit dir?«, fragte er vorsichtig.

»Ich kann es nicht sagen.«

»Doch, es muss endlich Schluss sein damit! Erzähle mir alles! Du weißt doch, dass ich dein Freund bin. Wegen dir habe ich mich mit Balthasar geprügelt!«

»Ich weiß, danke, das werde ich dir auch nie vergessen. Alle bewundern dich. Also ...« Seinen Blick voller Scham abgewandt, sprach er weiter. »... Er legt seine Hände um meinen Hals und presst fest zu, während der Finger Gottes ...« Karls Gesicht verzog sich zu einer gequälten Grimasse. Er hustete heftig.

»Was! Er versucht dich zu erwürgen!?«

»Nicht immer, nur manchmal.« Wieder wurde er von einem heftigen Hustenanfall geschüttelt.

»Aber er sagt, dass Gott es ihm befiehlt und es mich von all meinen Sünden reinigen wird und ich dann vielleicht in den Himmel komme und nicht in die Hölle. Und irgendwann darf ich wieder zu meiner Mutter und dann bin ich ein guter Mensch.« Hoffnung blitzte in seinen müden Augen auf.

»Karl, du darfst da nicht mehr hingehen. Auch mir hat er den Finger Gottes gezeigt, mir wird ganz schlecht, wenn ich nur daran denke.« Er musste einen heftigen Würgereiz unterdrücken.

Karl riss die Augen auf.

»Was, mit dir auch?! Aber wir können nichts gegen ihn unternehmen, wir kommen nie mehr hier raus oder wir sind auf alle Ewigkeit verdammt ... das hat er gesagt.«

Karls Stimme wurde leiser, und der Junge konnte sehen, dass es für ihn anstrengend war zu reden. Langsam fielen seine Augen zu und bald darauf war Karl eingeschlafen. Kurze Zeit später schlief auch der Junge ein.

Er träumte von seiner Mutter, sie sah glücklich aus und ging im Wald mit ihm und seinem Bruder spazieren, sie waren auf dem Weg zum Großvater, sein Bruder lachte laut, als er hüpfend einen Tannenzapfen vor sich herkickte. Alles war friedlich, bis plötzlich sein Vater aus dem Gebüsch sprang, blutüberströmt, mit einem Messer in der Hand. Sein Bruder schrie und rannte weg, er selbst stellte sich schützend vor seine Mutter, doch sein Vater war stärker, schubste ihn zur Seite und schrie seine Mutter an. Wie gelähmt lag er auf dem Boden, er versuchte aufzustehen, aber es gelang ihm nicht. Seine Mutter stand einfach nur da mit gesenktem Kopf und ließ alles über sich ergehen, selbst als sein Vater mit dem Messer ihre Unterarme aufschlitzte. Verzweifelt versuchte er, hochzukommen, um seine Mutter zu retten, aber er schaffte es nicht.

»Nein!«, schrie er in einem letzten Versuch, als die Klinge des Messers über den Hals seiner Mutter kratzte und sie mit leeren Augen vor sich hinstarrte.

Sie war tot! Die Erkenntnis traf ihn wie ein Schlag ins Gesicht. Sie war tot! Dann sah er, wie sich das Gesicht seines Vaters veränderte, langsam verwandelten sich die Gesichtszüge in die von Bruder Martin, der laut lachend vor ihm stand und den leblosen Körper seiner Mutter zur Seite schob.

»Mörder!«, schrie er aus voller Kraft.

»Ruhig!« Die Stimme erkannte er zunächst nicht. Nur undeutlich nahm er das Gesicht vor sich wahr. Es war Bruder Johannes. »Junge, du halluzinierst. Hier, nimm das, dann geht es dir bald besser.« Auf einem Löffel waren übel riechende, braune Tropfen, die er tapfer schluckte.

»Du hast sehr hohes Fieber, Bruder Martin ist beschäftigt, deshalb übernehme ich die Betreuung hier.«

Er reichte ihm einen Becher Wasser, den er gierig austrank. Er fühlte sich elend.

Bruder Johannes setzte sich auf einen Stuhl neben seinem Bett.

»Ich habe dich unterschätzt, Junge. Dein Wille und deine Ausdauer sind sehr stark. Normalerweise hält keiner es lange durch, barfuß im großen Burghof den Schnee wegzuschaufeln. Du hast deine Strafe wirklich abgearbeitet. Balthasar geht es besser, er ist jetzt in einem anderen Schlafsaal. Dafür ist jetzt ein neuer Junge bei uns. Er war vorher der Anführer im großen Schlafsaal und hat sich freiwillig gemeldet, hierherzukommen. Ich hoffe, es gibt keine weiteren Schwierigkeiten. Hast du mich verstanden?«

Der Junge nickte. Bruder Johannes schien plötzlich netter zu sein, hatte er die Verletzungen auf dem Rücken gesehen? Wusste er, was Bruder Martin ihm angetan hatte?

»Wer hat mich ins Bett gebracht?«

Bruder Johannes sah ihn aufmerksam an.

»Ich. Ich habe dich gefunden.«

Der Junge sah ihn an. Dann fiel sein Blick auf das leere Bett neben ihm.

»Es ging ihm nicht gut, er hat sehr viel gehustet und ist in einem separaten Raum neben der Krankenstation. Es hat aufgehört zu schneien, und der Arzt konnte endlich kommen. Ich werde später noch mal nach dir schauen.«

Mit diesen Worten erhob Bruder Johannes sich und ging zum anderen Ende des Schlafsaals, wo noch drei Jungen lagen, was sie genau hatten, wusste er nicht, nur das Wort Scharlach hörte er öfter. Wer wohl der neue Junge war, der Balthasars Platz einnehmen würde? Außerdem machte er sich Sorgen um den kleinen Karl. Doch dann fiel er in einen langen und traumlosen Schlaf.

Zur selben Zeit lag Karl allein in einer kleinen Kammer. Die nackten Steinwände mit ihren grob gehauenen Blöcken hatten etwas von einer Höhle, die Decke war niedrig, es gab ein Fenster, auf dessen Fenstersims so viel Schnee lag, dass es das bisschen Licht, was in den Raum einzudringen versuchte, noch verringerte. Zusammengekauert lag er unter mehreren Decken und sah zum Fenster. Vielleicht würde er im Frühling seine Mutter wiedersehen. Schließlich hatte er alles getan, um Gottes Gnade zu erfahren. Alles. Alles, was Bruder Martin ihm befohlen hatte. Bestimmt würde er sie im Frühling wiedersehen.

Zwei Wochen waren vergangen. Er fühlte sich besser und ging wieder in die Schule, sein Rücken schmerzte zwar noch immer, aber alle Kinder bewunderten ihn. Als er nach seiner Genesung wieder aufstehen durfte, war er mit Applaus im Waschsaal empfangen worden, man hatte ihm anerkennend auf die Schulter geklopft, hier und da hatte er lobende Worte gehört. Die Worte waren wie Balsam auf seine Wunden. Toll gemacht – die Stunden im Schnee – keiner sonst hat bisher so lange durchgehalten, und – dem Kerl hast du es gezeigt, der wird keinem Schwächeren mehr etwas antun. Dann stand plötzlich der Neue vor ihm, er war in der Nacht zuvor in den Schlafsaal eingezogen, als er schon geschlafen hatte. Der Neue war einer der Ältesten und wurde allgemein respektiert und geschätzt; er war stark, gerecht, und jeder kannte ihn.

Sie stellten einander vor, und der Neue klopfte ihm auf die Schulter.

»Ich bin nur deinetwegen hier. Du hast viel Mut und Courage bewiesen, so lange hat noch keiner durchgehalten! Ich auch nicht.« Er grinste und fuhr sich durch seine kurzen schwarzen Haarstoppeln. »Aber jetzt bin ich hier, und wir sollten zusammenhalten. Ich bin der Anführer der Ältesten und du bist der Anführer der Jüngsten. Stimmt's!?« Er sah in die Runde, und seine Worte wurden mit Jubel beantwortet.

Mittlerweile war es nur noch eine Woche bis Weihnachten, und die meisten Kinder wussten, ob sie am Heiligen Abend beurlaubt wurden oder nicht. Draußen lag hoher Schnee, und trotz eiserner Disziplin und Strenge lag ein Hauch von Weihnachtsstimmung in der Luft. In der Kirche wurde außer den üblichen Liedern und Gebeten auch das eine oder andere Weihnachtslied gesungen.

Er hatte schon so lange nichts von seiner Familie gehört, dass er sich fragte, ob man ihn zu Hause überhaupt noch wollte. Mehrmals hatte er der Mutter und dem Großvater geschrieben, aber seine Briefe blieben unbeantwortet. Auch an den Besuchstagen wurde er jedes Mal enttäuscht. Er könnte fragen, ob man ihn ein paar Tage gehen lassen würde. Die Schule war für die Ferien geschlossen, und er wusste von den anderen, dass die Zurückgebliebenen ihre Tage mit Beten und Putzen verbrachten. Keine sonderlich schönen Aussichten.

Das Büro von Bruder Benedikt lag in einem Teil der Burg, wo er noch nie gewesen war. Nach Ende des Unterrichts hatte er seinen Klassenlehrer um Erlaubnis gebeten, dorthin gehen zu dürfen statt direkt zur Bibliothek, wo die tägliche zweistündige Studienzeit stattfand.

Sein Weg führte ihn in einen der Türme. Die steinernen Stufen waren durchgetreten und rutschig. An den Seiten waren schmale Schießscharten, der eisige Wind wirbelte durch den Turm. Er rannte die Treppe hoch, um nicht zu frieren. Oben angekommen gab es nur eine Tür, er klopfte und wartete. Dann presste er sein Ohr gegen die Tür, um etwas zu hören. Stille! Er wollte gerade noch mal klopfen, als die Tür mit einem Ruck aufgerissen wurde. Vor ihm stand ein kleiner, dicker Mann, kaum größer als er selbst. Die braune Kutte spannte sich über seinem dicken Bauch, auf dem zwei große dicke Hände lagen, fast so als ob sie ihn festhalten wollten. Er sah den Jungen aufmerksam an.

Auf seiner zinkenartigen, großen, roten Nase saß eine kleine Brille, hinter der die kleinen braunen Augen eines Wiesels sich blitzschnell hin und her bewegten.

»Was willst du, und wer bist du?«, fragte Bruder Benedikt, wobei er eine Reihe gelber und brauner Zähne entblößte. Der Junge nannte seinen Namen und brachte sein Anliegen vor. Der kleine Zwerg ihm gegenüber wippte nervös mit dem Kopf.

»Ich habe deinen Namen schon mal gehört, lass mich nachsehen.«

Er wühlte in einem Berg Akten auf seinem Schreibtisch herum. »Hier!« Triumphierend hielt er eine Akte hoch. »Also, sehen wir doch mal nach, warum du hier bist und wie du dich benommen hast.« Er blätterte schweigend darin. »Also, hier haben wir zweifache Körperverletzung, mit lebensgefährlichen Folgen, gegen deinen eigenen Vater!« Das Wort Vater spuckte er ihm fast entgegen und sah ihn dabei über den Rand seiner Brille an. »Bei uns hast du gegen diverse Regeln verstoßen. Fünfmal unpünktlich zum Unterricht, achtmal dem Lehrer widersprochen, viermal während der Mahlzeiten geredet und dreimal zu früh den Gottesdienst verlassen. Dann erneute Körperverletzung gegenüber einem Mitschüler! Insgesamt wurdest du fünfundzwanzigmal körperlich bestraft. Während deiner ganzen Zeit hier hast du keinen Besuch erhalten.« Er sah ihn forschend an. »Nein, du wirst nicht beurlaubt! Es scheint dich keiner haben zu wollen!« Damit klappte er seine Akte zu.

Dem Jungen stand die Enttäuschung ins Gesicht geschrieben.

»Aber alle meine Vergehen hatten jedes Mal einen guten Grund, außerdem habe ich Balthasar nur geschubst, weil er den kleinen Karl immer ärgert.«

»Ich brauche keine Erklärungen, ich richte mich ausnahmslos nach den Akten. Du kannst jetzt gehen.«

»Darf ich denn wenigstens meinen Großvater anrufen?«, fragte der Junge in einem letzten Versuch.

»Nein. Telefonate werden nur in Notfällen gestattet. Ich kann nicht sehen, dass das bei dir der Fall ist.«

Er wurde aus dem Raum geschoben und die Tür hinter ihm zugeknallt.

Weihnachten. Außer ihm waren noch zehn andere Jungen im Schlafsaal, unter anderem der kleine Karl und der Neue. Die Stimmung war gedrückt. Keiner wollte zugeben, dass er Heimweh hatte. Schlimmer noch war das Gefühl, dass ihn niemand wollte. Tagsüber war keine Zeit, über irgendetwas nachzudenken. Es wurde geputzt und gebetet, zweimal am Tag war Andacht, und dazwischen gab es Studienzeiten in der Bibliothek. Diese waren ihm die liebsten Stunden des Tages. Er konnte sich zurückziehen.

Nachts fühlte er sich einsam. Während der kleine Karl sich unruhig hin und her wälzte und einige der Jungen schnarchten, lag er wach. Wie ging es seiner Mutter und seinem Bruder? Warum meldete sich niemand? Ob sie Weihnachten feierten?

Am Heiligen Abend fand eine feierliche Messe statt, und für kurze Zeit kam tatsächlich ein Gefühl von Weihnachten auf.

Nach der Messe erhielten sie ein Abendessen, wie er es so im Heim noch nie gesehen hatte. Es gab Gans, reichlich Gemüse und Kartoffeln und statt Wasser Früchtetee. Das Deckenlicht wurde durch Kerzen ersetzt, und sie durften sogar während des Essens reden! Es herrschte eine entspannte Stimmung, alle aßen, so viel sie konnten, bis wirklich nichts mehr übrig war. Und als er dann schließlich müde und satt in sein Bett fiel, bemerkte er nicht, dass der kleine Karl fehlte. Er schlief fest und traumlos. Plötzlich rüttelte ihn jemand an der Schulter und flüsterte: »Wach auf!«

»Was ist denn los?«, fragte er verschlafen.

»Leise, komm mit!«

Im Dunkeln konnte er nichts sehen, aber er erkannte die Stimme des Neuen. Er folgte ihm in den Waschraum.

»Was ist denn los? Warum weckst du mich? Es ist mitten in der Nacht!«, flüsterte er verärgert. Auf der Uhr im Waschraum war es halb eins.

»Karl ist nicht da!«

»Was!?« Er war schlagartig wach.

»Ich war gerade pinkeln und habe gesehen, dass Karl nicht in seinem Bett ist, er ist auch nicht hier in den Waschräumen, ich habe schon nachgesehen. Wir müssen ihn suchen. Wenn er nicht da ist, kriegen die Schlafsaalanführer großen Ärger! Nicht, dass mir das noch etwas ausmachen würde!« Er grinste.

»Ich glaube, ich weiß, wo er ist.« Er sah den Neuen an, der um etliches größer und kräftiger war als er selbst.

»Was meinst du damit?«

»Bruder Martin, manchmal …«

»Was! Dieser Dreckskerl mit seinem Finger Gottes!«, unterbrach ihn der Neue aufgebracht.

»Du weißt davon?!«

»Klar! Bei mir hat er es einmal versucht, als ich vor drei Jahren hierherkam. Habe ihn dabei zu fest auf seinen Finger gebissen, danach hat er mich wenigstens damit in Ruhe gelassen.« Er drehte sich um und hob sein Pyjamaoberteil hoch. Sein Rücken und seine Brust zeigten Narben von Peitschenhieben. »Dafür musste ich allerdings bezahlen. Das war mir aber egal. Ich habe schon andere Sachen überlebt! Und im Sommer komme ich hier weg. Aber jetzt lass uns Karl suchen, wenn er bei dem Scheißkerl ist, holen wir ihn raus!« Er packte den Jungen am Arm, und leise schlichen sie durch die dunklen kalten Flure zu Bruder Martins Büro. Kein Laut war zu hören, sie sahen durch das Schlüsselloch, aber alles war dunkel. Leise drückte der Neue die Türklinke hinunter. Verschlossen. Mit einer Handbewegung winkte er dem Jungen zum Rückzug.

»Was machen wir jetzt?«, fragte der Junge.

»Seine Schlafkammer ist oben im Ostflügel, wo alle Lehrer und Mönche schlafen, da können wir nicht hin. Lass uns eine kleine Runde durch die Flure des Westflügels laufen, bis zum Speisesaal, vielleicht finden wir ihn. Sonst gehen wir zurück. Vielleicht hat er auch wieder Fieber bekommen oder einen schweren Hustenanfall und ist auf der Krankenstation. Allerdings hätten wir das bestimmt mitbekommen!«

Sie liefen weiter und kamen an den großen schweren Doppeltüren des Saales an. Sie wollten gerade umkehren, als sie draußen ein Geräusch hörten. Sie rannten zum Fenster.

In einem der gegenüberliegenden Fenster sahen sie gerade noch den Kopf von Bruder Martin, der nach unten schaute und sich dann in alle Richtungen umsah. Blitzschnell duckten sie sich und warteten einen Moment, sie waren nicht sicher, ob er sie gesehen hatte. Der Puls des Jungen raste vor Angst. Was war da passiert, er hatte doch irgendetwas im Schnee gesehen, oder nicht? Es schien eine Ewigkeit zu dauern, dann wagten sie es, erneut aus dem Fenster zu sehen.

Dem Jungen stockte der Atem.

»Was machen wir jetzt? Bruder Johannes wecken?«, flüsterte er aufgeregt.

»Auf keinen Fall! Wir sehen erst mal selbst nach, vielleicht ist es nur irgendein Sack. Wir müssen aufpassen, dass wir Bruder Martin nicht begegnen. Komm.«

Er folgte dem Neuen, sein Magen zog sich zusammen. Er war sich sicher, dass er Karls roten Schal im Schnee gesehen hatte. Sehr leise und vorsichtig schlichen sie die große Treppe hinunter. Unten angekommen, fanden sie die Tür zum Innenhof verschlossen vor. Im oberen Drittel der Doppeltür waren zwei kleine runde Fenster.

»Los, wir machen eine Räuberleiter. Du kletterst nach oben und siehst nach, ob du etwas erkennen kannst.«

Er sah durch das Fenster, und im hellen Licht des Mondes erkannte er Karls kleinen Körper, der in einem merkwürdigen Winkel im Schnee lag. Neben ihm der rote Schal, den seine Mutter für ihn gestrickt hatte. Das Einzige, was ihm von ihr geblieben war. Unter seinem Kopf war Blut. Er war sich sicher, dass Karl tot war.

Der Neue konnte ihn nicht mehr halten.

»Und, was siehst du?«, flüsterte er.

»Karl. Es ist der kleine Karl.« Tränen liefen an seinen Wangen runter.

»Scheiße! Los komm! Wir wecken Bruder Johannes!« Der Neue ergriff seinen Arm, und sie rannten die Treppe hoch.

Doch auf dem Treppenabsatz stellte sich ihnen Bruder Martin in den Weg.

»Was macht ihr denn hier?! Warum wollt ihr Bruder Johannes wecken?«, zischte er sie an.

»Nichts. Ich bin schlafgewandelt und ...«, versuchte sich der Junge herauszureden.

Bruder Martin zog ihn schmerzhaft am Ohr.

»Lüg mich nicht an! Egal weshalb, ihr müsst Bruder Johannes nicht wecken. Ihr kommt jetzt mit mir in mein Büro.« Er hielt noch immer das Ohr des Jungen und versuchte, den Arm des Neuen zu ergreifen, der aber wich zurück und sagte mit fester Stimme: »Du hast den kleinen Karl ermordet!«

»Was! Wie redest du mit mir! Was ist das für eine ungeheuerliche Behauptung!? Dafür muss ich dich bestrafen, Gott wird dir diese Lüge niemals verzeihen!«

Bruder Martin stand mit dem Rücken zur Treppe am

obersten Absatz und hatte beide Arme in die Seite gestemmt.

Der Neue stand selbstbewusst vor ihm und sprach sehr ruhig. »Wir wissen, dass du den Kleinen gezwungen hast, dem Finger Gottes zu huldigen, um für irgendeine Schuld zu büßen. Wir wissen, dass du den kleinen Karl umgebracht hast! Wir haben gesehen, wie du ihn wie einen Sack Dreck aus dem Fenster geschmissen hast! Und dafür wirst du im ewigen Höllenfeuer braten!«

Der Junge sah den Neuen erstaunt an.

Bruder Martin wurde nervös, während der Neue immer dichter auf ihn zuging.

»Das stimmt nicht! Es war ein Unfall, ich liebte den kleinen Karl und Gott wusste es! Es war nur ein Unfall! Ihr dürft mich nicht verraten, ich werde dafür sorgen, dass ihr sofort entlassen werdet! Heute noch …«

Bruder Martin stand nahe der Treppe. Plötzlich wich er einen Schritt vor dem Neuen zurück, der ihm immer näher kam, taumelte und stürzte rückwärts die Treppe hinunter. Ein Poltern, dann war Stille.

Der Junge ergriff das Wort.

»Warum hast du das getan? Vielleicht hätte er uns heute entlassen! Jetzt ist er vielleicht tot oder schwer verletzt! Lass uns nachsehen!«

»Schhh! Nicht so laut. Der hätte uns nicht entlassen dürfen, das kann nur der Direktor, und im Sommer komme ich sowieso raus. Außerdem hat er das hier verdient. Und ich habe gar nichts getan, er ist gestolpert. Los jetzt, schnell!«

Völlig außer Atem kamen sie im Dormitorium an.

»Der kleine Karl war mein bester und einziger Freund. Jetzt habe ich niemanden mehr. Was sagen wir, wenn uns jemand fragt?«, fragte der Junge ängstlich.

Seine Unterlippe zitterte.

»Nichts, wir haben die ganze Nacht geschlafen. Die meisten Erwachsenen haben gestern Abend so viel Wein getrunken, dass bestimmt keiner heute Nacht aufwacht. Mach dir keine Sorgen. Ab jetzt bin ich dein bester Freund. Wir schwören, nie mehr über diese Nacht zu reden und uns ein Leben lang verbunden zu bleiben und uns zu helfen, wenn der andere in Not ist. Das schwören wir – bis in den Tod!«

Er verschwand und kam mit einer Glasscherbe zurück. Damit ging er zu einem der Waschbecken im Waschraum.

»Wir werden Blutsbrüder«, zuerst ritzte er sich selbst in den Daumenballen, dann nahm er die Hand des Jungen und ritzte sie ebenfalls. Beide pressten ihre Hände gegeneinander und sprachen:

»Ich schwöre, auf immer und ewig, auf Leben und Tod mit dir verbunden zu sein.«

Kapitel 33

Jeanne erwartete ihn bereits. Als er auf das Grundstück fuhr, öffnete sie die Tür. Sie sah wie immer fantastisch aus, Modelfigur, perfekte Frisur, dezent geschminkt, die schlanken Beine steckten in dunkelblauen Leinenhosen kombiniert mit einem weißen Top, über die Schultern hatte sie sich eine rote Strickjacke gehängt, passend zum Lippenstift. Aus dem Hintergrund hörte er dezente Jazzmusik. Trotz bewölkten Himmels trug er eine Sonnenbrille, früher oder später würde sie das blaue Auge und die Platzwunde sehen. Heute entschied sich alles, heute musste er sie überreden. Sie begrüßte ihn herzlich.

»Mein lieber Maurice, komm rein!«

»Du bist ja sehr gut gelaunt, gibt es etwas Besonderes?«

»Nicht direkt. Ich habe den gestrigen Abend mit Helen verbracht, sie ist einfach wunderbar, sie tut mir so gut! Und heute Morgen habe ich mir überlegt, dass ich ihr unbedingt etwas schenken möchte, aber ich weiß einfach nicht was. Ich wünschte, ich hätte eine Tochter wie Helen. Sie würde alles erben und hätte Freude an meiner Fashion-Kollektion, den Dior- und Chanel-Kleidern, alles Vintage. Sie hat die perfekten Maße, sie könnte alles tragen. Wer weiß, was aus all meinen Sachen wird.«

Jeanne ging in die Lounge. Maurice folgte ihr und setzte sich auf eines der Sofas, Jeanne mixte sich einen Pernod.

»Möchtest du auch einen?«

Er winkte ab.

»Also, Maurice, was willst du von mir?« Sie saß im Schneidersitz auf einem cremefarbenen Sofa ihm gegenüber.

»Jeanne.« Er nahm die Sonnenbrille ab.

»Was ist passiert!?«, fragte Jeanne betroffen.

»Halb so wild, ich bin die Kellertreppe hinuntergefallen, gegen die geöffnete Tür des Weinkellers.«

Er konnte ihr schlecht erklären, dass er einen Zusammenstoß mit ein paar Geldeintreibern gehabt hatte. Obwohl er den alten Porsche für einen guten Preis an einen Sammler hatte verkaufen können, war es bei weitem nicht genug, und mit lächerlichen einhundertzwanzigtausend ließ sich der ›Papst‹ nicht abspeisen. Als er gestern Nacht das Restaurant abgeschlossen hatte und in sein Büro gekommen war, hatten sie ihn schon erwartet. Er fragte erst gar nicht, wie sie hereingekommen waren. Schweigend schob er ihnen einen Umschlag über den Tisch und sagte:

»Den Rest bekommt ihr später, ich kläre das mit eurem Chef persönlich.«

Die beiden Typen waren nicht sehr gesprächig, sondern schlugen gleich zu, nachdem sie nachgezählt hatten. Aber sie hatten nicht damit gerechnet, dass er zurückschlagen würde, und suchten mit blutigen Nasen das Weite.

Eine Stunde später erhielt er einen Anruf vom Papst höchstpersönlich; mittlerweile war es fast zwei Uhr. Und er saß alleine in seinem Büro mit einem Eispack auf seinem Auge. Die Platzwunde hatte er mit Steristrips versorgt. In der Küche gab es einen gut bestückten Verbandskasten. Er starrte auf das Foto von der Einweihungsfeier des Restaurants an der Wand, und er schwor sich, er würde es nicht verlieren!

»Was hast du mit meinen Jungs gemacht?« Der Papst hatte noch immer diese ruhige und klare Stimme.

»Deine Intelligenzbestien verstehen nur diese Sprache.«

Am anderen Ende wurde gelacht.

»Ja, das macht mein Leben wesentlich einfacher! Aber Spaß beiseite, du willst mich nicht ernsthaft mit diesem lächerlichen Betrag abspeisen?! Du kennst die Regeln, und ich habe dir schon Sonderkonditionen eingeräumt. Du lässt mir keine Wahl, in drei Tagen wird der erste vernichtende

Artikel in ›Le Progrès‹ erscheinen. Nur ein paar kleine Zeilen, zum Beispiel, dass eine kleine Lebensmittelvergiftung die Runde macht und auf euer renommiertes Etablissement zurückzuführen ist. Dann fangen wir an, das Gerücht zu verbreiten, dass dein Bruder kokst. Und dann könnte er leider einen tödlichen Autounfall haben, so etwas kommt vor. Die Polizei wird Unmengen an Koks und Alkohol in seinem Blut finden.«

Maurice schnürte es den Hals zu. Er wusste nur zu gut, dass es genauso ablaufen würde, wenn er nicht bezahlte. Aber vielleicht blieb ihm eine letzte Chance, ein allerletzter Versuch.

»Sebastian, gib mir eine letzte Chance! Bitte, tue es für den kleinen Karl!«

Er hörte, wie der Papst schluckte und mit seiner Antwort einen Moment zögerte, da wusste er, dass er gewonnen hatte.

»Also, was bietest du mir an? Aber ich warne dich, das ist deine allerletzte Chance!«

Jeanne nahm einen großen Schluck Pernod.

»Also raus mit der Sprache! Du willst doch etwas und wie ich dich kenne, ist es wieder Geld. Aber ich warne dich, ich lasse mir nicht die gute Laune verderben!«

»Jeanne, meine Liebe, wie könnte ich dir die Laune verderben! Aber du hast recht, wir brauchen immer noch Geld. Die Situation ist ernst. Paul braucht seinen Pacojet und einen Molteni-Herd. Im Moment kann ich das nicht finanzieren, ohne Geld aus dem Restaurant zu ziehen, das ist unmöglich. Wir sind zwar jeden Abend voll besetzt und es gibt Wartelisten. Aber Qualität hat ihren Preis, die Betriebs- und Personalkosten sind hoch. Wir können die Menüpreise nicht weiter erhöhen – es sei denn, wir bekommen den zweiten Stern. Dann sähe es finanziell besser aus. Es ist gerade wirklich eine ganz schwierige Lage. Das Geld, das reinkommt, geht für Gehälter und Zutaten drauf, ich zahle mir und Paul im Moment fast gar nichts.

Paul braucht sowieso fast nichts. Wenn er nicht kocht, geht er fechten. Aber ich repräsentiere das Restaurant nach außen, gebe Interviews und schlage mich mit der Presse herum, während Paul das große unbekannte Genie ist, exzentrisch und geheimnisvoll. Ich muss dafür sorgen, dass Paul zufrieden ist, sonst kann er nicht kochen! Er ist kurz davor, seinen Souschef rauszuschmeißen. Ich kann und will keinen neuen suchen, er ist sehr gut, aber die beiden kommen nicht zurecht. Nur in zwei Dingen sind sie sich einig. Wir brauchen einen Pacojet und einen Molteni-Herd. Alle großen Gourmetküchen in Frankreich haben einen. Bitte, Jeanne, du bist meine letzte Hoffnung!«

»Ich kann verstehen, dass ihr da mithalten müsst! Aber ich bin nicht bereit, deinen miserablen Umgang mit Geld auch noch zu unterstützen. Es geht mir ums Prinzip! Sosehr ich dieses Restaurant liebe, ich habe euch lange genug unterstützt und finanziert, jetzt reicht es!«

»Jeanne, bitte, das ist das allerletzte Mal! Versprochen!«

Sie konnte ja nicht ahnen, wie sehr ihm das Wasser bis zum Hals stand, und er konnte ihr auch nicht die volle Wahrheit erzählen.

»Bitte, Jeanne, bitte! Es wäre eine Katastrophe, wenn wir schließen müssten. Stell dir nur Paul vor. Wir brauchen insgesamt mindestens fünfzigtausend Euro, ich wage es ja nicht, das von dir zu verlangen, aber wenn du mir vielleicht großzügigerweise eine annähernd so große Summe leihen könntest? Bitte, Jeanne, bitte, ich flehe dich an! Sonst bin ich gezwungen, mir über illegale Wege Geld zu beschaffen und das könnte das Ende sein. Bitte, Jeanne, ich will nicht diesen Weg gehen, bitte!«

Jeanne sah ihn eindringlich an, er schien verzweifelt,

aber er hatte sie mehr als einmal belogen. Sie würde nicht mehr darauf reinfallen.

»Also gut! Ich finanziere einen Pacojet, jedoch unter der Bedingung, dass ich Paul das Geld gebe. Und wenn du irgendwelche krummen Geschäfte machst, dann ist das dein Problem! Ich will nichts davon wissen. Und ich lasse mich auch nicht erpressen. Paul bekommt den Scheck, das ist mein letztes Wort.«

Jeanne leerte ihr Glas und erhob sich.

Maurice fühlte sich elend. Gleichzeitig kochte er innerlich vor Wut. Jeanne war außer Paul die einzige Familienangehörige, die ihm geblieben war. Aber sie misstraute ihm, das wusste er schon lange. Normalerweise gelang es ihm, sie um den Finger zu wickeln. Fast auf Knien hatte er sie angefleht, und dann diese Abfuhr. Er wünschte sich, das Gespräch wäre anders verlaufen. Denn jetzt würde er den Plan in die Tat umsetzen müssen, den er gestern Abend dem Papst vorgeschlagen hatte.

Er sah Jeanne zu, wie sie ihr Scheckbuch aus dem antiken Schreibtisch holte. Am liebsten hätte er ihr den Stift aus der Hand gerissen und sich selbst einen Scheck ausgestellt.

»Ich will nur, dass das Geld tatsächlich für einen Pacojet ausgegeben wird. Ich schreibe einen Scheck in Pauls Namen über zehntausend Euro, das sollte reichen.«

Er nahm den Scheck entgegen und wollte gehen.

»Maurice, kannst du dich nicht wenigstens bedanken?«, sagte sie provozierend.

An der Tür blieb er stehen.

»Bedanken?! Ich habe mich schon bei dir bedankt! Und wofür? Für ein paar tausend Euro. Meinst du nicht, dass mich mein eigenes Gejammer manchmal anekelt!? Es kotzt mich an, dich um Geld zu bitten! Du sitzt auf Millionen, entweder du gibst mir was oder nicht! Ich habe die Nase voll von der Bettelei! Jetzt muss ich eben zu anderen Mitteln greifen!« Er riss die schwere Haustür auf, setzte seine Sonnenbrille auf, ging zu seinem Wagen. Die weißen Kiesel knirschten unter seinen Füßen.

Wie ein Verrückter raste Maurice zurück ins Restaurant, mehr als einmal wäre er in den engen Serpentinen nach Lyon hinunter fast mit anderen Autos kollidiert. Nicht weit vom fünften Arrondissement drehte er seinen CD-Spieler in voller Lautstärke auf und sang zusammen mit Frank Sinatra aus vollem Hals.

»*Start spreading the news, I'm leaving today ... New York, New York ... if I can make it there I can make it anywhere ...*«

Als er seinen Wagen parkte, fühlte er sich besser. Er hatte schon andere Dinge überstanden in seinem Leben, und Jeanne würde schon sehen, was sie davon hatte. Am besten gab er Paul den Scheck gleich, sollte er sich doch selbst um die Bestellung seines Pacojets kümmern. Und sich bei Jeanne bedanken. In der Küche herrschte wildes Stimmengewirr.

Als Maurice die doppelte Schwingtür zur Küche öffnete, sah er sofort die Ursache des Tumults. Einer der Auszubildenden hatte eine Palette Eier fallen lassen, und der Souschef schimpfte ihn aus.

»Was ist hier los?«, fragte Maurice energisch.

»Paul ist noch nicht da! Wir wissen nicht, ob es heute Abend Soufflés gibt oder nicht. Aber wir können ihn nicht erreichen, um das zu klären«, sagte der Souschef.

»Es gibt keine Soufflés, macht einfach weiter und lasst die Soufflés weg. Wir ersetzen sie durch ein kleines *amuse bouche*, eine Variation von Limetten. Sie wissen schon, Limette mit Basilikum-Schaum, Limette mit Minze in einem Mojitosorbet und ein Limetten-Zimtmousse.«

Maurice verschwand in seinem Büro und versuchte, Paul auf seinem Mobiltelefon zu erreichen. Aber es sprang nur der Anrufbeantworter an.

»Wenn du nicht augenblicklich deinen Arsch hierherbewegst, kannst du was erleben!«, brüllte Maurice wütend.

Wo war der Kerl nur? Erst Jeanne und jetzt Paul – mussten ihm heute alle die Laune vermiesen? Er rief im Fechtclub an. Angeblich hatte Paul vor fünf Minuten den Club verlassen. So konnte das nicht weitergehen, er konnte nicht jeden Tag fechten, er musste mit ihm einen Zeitplan absprechen. Als Paul eine Viertelstunde später seinen Wagen auf dem Parkplatz des Restaurants abstellte, wartete Maurice schon vor dem Eingang auf ihn.

Paul sah verschwitzt aus, in der Hand trug er eine Tasche mit seiner Schutzkleidung, die Fechtmaske und den Degen hielt er in der Hand.

»Es war so viel Verkehr.«

»Das ist mir egal, geh duschen, dabei unterhalten wir uns!«, zischte ihn Maurice an.

Paul folgte Maurice in den Keller zu den Umkleideräumen und Duschen. Noch bevor Paul sich vollständig ausziehen konnte, hatte Maurice ihn gegen die Wand gedrückt.

»Das machst du nie wieder! Verstanden? Du wirst nie wieder zu spät kommen!«

»Lass mich los! Du wirst immer mehr wie unser Vater!«

Maurice ließ von ihm ab. Er runzelte die Stirn.

»Es tut mir leid. Und ich bin nicht wie unser Vater. Aber das Restaurant muss laufen, ohne dich geht gar nichts. Das weißt du.« Maurice setzte sich, während Paul in der Duschkabine verschwand.

»Dein Souschef hat die Führung übernommen, und der Auszubildende hat eine Palette Eier fallen lassen. Ich habe ihm gesagt, er soll die Soufflés weglassen, stattdessen *amuse bouche* angeordnet, die Limettenvariationen.«

Paul murmelte etwas Unverständliches und rief dann:

»Ich habe mir eine neue außergewöhnliche Kombination für Macarons ausgedacht, die würden sich hervorragend als

Zwischengang eignen. Sie werden perfekt sein, ganz leicht, luftig mit einem Hauch vom Ingwer-Cassis-Sorbet, aber es muss marokkanischer Ingwer sein und nur eine sehr dezente Note, so dass es sich fast sofort wieder verflüchtigt, wie das Parfüm einer Frau. Aber es wäre gut, wenn ich den Pacojet dafür hätte, die Creme wird damit noch besser.«

»Jeanne hat dir einen Scheck für einen Pacojet ausgestellt, aber ich weiß nicht, ob ich dir den Molteni-Herd besorgen kann.«

Paul trocknete sich ab und zog sich an.

»Jeanne, schon wieder, ich hasse es, mich bei Ihr zu bedanken. Überhaupt geht sie mir im Moment auf die Nerven! Aber gut, ich brauche den Pacojet. Kannst du mir einen bestellen, ich habe dir einen Zettel auf den Schreibtisch gelegt, welchen wir brauchen.«

»Habe ich gesehen, ich bestelle ihn dir. So, und jetzt lauf nach oben!«

Paul lachte.

»Maurice, ich bin mir so sicher, dass wir diesen Stern kriegen können! Mir ist da auch noch ein Rezept für …«

»Später! Geh jetzt.«

Maurice starrte Pauls Degen an, der in der Ecke stand.

Kapitel 34

Irgendjemand hatte Fingerabdrücke auf seinem Schreibtisch hinterlassen! Gregor betrachtete die Fettspuren. Es war eindeutig! Jeden Abend wischte er mit Glasreiniger über seinen Schreibtisch und Bildschirm, bevor er alles exakt sortierte.

So auch gestern. Und die Reinigungskräfte waren gestern nicht dagewesen!

Also hatte sich jemand an seinem Schreibtisch zu schaffen gemacht, nachdem er das Büro verlassen hatte. Er überlegte.

In einer halben Stunde war eine Besprechung mit den Kollegen der Computerabteilung angesetzt, mal sehen, ob die ihren Job gründlich erledigten. Dass die E-Mail tatsächlich aus Lyon, aus einem seiner Büros kommen sollte, war ihm vor ein paar Tagen völlig absurd erschienen, wie konnte ihm nur jemand aus seinem eigenen Team in den Rücken fallen!? Bei einer Besprechung mit seinem Vorgänger Dr. Baumgärtner und dem CEO Professor Dr. Charles Redoute hatten beide ihm ihre volle Unterstützung in der Angelegenheit versichert. Trotzdem quälte ihn die Angst, in seiner neuen Position versagt zu haben. Doch so durfte er nicht denken. Er brauchte einen klaren Verstand und musste strategisch vorgehen. Jetzt würde er erst einmal die neuesten Daten durchsehen. Vorher kontrollierte er noch die Laboranalysen, die die verschiedenen Arbeitsgruppen ihm am Morgen geschickt hatten. Die Zahlen sahen auf den ersten Blick erfreulich aus, die letzten Bodenproben zeigten, dass R25 unter erschwerten Bedingungen wuchs und die Anzahl der Schädlinge pro Quadratmeter rapide gesunken war. Als das Telefon klingelte, zuckte er zusammen. Zu seiner Überraschung war es Redoute.

»Guten Morgen, Gregor.« Seine Stimme klang distanziert und härter als sonst, kein gutes Zeichen.

»Guten Morgen, Charles.«

»Gregor, können Sie sofort in mein Büro kommen?«

»Ich habe eine sehr wichtige Besprechung mit den Jungs aus der EDV-Abteilung in einer Viertelstunde, ich könnte direkt danach kommen und Ihnen die neuesten Informationen zukommen lassen.«

»Sie kommen bitte sofort, ich erwarte Sie in den nächsten fünf Minuten!«

Redoute hatte einfach aufgelegt. Leichte Panik machte sich bei Gregor breit. Ein letzter Blick auf seine Schuhe, Fingernägel, Anzug. Alles tadellos. Vor seinem inneren Auge bewaffnete er sich mit einem Dolch, für alle Fälle.

Nervös ging er zu dem gläsernen Lift und sagte zu seiner Sekretärin im Vorbeigehen, dass alle Termine bis auf weiteres gestrichen seien, er müsse zum CEO.

Die oberste Etage bot Ausblick in Richtung Alpen. Redoutes Sekretärin lächelte ihm kurz zu und deutete an, er möge hineingehen. Gregor klopfte kurz und trat ein. Redoute erhob sich und gab ihm zur Begrüßung die Hand.

»Setzen Sie sich, Gregor.«

Gregor nahm in einem der Charles-Eames-Stühle Platz. Zwei Seiten des Raumes bestanden komplett aus Glasfront, es roch nach Leder und nach dem teuren Aftershave Redoutes.

»Kommen wir gleich zur Sache. Gregor, ich bin nicht zufrieden mit der Situation. Gestern Nacht bekam ich eine E-Mail mit der Information, dass NOVAK Ihnen vor vier Jahren eine Position angeboten hat, die Sie angeblich abgelehnt haben. Ist das korrekt?«

»Das ist korrekt, ich habe abgelehnt, weil mir die Geschäftspolitik nicht zugesagt hat und ich den ganzen Laden für völlig korrupt halte.«

Redoute sah ihn forschend an.

»Nun. Jetzt gibt es noch eine weitere Information, die mir

zugetragen wurde. NOVAK habe Ihnen eine obszöne Summe Geld geboten für eine Stelle als Geschäftsführer für Südostasien. Wenn Sie entsprechende interne Daten weiterleiten. Was sagen Sie dazu?« Redoute hatte sich bequem in seinem Stuhl zurückgelehnt und sah ihn an. Er war weit über fünfzig, sah aber mit seinem gebräunten Gesicht und vollem Haar wesentlich jünger aus. Gregor konnte nicht glauben, was er da hörte, und jegliche Gelassenheit, die ihm noch geblieben war, war mit einem Schlag vernichtet. Er versuchte, Fassung zu wahren.

»Ich weiß nicht, woher Sie diese Information haben, aber das ist völlig absurd! Darf ich fragen, wer solche Lügen verbreitet?«

»Dürfen Sie nicht. Aber das ist natürlich eine Anschuldigung, die ich sehr ernst nehmen muss. Ich kann Ihnen auch sagen, dass die internen Daten an NOVAK von Ihrem Rechner oder zumindest von Ihrem Account versendet wurden. Gregor, ich will eine Erklärung!« Redoute lehnte sich jetzt über seinen Schreibtisch.

»Das ist unmöglich! Unmöglich! Jemand muss in meinen Account gehackt haben! Anders kann ich mir das nicht erklären! Das kann ja wohl nicht wahr sein!« Gregor brodelte innerlich vor Wut. Er hatte auch schon eine vage Idee, wer ihm so übel mitspielte.

»Charles, bitte lassen Sie mich der Sache auf den Grund gehen! Ich bin mir sicher, dass da jemand seine Finger im Spiel hatte! Es war immer mein Ziel, in dieser Position hier bei Ihnen zu arbeiten. Ich habe R25 geschaffen, ich werde es doch nicht an so einen grauenhaften Konzern wie NOVAK verraten!«

»Jeder ist käuflich! Auch Sie. Es kommt immer auf den Preis an. Wenn wir Ihnen weniger zahlen würden, würden Sie sicher nicht für uns arbeiten. Oder?«

»So würde ich das nicht sagen. Natürlich spielt das Gehalt eine Rolle, aber ich habe auch hohe moralische Ansprüche. Ich würde niemals für NOVAK arbeiten, egal für welchen Preis!«

»Gregor, Sie werden verstehen, dass wir diesen Anschuldigungen auf den Grund gehen müssen. Unabhängig davon, ob ich Ihnen glaube oder nicht, ich werde eine interne Untersuchung durchführen lassen. Offiziell weiß niemand davon. Aber Sie müssen mich verstehen, mir bleibt nichts anderes übrig! Es geht hier um Industriespionage! Ich erwarte Ihre volle Kooperation!«

»Selbstverständlich!«

»Gut. Sie gehen jetzt in Ihren geplanten Urlaub. Die Untersuchungskommission ist seit ...«, er sah auf seine Armbanduhr, »... etwa zehn Minuten im Haus. Die Laborleiter Ihrer Abteilung wurden darüber informiert, dass es eine interne Untersuchung gibt und Einsicht in alle Datenbänke benötigt wird. Außerdem werden alle E-Mails und Telefonanrufe überprüft. Wenn Sie wiederkommen, wissen wir sicher mehr.«

»Ich kann meinen Urlaub verschieben, vielleicht wäre es sinnvoller, wenn ich bliebe.«

»Nein, nein. Sie nehmen Ihren Urlaub, ich habe alles mit Baumgärtner besprochen. Der würde beide Hände für Sie ins Feuer legen, und er bestand auch darauf, dass Sie sich eine Auszeit gönnen.«

Eine Auszeit! Gregor konnte nicht glauben, was er da hörte! Eine Auszeit! Das war das Letzte, was er brauchte, er wollte in der Firma bleiben und den Verräter entlarven.

»Charles, ich habe mir nichts zu Schulden kommen lassen und vertraue auf Ihre Untersuchungskommission.« Widerwillig stand er auf.

Während er im Geist blitzschnell Charles Redoute den Dolch in den Oberarm schleuderte, verließ er erhobenen Hauptes das Büro.

Kapitel 35

Königsblaue Wildlederpumps, wann und wo hatte sie die bloß gekauft? Helen suchte nach passenden Schuhen zu ihrem neuen Kleid.

Sie hatte es gestern in einer kleinen Boutique entdeckt, das wäre genau das Richtige für die Côte d'Azur. Es war ein wunderschönes leichtes Sommerkleid, rot mit rosafarbenen asymmetrischen Blockstreifen. Die Ärmel hörten unterhalb des Ellenbogens auf, ein heller orangefarbener Schalkragen formte den Ausschnitt. Ohne zu überlegen, war sie in den Laden gegangen. Sie musste das Kleid unbedingt anprobieren. Das Geschäft war leer, und die gelangweilte Verkäuferin half Helen bereitwillig, die richtige Größe zu finden. Das Kleid sah fantastisch aus an ihr, Helen sah sich im Spiegel an, ihre schwarzen Haare und die leicht gebräunte Haut komplimentierten die starken Farben des Kleides, das ihr bis zum Knie reichte. Erst als sie sich schon in das Kleid verliebt hatte, wagte sie es, nach dem Preis zu fragen. Als die Verkäuferin ihr eine dreistellige Summe nannte, wurde Helen unsicher, fast siebenhundert Euro! Aber es war ein Designer-Einzelstück, und Gregor wäre sicher begeistert, sie würde dafür auch ihren Schuhschrank und Kleiderschrank aufräumen. Sie könnte ihm sagen, dass es ein Sonderangebot gewesen sei. Während sie in ihrem Kopf alle möglichen Rechtfertigungen durchging, schob sie ihre Kreditkarte über den Tresen. Das Kleid wurde in Seidenpapier gewickelt und verschwand dann in einer eleganten Pappschachtel mit Griff. Fröhlich verließ Helen den Laden. Jetzt musste sie nur noch die Schuhfrage klären und zu Hause erst einmal den Schuhschrank durchforsten. Oder sie könnte Jeanne fragen, die wusste bestimmt, was man dazu trug. Auf dem Weg zu ihrem Wagen kam sie an einem Chocolatier vorbei, den sie noch nicht kannte, hatte nicht jemand im Kochkurs den Namen erwähnt? Sie konnte ja mal hineingehen. Die Kühle des Ladens betrug angenehme sechzehn Grad. Die weißen Regale waren alle leicht nach vorne abgeschrägt, um die durchsichtigen Pralinenschachteln besser zu zeigen. Die Schokolade war vorwiegend dunkel. Auf den gleichgroßen, rechteckigen Würfelchen waren bunte Muster und Zeichnungen, nach Farbgruppen sortiert kennzeichneten sie verschiedene Geschmacksrichtungen. Eine Gruppe mit roten Tönen enthielt unterschiedliche Balsamicovariationen, daneben war eine orangegelb gefärbte Gruppe, die auf Zitrusfrüchte hinwies. Es sah wunderschön aus und roch verlockend. Helen sah sich die Auslagen an. Sie liebte französische Schokolade, aber sie hatte gerade so viel Geld für das Kleid ausgegeben. Jetzt konnte sie nicht auch noch sündhaft teure Schokolade kaufen. Während ihrer Überlegungen bot ihr die Verkäuferin ein paar Pralinen als Kostprobe an. Helen nahm sich eine kleine rote, deren verschnörkelte Ringe auf der Oberseite so schön waren, dass man sie fast nicht essen wollte. Langsam ließ Helen die Schokolade auf der Zunge vergehen, das Aroma von gebrannten Mandeln mit einem Hauch von Balsamico breitete sich aus, umwerfend! Helen beschloss, nur eine kleine Packung zu kaufen, sie könnte sie mit Jeanne teilen. Die Verkäuferin bot ihr noch eine Schokolade an. Die Oberfläche bestand aus Gold- und Blautönen. Die dunkle Schokolade gab einen sehr zarten weichen Kern frei. Schokolade pur mit einem Hauch Sahne und sehr dezent gesalzener bretonischer Butter. Dies sei die beste *beurre salée*, in einer Ganache verarbeitet, erklärte die Verkäuferin stolz.

Ganache. Maurice. Es fiel ihr schwer, den Gedanken an Maurice beiseitezuschieben. Gregor war immer ihre einzige und große Liebe gewesen. Sie hatten sich sehr früh kennengelernt und waren schon lange zusammen. Und jetzt tauchte plötzlich Maurice auf, der sie begehrte und dies sehr deutlich zeigte. Das schmeichelte ihr. Auf dem Weg nach Hause kreisten ihre Gedanken um Maurice und Gregor.

Als sie ihre Einfahrt erreichte und ausstieg, um das Tor zu öffnen, hielt ein Wagen neben ihr. Maurice.

»Hallo, Helen.«

»Hallo.«

Sie winkte ihm kurz zu und öffnete das Tor.

»Hast du eine Minute Zeit, ich möchte dir nur etwas sagen.«

»Leider nur sehr wenig, wir fahren nach Nizza. Was gibt es denn?«

»Ich möchte mich bei dir entschuldigen! Ich hätte all das nicht sagen sollen, ich bin manchmal zu emotional. Lass uns das einfach vergessen. Ja? Wir verstehen uns doch trotzdem. Oder?«

Helen sah ihn misstrauisch an.

»Ich muss jetzt rein.«

»Warte, ich habe noch etwas für dich.«

Er parkte den Wagen auf dem kleinen Grünstreifen neben der Straße und stieg aus. Und überreichte ihr eine durchsichtige Schachtel mit Macarons und kleinen Früchtewürfeln.

»Die hat Paul letzte Nacht gemacht, es sind die neuen Geschmacksrichtungen. Vielleicht sagst du mir deine ehrliche Meinung, was du davon hältst. Wir wissen natürlich nicht genau, wann der Michelin-Tester kommt, aber die Menüs müssen so früh wie möglich perfekt sein.«

Die knallbunten Teile sahen toll aus.

»Danke, ich werde sie probieren.«

»Ruf mich an, wenn du wieder da bist.«

Sie verabschiedete sich von Maurice mit den üblichen Küsschen, aber er presste sie plötzlich fest an sich und flüsterte ihr ins Ohr.

»Wie wundervoll du duftest.«

Genauso rasch ließ er sie wieder los.

Mit quietschenden Reifen kam ein Wagen neben ihnen zum Stehen.

Gregor sprang brüllend heraus:

»Was ist hier los? Habe ich was verpasst?!«

Helen wich erschrocken einen Schritt zurück und sah ihn erstaunt an. Was war nur in ihn gefahren – und was machte er um diese Uhrzeit zu Hause?

»Alles in Ordnung! Ich habe mich nur von Ihrer Frau verabschiedet. Ich bin Maurice, der Neffe von Jeanne.« Maurice hielt Gregor seine Hand hin.

Gregor nahm sie zwar, aber Helen kannte ihn zu gut, um nicht zu wissen, dass er Maurice am liebsten den Hals umgedreht hätte.

»Ich bin Gregor, Helens Mann.«

»Das dachte ich mir schon. Wenn ich so eine attraktive, charmante Frau hätte, wäre ich auch eifersüchtig. Ich muss dann mal los!«, sagte Maurice charmant, stieg in seinen Wagen und fuhr davon.

»Was war das denn?«, fragte Helen wütend.

»Was war das denn?! Das kann ich dich fragen! Ich komme nach Hause und finde meine Frau in den Armen eines schmierigen Gigolos!«

»Du spinnst ja wohl! Maurice hat mir nur ein paar Macarons gebracht zum Testen. Das ist alles!« Helen stieg in ihren Wagen, um auf das Grundstück zu fahren, Gregor folgte ihr mit aufheulendem Motor, vor sich hin murmelnd:

»Maurice hat mir nur ein paar Macarons mitgebracht!«

Beide stürmten sie die Treppe zur Wohnung hinauf. Gregor hatte ihr die Laune verdorben, sie warf die Schachtel mit dem neuen Kleid achtlos in die Ecke.

Gregor knallte die Wohnungstür zu.

»Was ist das für ein Lackaffe? Wieso war der hier, und wieso hast du ihn geküsst?!«

»Hör auf, so zu schreien! Maurice kam nur vorbei, um die neuesten Macarons von Paul vorbeizubringen, sie sollen auf die neue Menüfolge, ich soll sie nur mal probieren. Das ist alles! Und nein, wir haben uns nicht geküsst, er hat mir lediglich einen Kuss auf die Wange gegeben, das ist in Frankreich so üblich, falls du das noch nicht bemerkt hast!« Helen ließ sich in einen Sessel fallen.

Gregor lief hektisch auf und ab und blieb dann abrupt stehen.

»Aber er hatte seinen Arm um deine Taille gelegt! Ich weiß, was ich gesehen habe, das war mehr als eine harmlose Verabschiedung!«

»Quatsch! Er ist nur ein Freund, bei dem ich einen Kochkurs mache, und er ist Jeannes Neffe! Wieso bist du überhaupt hier? Können wir schon früher fahren?«

Gregor schien sich langsam zu beruhigen und setzte sich zu Helen.

»Charles hat mich in meinen ›geplanten Urlaub‹ geschickt! Man hat herausgefunden, dass die E-Mails mit den internen Daten an NOVAK von meinem Computer und von meinem Account geschickt wurden! Eine interne Untersuchungskommission ist im Haus. Das ist ein Albtraum!«

»Die können doch nicht ernsthaft glauben, dass du dahintersteckst? Wie kommen die darauf?«

Gregor erklärte ihr die ganze Situation, und sie sah, wie sehr ihn das alles mitnahm.

»Ich muss jetzt erst mal eine Runde joggen!« Er sprang auf und verschwand im Schlafzimmer, um wenige Minuten später in Sportkleidung zu erscheinen.

»Fahren wir denn trotzdem wie geplant morgen früh nach Nizza?«

»Wenn es dir nichts ausmacht, würde ich lieber erst in

drei oder vier Tagen fahren, für den Fall, dass ich noch mal ins Büro muss. Ich mache es wieder gut. Versprochen!«

Helen hatte sich zwar sehr auf die Reise gefreut, konnte aber Gregor verstehen.

»Also gut! Kein Problem, fahren wir einfach ein paar Tage später.«

Als er an der Tür stand, fragte Helen: »Gregor, warst du wirklich eifersüchtig?«

»Hm, ja, irgendwie schon. Ich mag den Typ nicht. Wenn er dich noch mal anfasst, drehe ich ihm den Hals um!« Weg war er.

Helen beschloss, Jeanne zu besuchen und ihr das neue Kleid zu zeigen. Auf dem Weg zum Nachbargrundstück dachte sie über Gregors Worte nach.

Sie konnte sich vorstellen, dass Gregor wie ein Wahnsinniger reagieren würde, wenn sie ein Verhältnis mit Maurice hätte. Aber er würde ihn sicher nicht umbringen, oder? Sie schob den Gedanken beiseite, als Amel die Tür öffnete.

»Madame ist in der Bibliothek.«

»Vielen Dank.« Helen ging an ihr vorbei zum alten Ballsaal, wo sie Jeanne zwischen zwei Bücherstapeln fand, alles Schwarz-Weiß-Bände. Sie begrüßten sich herzlich.

»Du hast ja eine Schachtel von D'Or Rouge! Hast du dir etwas gekauft? Zeig mal! Für die war ich vor dreißig Jahren auf dem Laufsteg, die haben immer ganz ausgefallene Kleider!«

Als Helen das Kleid auspackte, war Jeanne begeistert.

»Genau die richtigen Farben für dich! Komm mal mit, ich habe die passende Tasche!«

Wenige Minuten später stand Helen in einem riesigen Ankleidezimmer, das mit einem roten Teppichboden ausgelegt war. An einer Wand waren hohe Schuhregale, an den anderen Wänden Schränke, auf denen diverse bunte Schachteln lagen. Ein großer dreiteiliger Spiegel stand mitten im Raum.

»Wie viele Schuhe hast du denn?«, fragte Helen erstaunt.

»Ich weiß gar nicht genau, sicher über zweihundert Paar. Der Teppich hat übrigens genau die Farbe des sogenannten roten Teppichs, den du von Premieren her kennst. So konnte ich immer die passenden Stücke für das Cannes-Filmfestival und ähnliche Veranstaltungen auswählen, damals wurden auch immer Fotomodelle eingeladen. Warte, ich zeige dir mal die Handtasche, die ich meine.«

Die Handtaschensammlung war nicht ganz so groß wie die Schuhsammlung, aber es mussten über hundert sein. Jeanne nahm eine rote Hermès-Tasche und drückte sie Helen in die Hand.

»Hier, die schenke ich dir!«

»Das kann ich nicht annehmen, die ist doch bestimmt ein Vermögen wert, und sie sieht nagelneu aus!«

»Die ist unbenutzt. Ich hatte sie für eine Show in Paris und danach hat mein Mann sie gekauft, aber ich habe so viele Taschen … Ich habe mich schon oft gefragt, wer diese Kostbarkeiten erben soll. Es steckt viel Geld darin, und vor allem bedeuten sie mir sehr viel! Paul und Maurice werden das ganze Zeug wegwerfen. Im Moment möchte ich gar nicht darüber nachdenken, was mit all meinen Sachen einmal passiert. Maurice kann ich nicht trauen, und mit Paul läuft es im Moment auch nicht gut. Sonst habe ich keine Angehörigen. Am liebsten würde ich dir einen großen Teil hinterlassen!«

Helen sah sie an.

»Jeanne, das ist ja wohl ein Witz. Du wirst uralt! Du bist doch topfit.«

»Nein, Helen, das meine ich ernst. Ich bin sehr froh, endlich jemand gefunden zu haben, dem das Ganze ebenso viel bedeuten könnte wie mir. Morgen habe ich sowieso einen

Termin bei meinem Notar, wir sind seit über zwanzig Jahren befreundet, der ändert alles für mich. Ich hatte vor kurzem ein etwas unschönes Gespräch mit Maurice, und mir wurde plötzlich klar, dass ich auf keinen Fall möchte, dass er und Paul alles zu gleichen Teilen bekommen. Und du bist für mich eine gute Freundin und wie eine Tochter. Es spielt doch keine Rolle, wie lange wir uns kennen, ich pfeife auf solche Konventionen!«

»Jeanne, hör auf, das ist doch Blödsinn!«

»Ich habe mir das gut überlegt. Maurice und Paul werden sich sowieso streiten, was mit diesem Haus passiert! Sie bekommen natürlich ihren Anteil. Als mein Bruder starb, habe ich mich um die Jungen gekümmert, beide waren noch minderjährig. Mein Bruder war ein schlimmer Mann, Alkoholiker und Vergewaltiger. Ich erspare dir die Details, aber glaube mir, die beiden sind durch ihre Kindheit geprägt! Aber lassen wir das Thema.«

Den Rest des Nachmittags verbrachten die beiden Frauen zusammen. Helen hatte das Gespräch über die Erbschaft nicht weiter ernst genommen und half Jeanne, ihre Bibliothek zu sortieren. Jede der beiden räumte ein anderes Regal ein, und während Jeanne oben auf einer Leiter stand, durchsuchte Helen in einer Ecke des Raumes einige Stapel Taschenbücher. Als sie sich umdrehte, um einen neuen Stapel zu begutachten, nahm sie plötzlich Paul wahr, der in der Tür stand.

»Oh, hallo Paul.«

Jeanne sah sich nach ihm um und kletterte die Leiter hinunter.

»Hallo Paul, ich habe dich gar nicht gehört!«

»Hallo Jeanne. Ich habe dir ein Pfifferlingspüree mitgebracht.« Paul, wieder komplett in Schwarz, ignorierte Helens Anwesenheit.

Jeanne nahm die kleine Metalldose in die Hand.

»Das sieht aber ungewöhnlich aus.«

»Das habe ich mit dem neuen Pacojet zubereitet. Vielen Dank noch mal für deine großzügige Unterstützung. Die Pürees und Suppen werden einmalig, überzeuge dich selbst! Es ist ganz frisch, die Pilze sind aus deinem Garten, Maurice hat sie mir heute Morgen gebracht!«

Jeanne küsste ihn auf die Wange.

»Danke, mein Lieber, das ist sehr aufmerksam. Ich esse es später. Willst du uns noch einen Moment Gesellschaft leisten?«

»Nein, nein. Ich wollte dir nur dein Abendessen vorbeibringen. Ich habe gerade noch Zeit, eine halbe Stunde fechten zu gehen, bevor ich ins Restaurant muss.«

Er ging, ohne sich zu verabschieden.

»Was ist denn mit ihm los? Ist er meinetwegen noch verärgert?«, fragte Helen.

»Ich weiß nicht. Er ist oft so, aber in der letzten Zeit ist unser Verhältnis besonders angespannt.«

An diesem Abend saß Jeanne allein in ihrer Küche und aß das wirklich köstliche Pilzpüree. Morgen würde sie ihren Anwalt sehen und ihr Testament ändern.

Helen aß mit Max und Gregor zu Abend. Die Stimmung war gedrückt, nicht nur, weil seine berufliche Situation Gregor belastete, sondern auch weil Max ihnen gerade verkündet hatte, dass er das Wochenende mit Corina und ihren Eltern in Paris verbringen wolle. Gregor war strikt dagegen, weil er ihn dafür für noch zu jung hielt. Helen hingegen fand es nicht schlimm, da ja auch Corinas Eltern mitfahren würden, und schlug Max und Gregor vor, dass sie deshalb mit Corinas Eltern reden würde. Nach einer langen Diskussion schien schließlich auch Gregor einverstanden, und Max war erleichtert.

»Ihr seid ja doch ganz cool.«

»Gott sei Dank werde ich noch nicht als alter Knacker beschimpft«, lachte Gregor; Helen war erleichtert, dass er nach dem Joggen entspannter wirkte. »Und du versprichst mir, dass du keinen Blödsinn machst.«

»Versprochen! Übrigens ist es ganz toll, dass wir hierhergezogen sind. Das ist die beste Schule überhaupt, nicht nur wegen Corina. Lernen macht richtig Spaß, und die Lehrer sind spitze. Ich muss noch was vorbereiten für Mathe. Gute Nacht.«

Max verschwand in seinem Zimmer.

»Gute Idee!«, grinste Gregor. »Ich finde, wir sollten auch schlafen gehen!«

Helen verstand den Wink und folgte ihm nur allzu willig ins Schlafzimmer.

Eng umschlungen schliefen sie ein. Aber irgendwann in der Nacht wachte Helen schweißgebadet auf. Sie hatte von einem riesigen Ankleidezimmer mit einem roten Teppich geträumt, von Schuhen und Handtaschen und von einem roten Kleid.

Rot wie Blut.

Kapitel 36

1982

Draußen regnete es in Strömen. Bruder Johannes hatte ihm nach dem Unterricht mitgeteilt, dass er in zwei Tagen entlassen werde. Allerdings könne ihn niemand von seiner Familie abholen. Sein Vater sei zu Hause erreicht worden und freue sich auf ein Wiedersehen.

Das Letzte, was er wollte, war, seinen Vater wiederzusehen. Aber hatte gelernt zu schweigen, wenn es erforderlich war, deshalb sagte er nichts und lächelte dankbar.

Jemand vom Jugendamt würde ihn nach Hause bringen, man hatte dafür gesorgt, dass er ein Gymnasium im Nachbarort besuchen könne, und wenn er so weitermache, könne er problemlos sein Abitur absolvieren.

Mittlerweile war er fast drei Jahre von zu Hause weg gewesen, und in all dieser Zeit kein einziger Brief, kein einziger Anruf von seiner Mutter. Nichts.

Zu Anfang hatte er noch Briefe von seinem Großvater bekommen, und ein paar von seinem Bruder. Danach mussten sie ihn vergessen haben. Er spielte keine Rolle mehr in deren Leben. Irgendwann hatte er resigniert, versucht, sich damit abzufinden. Alles, was jetzt zählte, war er selbst – nichts und niemand sonst! Sein Blutsbruder war ein guter Freund. Allerdings war auch der nur auf seinen Vorteil bedacht, aber genau das verband sie. Sie wollten nicht in Armut leben und vor allem dem Leben in der Anstalt entkommen. Er war Klassenbester in seiner Stufe. Sein Freund hatte gerade mit Bravour seinen Abschluss gemacht und war vor einer Woche entlassen worden. Sie hatten sich versprochen, in Kontakt zu bleiben, und Adressen ausgetauscht.

Die Frau vom Jugendamt holte ihn in einem roten VW

Käfer ab, sie war viel jünger als die Frau, die ihn damals hergebracht hatte. Sie sah hübsch aus. Während der langen Fahrt redete sie hin und wieder mit ihm. Das war eine willkommene Abwechslung, denn er wollte nicht daran denken, was er zu Hause vorfinden würde.

Nach fast vier Stunden erreichten sie sein Elternhaus. Es sah völlig verkommen aus, die Gardinen hingen in grauen Fetzen in den Fenstern. Die Klingel funktionierte nicht, er klopfte. Sie merkte offensichtlich, wie unangenehm ihm die ganze Situation war, und legte sanft eine Hand auf seine Schulter. Man hörte ein Poltern, dann wurde die Tür aufgerissen, vor ihm stand sein Vater, unrasiert, stinkend, die Augen rot unterlaufen, aber immerhin hatte er versucht, sich die Haare zu kämmen.

»Guten Tag.« Er gab ihm die Hand, sah ihn dabei aber nicht an.

Der Junge spürte, welche Überwindung ihn das kostete. Am liebsten hätte er ihm die Tür wieder ins Gesicht geknallt, aber er riss sich zusammen.

»Monsieur Dupont, mein Name ist Sabine Marou, ich arbeite für das Jugendamt. Könnte ich wohl einen Moment reinkommen, sie müssen ein paar Papiere unterschreiben.«

Damit hatte sein Vater nicht gerechnet. Sichtlich nervös stammelte er etwas und ging schließlich voraus in die Küche. Überall stapelte sich Geschirr, Fliegen krabbelten auf Tellern mit verschimmelten Essensresten herum. Der Junge musste würgen, so sehr ekelte er sich. Madame Marou blieb in der Tür stehen und suchte in ihrer Tasche nach den Unterlagen, während sein Vater sich auf einen der Küchenstühle setzte, als ob alles völlig normal sei.

»Wo sind Mama und mein Bruder?«, fragte Maurice.

»Bei deinem Großvater, die sind heute Abend wieder hier.«

Das war eine glatte Lüge, er sah es ihm an.

»Die Unterlagen sollten, wenn möglich, von beiden Elternteilen unterschrieben werden. Ich lasse Ihnen die Papiere hier, ein Polizeibeamter der hiesigen Behörde kann sie abholen, wenn Ihre Frau unterschrieben hat, und sie weiterleiten.«

Sie verabschiedete sich. Der Junge begleitete sie zur Tür und sah ihr nach. Dann ging er zurück in die Küche, wo sein Vater undefinierbares Zeug aus einer Flasche trank.

»Hier sieht es aus wie auf der Müllhalde! Wo ist meine Mutter?«

»Was interessiert es dich? Haben sie dir im Knast keine Manieren beigebracht? Ich weiß nicht, wo deine Mutter ist. Dein Bruder sucht die Schlampe.«

»Wann hast du sie zuletzt gesehen?« Es fiel ihm schwer, ruhig zu bleiben.

»Vergessen, ist schon ein bisschen her, vielleicht vor ein paar Tagen. Sie ist mit euren alten Teddybären aus dem Haus gerannt. Die muss erst mal hier aufräumen, wenn sie wieder da ist, sonst breche ich ihr alle Knochen.«

»Ich will nicht, dass du so über Mutter redest!«

Er konnte dieses fürchterliche Gerede nicht mehr hören, der Alte war einfach widerlich. Obwohl er müde und hungrig war, musste er zuerst seine Mutter und seinen Bruder finden. Es war früher Abend, und er konnte noch das Stück durch den Wald zu seinem Großvater laufen. Aber vorher würde er bei den Nachbarn fragen.

Madame Molak war zu Hause und umarmte ihn freudig, sie drückte ihn fest an sich und gab ihm einen Kuss. Sie war etwas dicker und grauer geworden, aber sie roch noch immer nach Butterkuchen.

»Komm rein, mein Junge, du musst erst einmal was essen!«

»Ich habe wenig Zeit. Ich suche meine Mutter und meinen Bruder.«

»Natürlich, aber iss schnell etwas, du siehst ja völlig abgemagert aus.«

Sie stellte einen Teller mit Pflaumenkuchen auf den Tisch; er aß gierig.

»Ich habe so oft an dich gedacht und mich gefragt, wie es dir ergangen ist.« Sie streichelte ihm über die Wange.

»Wie geht es meiner Mutter und meinem Bruder?«

»Dein Vater ist ein scheußlicher Kerl! Vor drei Tagen hat er deine Mutter aufs Übelste beschimpft, mitten auf der Straße, vor allen Leuten, aber die Polizei weigert sich einzuschreiten, da deine Mutter ihn nicht anzeigen will. Außerdem hat einer seiner Saufkumpanen mal bei der Polizei gearbeitet. Du weißt ja, wie das ist hier im Dorf. Ich habe versucht, mit ihr zu reden, aber ich glaube, dass sie sich aufgegeben hat. Er hat ihr gedroht, dich und deinen Bruder umzubringen, wenn sie ihn verlässt oder anzeigt. Das hat mir dein Bruder erzählt, er hat es selbst gehört.«

»Ist sie bei Großvater?«

Madame Molak sah ihn ernst an und legte ihre Hand auf die seine.

»Weißt du es denn nicht?«

»Was?«

»Dein Großvater ist gestorben, kurz nachdem sie dich abgeholt haben. Er hatte einen schweren Schlaganfall, vermutlich weil er sich wegen der ganzen Sache so aufgeregt hat!« Sie sprach nicht weiter, als sie sah, wie sich die Augen des Jungen mit Tränen füllten. Wortlos nahm sie ihn in den Arm. Es gab nichts, womit sie ihn jetzt trösten konnte.

Er hatte das Gefühl, innerlich zu zerreißen, sein geliebter Großvater, der einzige Mensch, bei dem er glücklich gewesen war. Warum hatte ihm niemand von seinem Tod erzählt? Vielleicht hätte man ihn für die Beerdigung beurlaubt?

»Was ist mit seinem Haus passiert?«

»Ich weiß nicht, deine Tante Jeanne war mal hier. Bei der Beerdigung hat sie mir erzählt, dass sie sich um das Anwesen kümmern wolle.«

»Meine Tante Jeanne, wer ist das denn?« Er sah sie erstaunt an, den Namen hatte er noch nie gehört.

»Na, die Schwester deines Vaters, sie ist ein berühmtes Fotomodell in Paris! Eine schicke Dame. Sie ist ständig auf Zeitschriften. Sie ist ganz anders als dein Vater!«

»Die dumme Ziege.«

»Was?«

»Mein Vater hat immer nur von der dummen Ziege geredet, als ich klein war. Wir haben sie nie gesehen.«

Er sprang plötzlich auf, wischte sich mit seinem Ärmel die Tränen weg.

»Ich muss zu meiner Mutter und meinem Bruder! Darf ich Ihr Fahrrad nehmen?«

»Ja, ja, aber …«

»Danke!«, rief er beim Hinausrennen.

Sie wollte ihm noch nachrufen, dass der Vorderreifen fast platt war, aber er hörte sie nicht mehr, denn er war schon zwischen den Häusern Richtung Wald verschwunden. Der Weg war matschig, und irgendwann kam er mit dem Fahrrad nicht weiter. Es fing wieder an zu regnen; dicke Tropfen prasselten in sein Gesicht und gegen seinen Körper, aber das war ihm egal. Sein einziger Gedanke galt seiner Mutter und seinem Bruder. Er fing an zu rufen.

»Mama!«

Immer wieder.

Immer lauter.

»Mama!«

Er schrie, bis ihm die Stimme versagte und das Haus des Großvaters in seinem Blickfeld auftauchte. Dann sah er auch seinen kleinen Bruder, die blonden Locken klebten in klitschnassen Strähnen an seinem Kopf. Er kam ihm entgegengerannt, sie umarmten sich. Er war noch nie so froh gewesen, seinen Bruder zu sehen. Der Kleine hatte sich verändert, er sah älter, ernster aus. Gemeinsam rannten sie zurück zu dem Holzhaus und stellten sich unter.

»Dich schickt der Himmel – gerade jetzt. Ich habe große Angst um Mutter, ich weiß nicht, wo sie ist. Als ich sie das letzte Mal gesehen habe, saß sie mit unseren beiden Teddybären in der Küche und schien ganz verstört! Ich kann es immer noch nicht fassen, dass du da bist! Träume ich?« Er umarmte seinen Bruder noch mal. Er zitterte am ganzen Körper und war völlig durchnässt. Verzweifelt hatte er seit Stunden die Mutter gesucht.

»Ich weiß nicht, wo ich noch suchen soll. Als ich aus der Schule kam, war sie weg, Madame Molak hat erzählt, dass Vater sie auf der Straße angebrüllt hat. Gestern Nacht hat er ihr gedroht, dass er dich und mich umbringen würde, wenn sie zur Polizei geht! Wir müssen sie finden! In Großvaters Haus ist sie nicht, vielleicht im Wald?«

»Wie ging es ihr denn die ganze Zeit? Nach Großvaters Tod?«

Sein jüngerer Bruder wich seinem Blick aus und schwieg; er wollte die Frage gerade wiederholen, da sah er, dass dieser Tränen in den Augen hatte.

»Mama – ist mit Opa gestorben. Sie war nicht mehr da. Nicht wirklich. Vater hat sie ständig gedemütigt, beschimpft und geschlagen. Sie hat alles über sich ergehen lassen. Und als er dann noch gesagt hat, dass er uns beide umbringen würde und du sowieso verdorben seist und dass alles ihre Schuld sei … sie wusste nicht, dass du heute kommst.«

Plötzlich überkam den älteren Jungen eine riesengroße Sehnsucht nach seiner Mutter.

»Wir müssen sie finden! Wir teilen uns, du gehst einen Kilometer rechts um das Haus herum und ich links, wir treffen uns wieder hier! Verstanden?«

Beide rannten gleichzeitig los.

Vielleicht war sie hingefallen und lag verletzt irgendwo. Oder hatte sein Vater ihr etwas angetan? Panik ergriff ihn. Er rannte, rief ihren Namen, stolperte über Wurzeln. Immer weiter, immer tiefer in den Wald hinein – er kannte hier jeden Winkel; jeden Platz, jeden besonderen Baum, jedes ungewöhnliche Gewächs. Früher hatte er hier mit seinem Bruder und seinem Großvater Pilze gesammelt.

Plötzlich blieb er stehen. Auch seine Mutter kannte alle diese Plätze. Sie kannte die Lieblingsplätze ihres Vaters. Die kleine Lichtung mit den alten Eichenbäumen hatte er besonders geliebt; dort hatte er »seine« Wildblumen bestaunt, Rehe und Hirsche beobachtet, jedes Jahr die Wildschweinfamilie mit den Frischlingen gesehen, den kleinen verwundeten Dachs gepflegt und dorthin hatte er sich zurückgezogen, wenn er mit sich und Gott alleine sein wollte. Er hatte immer gesagt, Gott hat dieses Plätzchen für mich geschaffen, wenn ich tot bin, könnt ihr mich unter der alten Eiche in der Mitte begraben.

Jetzt wusste er, wo sie war.

Er rannte so schnell, wie er noch nie in seinem Leben gerannt war, und sah dabei seinen Großvater vor sich, wie er mit ihm lachte, spielte, ihm Glück und den Frieden schenkte, wie sie zusammen unter Bäumen lagen und sein Großvater ihm und seinem Bruder Geschichten erzählte. Er sah seine Mutter vor sich, als sie das letzte Mal seinen Geburtstag gefeiert hatten, wie sie ein letztes Mal glücklich gelacht hatte, bevor sie ihn abgeholt hatten. Wie sie in der Küche stand und Zimtschnecken backte. Wie sie ihre wunderschönen langen Haare kämmte und wie die in der Sonne glänzten. Gleich hatte er die Lichtung und die alten Eichen erreicht, gleich.

Noch wenige Meter.

Er sah sie noch immer vor sich mit ihrem glänzenden Haar.

Wie sie …

Es schnürte ihm fast die Kehle zu.

Dann wurde ihm schwarz vor Augen, er fiel hin, konnte sich gerade noch mit den Händen auffangen, er bekam keine Luft. Er konnte nicht aufstehen und nicht nach oben sehen, ihm war immer noch schwarz vor Augen.

Er atmete langsam.

Langsam.

Und dann sah er noch mal nach oben.

Und schrie.

Er schrie, obwohl er keine Stimme mehr haben konnte.

Er schrie, obwohl er wusste, dass es keinen Sinn mehr hatte.

Sie war tot. Erhängt. Er konnte ihr Gesicht nicht sehen, ihre Haare hingen wie ein schützender Vorhang an der Seite herunter. Aufgequollene blassgraue Beine steckten in ihren alten braunen Schuhen, die Kleidung hing wie ein zu großer Lappen an ihr, als ob jemand versucht hätte, eine Puppe in riesige Kleider zu stecken. Auf dem matschigen Laubboden lagen die beiden Teddybären.

Kapitel 37

Gregor trommelte nervös auf dem Lenkrad herum. Helen saß neben ihm und sah aus dem Fenster. Er stand in ständiger Verbindung mit seinem Anwalt. Redoute und Baumgärtner hatten Gregor am Vortag informiert, dass tatsächlich jemand seinen Account gehackt hatte und offensichtlich nicht Gregor die E-Mails verschickt hatte. Die Untersuchungen gegen Gregor seien offiziell eingestellt. Allerdings wolle die Firma mit Gregors Hilfe den Schuldigen überführen. Nach seiner Rückkehr aus dem Urlaub wolle man ihm persönlich alles Weitere erklären. Man wünschte ihm einen erholsamen Urlaub.

Jetzt standen sie im Stau, Richtung Côte d'Azur, fünfzig Kilometer hinter Lyon. Gregor hatte darauf bestanden, früh zu fahren.

Helen hatte sich am Abend vorher von Jeanne verabschiedet.

»Nizza ist so schön! Du musst mir davon erzählen, wenn du wieder da bist!«

Die vergangene Woche hatten sie fast täglich Zeit miteinander verbracht. Beide waren froh über die Gesellschaft der anderen. Nachmittags hielten sie sich meistens im Garten auf, lachten und erzählten viel und schwammen ab und zu eine Runde im Pool.

Helen hatte in den vergangenen Nächten immer wieder den gleichen Albtraum gehabt. Sie rannte durch Gänge, endlose weiße Gänge, jemand verfolgte sie, sie hörte Schritte, konnte aber niemanden sehen. Sie stieß gegen Wände und zog sich blutige Schnitte zu. Irgendwann waren die weißen Gänge rot verschmiert. Der Boden war blutrot und verwandelte sich in einen roten Teppich. Sie rannte weiter. Es gab kein Entkommen, sie rannte, bis sie keine Luft mehr bekam und zusammenbrach. Jemand kam immer näher und stand dann mit einem riesigen Messer über ihr. Ein schwarzes Etwas, ohne Gesicht, ohne Konturen. Sie wusste, sie würde in wenigen Sekunden sterben. Und dann schrie sie.

Gregor wurde jedes Mal wach und versuchte, sie zu beruhigen. Es war für beide belastend. Irgendwann hatte sie mit ihrer Freundin Mina darüber gesprochen. Mina teilte ihre innere Angst, dass dieser Traum wieder eine Prophezeiung sein könnte.

»Pass auf dich auf und höre auf deine innere Stimme! Denk an den Traum mit deiner Schwester.«

»Du kannst einen ja wirklich beruhigen! Ich halte das nicht länger aus, ich bin so übermüdet. Abends habe ich Angst einzuschlafen und lenke mich mit jedem Blödsinn ab. Manchmal gelingt es mir sogar, entspannt ins Bett zu gehen, aber dann kommt wieder dieser Traum, und ich liege stundenlang wach, aus Angst, wieder das Gleiche zu träumen.«

»Aber Träume können eine Warnung sein, besonders wenn sie sich so häufig wiederholen. In unserer Kultur ist das eine besondere Gabe, die man respektieren muss, wenn man über sie verfügt. Eine solche Botschaft sollte man ernst nehmen!«

Helen seufzte. »Vielleicht hast du recht. Ich werde zukünftig genauer auf meine Umgebung achten.«

Helen wurde abrupt aus ihren Gedanken gerissen, als Gregor heftig bremste. Der Stau hatte sich vor zwei Kilometern aufgelöst, doch da war schon der nächste.

Helens Mobiltelefon piepste und kündigte eine SMS an: Meine liebe Ganache, hab ein schönes Wochenende mit Gregor, ich hoffe, er hat sich wieder beruhigt. Dein Maurice

Kapitel 38

Die Sonne brannte noch immer, obwohl es schon später Nachmittag war. Amel brachte Jeanne eine Kanne kalten Pfefferminztee. Das war schon ihre zweite. Sie hatte es sich auf einer Liege im Schatten des Gartens gemütlich gemacht und versuchte, ein Buch zu lesen, aber irgendwie fühlte sie sich unwohl. Seit dem Vormittag plagte sie eine leichte Übelkeit, vielleicht hätte sie am Vorabend doch kein Curry essen sollen. Aber Paul hatte ihr frischen Koriander und etwas Lammfleisch gebracht, und Amel hatte angeboten, daraus etwas zu kochen. Es hatte hervorragend geschmeckt, war aber doch recht scharf gewesen. Helen hatte noch kurz bei ihr vorbeigeschaut, um sich zu verabschieden. Sie beneidete Gregor und Helen um ihr Wochenende in Nizza. Die Stadt und die Menschen hatten einen besonderen Platz in ihrem Herzen. Sie war oft mit ihrem Mann dort gewesen, sie hatten jedes Mal im Negresco übernachtet, dessen Kunstsammlung und Geschichte sie liebte. Gregor hatte dasselbe Hotel gebucht, Helen würde begeistert sein. Für nächste Woche hatte sie die beiden zum Abendessen eingeladen. Sie hatte Gregor nur ein paarmal gesehen und wollte ihn gerne näher kennenlernen. Paul hatte zugesagt, ihr ein besonderes Essen liefern zu lassen. Es hatte sie Überwindung gekostet, Paul darum zu bitten. Seit ihrem Zusammenstoß im Garten war Paul noch distanzierter und redete nur wenig mit ihr. Vor ein paar Stunden war er ihr im Garten begegnet und sie hatten kurz ein paar Worte gewechselt. Sie hatte von ihrem Unwohlsein erzählt, und er hatte versprochen, später noch einmal nach ihr zu sehen. Aber Jeanne wusste, dass sie sich darauf nicht verlassen konnte. Maurice kam gar nicht mehr vorbei, trotzdem hatte sie manchmal das unbestimmte Gefühl, dass er da gewesen sein könnte. Manchmal glaubte sie, sein Aftershave zu riechen. Möglicherweise könnte er das Haus durch den alten Verbindungsgang betreten haben. Sie mochte den Gedanken nicht. Später würde sie nachsehen, ob die Tür zum Gang verschlossen war.

Jeanne legt sich auf die Seite in der Hoffnung, dass die Übelkeit erträglicher werden würde. Irgendwo im Haus hatte Amel Tropfen gegen Brechreiz gefunden und ihr gegeben, aber bis jetzt waren sie ohne Wirkung geblieben. Vielleicht sollte sie einfach versuchen, ein bisschen zu schlafen. Sie erhob sich schwerfällig von ihrer Liege und ging zum Haus. Amel kam ihr entgegen.

»Brauchen Sie etwas, Madame? Soll ich den Arzt holen?«, fragte Amel besorgt.

»Nein, auf keinen Fall! Es ist Samstag, und mir ist ja nur übel, sonst nichts. Das ist ja kein Notfall. Wenn es mir bis Montag nicht besser geht, kann ich ja immer noch gehen. Und da wir gerade davon reden, Sie können ins Wochenende gehen. Wir sehen uns dann übermorgen!« Jeanne ließ sich erschöpft auf das Sofa fallen, alle Knochen taten ihr weh.

»Aber Madame, sind Sie sicher? Madame Helen ist ja auch nicht da, um nach Ihnen zu sehen.«

»Amel, Sie kennen mich lange genug, um zu wissen, dass ich es so meine, wie ich es sage. Vielen Dank! Ich trinke jetzt weiter meinen Pfefferminztee, und dann wird es mir sicher bald besser gehen. Außerdem kommen bestimmt meine Neffen vorbei. Machen Sie sich keine Sorgen. Genießen Sie das Wochenende mit Ihrer Familie.«

Jeanne versuchte, so entspannt wie möglich zu lächeln, obwohl sie sich am liebsten übergeben hätte.

Amel verabschiedete sich und wies sie darauf hin, dass noch genügend Essen für die nächsten Tage im Kühlschrank war.

Irgendwo läutete ein Telefon.

Jeanne wachte auf. Sie hatte unglaublichen Durst. Es musste mitten in der Nacht sein. Sie sah sich um. Alles war dunkel. Durch die großen Fenster sah man die hohen Bäume im Garten, die im Mondlicht grau aussahen. Sie lag auf der Couch in ihrem Wohnzimmer, ihre Zunge klebte förmlich am Gaumen. Wasser, irgendwo musste doch eine Flasche Wasser sein. Sie stand auf. Überrascht hielt sie inne, die Schmerzen in ihrem Rücken und Becken waren unerträglich – wo kamen die denn plötzlich her? Mühsam wankte sie Richtung Küche. Sie konnte sich kaum aufrecht halten, so sehr schmerzte ihr Unterleib. Der Wasserhahn, sie musste bis zum Wasserhahn kommen.

Ein großes Glas Wasser
und dann noch eins
und noch eins
und noch eins.

Der Durst war ungeheuerlich, obwohl sie so viel trank, ließ er nicht nach.

Und immer noch diese Übelkeit.

Alles tat ihr weh, und die Schmerzen schienen sich in ihrem Becken zu konzentrieren. Irgendetwas stimmte nicht mit ihr, wenn sie wenigstens Schmerztabletten hätte. Aber die waren oben im Bad. Sie wankte in den Flur zu der riesigen Treppe, sie wusste nicht, ob sie es schaffen würde, da hinaufzugehen. Sie musste es versuchen, es blieb ihr nichts anderes übrig. Krampfhaft umklammerte sie das Geländer. Warum fiel ihr das alles nur so schwer? Außerdem hatte sie immer noch Durst. Sie schleppte sich zurück in die Küche, der Durst war unstillbar. Ein Glas, noch ein Glas. Und noch eins. Jetzt fiel ihr ein, warum sie vielleicht solche Schmerzen haben könnte. Wann war sie zuletzt auf der Toilette gewesen, sie überlegte, aber es fiel ihr nicht ein. Sie hatte doch tagsüber schon so viel Pfefferminztee getrunken. Jetzt war sie sicher. Sie war heute den ganzen Tag nicht auf der Toilette gewesen. Das machte ihr jetzt Angst. Sie schleppte sich zur Gästetoilette am Ende des Ganges hinter der Küche.

Sie hatte Mühe, dorthin zu kommen, und musste sich an der Wand abstützen. Jeanne tastete die Wand nach dem Lichtschalter ab. Als sie das Licht anmachte und ihr Bild im Badspiegel sah, erschrak sie. Ihr Gesicht war aufgedunsen, aschfahl und von Schmerzen entstellt. Dann sah sie an ihrem Körper hinab. Die Beine und Arme waren angeschwollen. Sie versuchte, auf Toilette zu gehen, vergeblich. Noch nicht einmal ein Tropfen Flüssigkeit.

Sie brauchte dringend einen Arzt. Das Telefon stand in der Eingangshalle, wo war ihr Handy? Sie wusste es nicht mehr, überhaupt konnte sie sich nur schwer konzentrieren, die Schmerzen und der Durst überdeckten alles. Außerdem war ihr kalt. Obwohl es ein heißer Tag gewesen war, fror sie. Fieber, sie hatte vermutlich Fieber. Schwerfällig wankte sie durch die Küche, Richtung Wohnzimmer, immer wieder stieß sie gegen Möbel, fiel hin. Steh auf, Jeanne!, befahl sie sich selbst. Kraftlos zog sie sich an einem Tisch hoch. Langsam, sehr langsam. Wie sollte sie es nur zum Telefon schaffen? Sie konnte kriechen. Die Schmerzen ließen jede Bewegung zur Tortur werden. Langsam kroch sie vorwärts. Sie konnte das kleine Tischchen schon sehen, das Mondlicht, das durch die großen Fenster in der Eingangshalle fiel, erhellte den Boden. Sie konnte die spindeldürren Beinchen des Tisches sehen. Nicht mehr weit, Jeanne, nicht mehr weit!

Aber dann sah sie einen Schatten. Den Schatten eines Mannes. Wer war das? Stand da wirklich jemand, oder bildete sie sich das nur ein?

»Hallo«, sagte sie schwach.

Keine Antwort.

»Hilfe!«

Keine Antwort. Sie kroch näher. Dann sah sie seine Schuhe, schwarze Schuhe, oder waren sie braun? Da stand wirklich jemand. Warum half er ihr nicht? War es ein Albtraum, aus dem sie jeden Moment erwachen würde? Sie bekam Todesangst.

Diese Schmerzen, diese unerträglichen Schmerzen, die ihren ganzen Körper zu zerreißen schienen. Und dieser Durst, dieser fürchterliche, peinigende Durst.

»Wasser«, flüsterte sie.

Kapitel 39

1982

Fast knöcheltief versank er im Boden. Es regnete schon seit Tagen. Außer seinem Bruder, seinem Vater und Madame Molak war niemand zur Beerdigung seiner Mutter gekommen. Dem Pfarrer konnte man ansehen, dass er alles so schnell wie möglich hinter sich bringen wollte, ein Selbstmord geziemte sich für einen frommen Christen nicht. Im Dorf wurde geredet; niemand wollte etwas mit der Familie zu tun haben. Die Jungen wussten das, sie hatten sich daran gewöhnt, aber es tat ihnen weh, dass keiner von der Mutter Abschied nehmen wollte. Der Jüngere weinte bitterlich, während der Ältere seinen Vater mit Blicken durchbohrte. Auch wenn der Schmerz in seinem Inneren unerträglich war, er würde sich nichts anmerken lassen. Er musste stark bleiben, für seinen Bruder.

Beide hatten sich zu Madame Molak gestellt, die hemmungslos schluchzte. In der einen Hand hielt sie einen großen schwarzen Schirm und in der anderen ein Taschentuch. Der Vater der Jungen stand etwas abseits unter einem Baum und starrte auf den Boden. Der Pfarrer leierte seine einstudierte Rede herunter und warf zum Abschluss einen nassen Klumpen Erde auf den Sarg. Dann war der Vater an der Reihe. Am liebsten wäre er auf seinen Vater zugerannt und hätte ihn in das ausgehobene Grab hineingestoßen. Alles war seine Schuld, alles. Er würde ihm nie verzeihen. Niemals!

Danach warfen sein Bruder und Madame Molak etwas Erde auf den Sarg und zuletzt er selbst. Als er aufsah, war sein Vater schon verschwunden, wahrscheinlich zurück in die Kneipe. Auch der Pfarrer verabschiedete sich hastig und eilte davon.

»Was wird denn nun aus euch?«, fragte Madame Molak besorgt.

»Was soll schon werden, wir müssen mit dem Alten in einem Haus leben, bis einer von uns volljährig ist.«

»Eure Mutter war so eine liebe Frau, bis ... na ja, ihr wisst, dass ihr immer zu mir kommen könnt! Tag und Nacht. Ich habe mich übrigens bereit erklärt, bei euch den Haushalt etwas zu führen und nach dem Rechten zu sehen. So kann ich ein Auge auf euch haben.«

»Vielen Dank, das ist sehr großzügig von Ihnen«, sagte sein Bruder.

»Kommt, ich nehme euch mit zurück ins Dorf.«

Madame Molak hielt ihren großen Schirm bereit und wollte gehen. Doch die beiden zögerten.

»Vielen Dank, das ist sehr freundlich von Ihnen. Aber wir würden gern noch einen Moment hierbleiben. Wir gehen später allein zurück.«

»Was, bei dem Wetter?! Seid ihr sicher?«, fragte sie besorgt.

Die Brüder sahen einander an und nickten. Sie sahen der Nachbarin nach, bis sie hinter der Kirche verschwunden war.

»Was machen wir jetzt?«

»Wir denken uns einen Plan aus, wie wir dem Alten entkommen können!«

»Wenn wir weglaufen, wird uns die Polizei sowieso bald finden. Außerdem will ich die Schule fertig machen, so hätte es Mama gewollt. Wir müssen eben bei ihm bleiben, bis wir volljährig sind.«

»Oder bis er stirbt!«

Sein Bruder sah ihn erstaunt an.

»Bis er stirbt!«

Kapitel 40

Genussvoll ließ Gregor das Aprikosensorbet auf der Zunge zergehen. Der Strand und das Meer spiegelten sich in seiner Ray Ban-Sonnenbrille, er war leicht gebräunt und sah zum ersten Mal entspannt aus, seit Helen und er in Nizza angekommen waren. Selbst ein kleiner Fleck auf seinem hellblauen Leinenhemd regte ihn nicht auf. Gut gelaunte Leute schlenderten am Strand entlang, die Sonne schien. Vor Helen stand ein Eisbecher, der langsam vor sich hin schmolz. Gedankenverloren rührte sie darin herum und starrte auf einen Punkt am Horizont.

»Schmeckt dir das Eis nicht?«, fragte Gregor.

Als Helen ihn weder ansah noch ihm antwortete, begann er, von ihrem Eis zu essen. Wortlos schob sie ihm den Becher hin.

»Was ist denn los? Du wolltest doch unbedingt hierhergehen, weil Jeanne es dir empfohlen hat. Und es schmeckt wirklich sehr gut! Koste wenigstens mal.«

»Nein, ich mag nicht, du kannst es essen. Ich habe so ein ungutes Gefühl, irgendetwas stimmt nicht.«

»Was soll denn nicht stimmen? Es ist wunderbar hier! Denkst du schon wieder über deinen Traum nach?«

Helen seufzte. Wie konnte sie ihm erklären, dass sie von bösen Vorahnungen geplagt war. Es kam ihr ja selbst lächerlich vor, aber sie konnte nicht dagegen ankämpfen. Gregor bekundete zwar Verständnis, aber eigentlich hatte er keins. Sie war ihm deshalb nicht böse, es war wirklich schwer nachzuvollziehen, wie ein Traum derart den Alltag überschatten konnte.

»Lass uns zurück nach Lyon fahren. Ich halte es nicht länger aus hier!« Helen stand auf.

»Was, jetzt?! Wieso?« Gregor erhob sich ebenfalls, ergriff ihre Hand und zog sie an sich.

»Ich bin zu unruhig! Irgendetwas Schreckliches wird passieren, ich weiß es einfach!«

»Wir haben Max schon siebenmal angerufen, er ist schon total genervt. Lass ihn, er verbringt ein Wochenende mit seiner Freundin. Was soll denn passieren? Außer dass sie schwanger werden könnte?« Gregor lachte.

»Das ist nicht lustig! Wir müssen auch deine Mutter und Jeanne anrufen. Vielleicht auch Mina.«

»Jetzt übertreib mal nicht. Ruf sie alle an, wenn du willst, aber versprich mir, dass wir noch eine Nacht bleiben. Und ich verspreche dir, dass du es nicht bereuen wirst, Darling.« Er flüsterte ihr ins Ohr: »Ich könnte dich verwöhnen wie schon lange nicht mehr, etwa so …«

Helen fühlte seine weiche Zungenspitze hinter ihrem Ohr, und ihr lief ein Schauer der Erregung über den Rücken.

»Hör sofort auf!« Sie schob ihn sanft von sich. »Du verstehst mich nicht!«

»Ich habe schon immer verstanden, was du willst, was dein Körper will. Außerdem sind wir in Frankreich, hier ist alles viel lockerer als in Asien. Ich sehe genau, wie die Männer dich mit Blicken ausziehen. Aber nur ich darf es tun. Am besten sofort.« Er sah sie verführerisch an. Helen wusste genau, was er im Sinn hatte, aber sie war fest entschlossen, nicht darauf einzugehen, auch wenn es ihr zugegebenermaßen schwerfiel. Diesmal musste sie ihrem Bauchgefühl folgen. Sie musste zurück nach Lyon.

»Bitte, sei mir nicht böse, ich kann jetzt nicht. Ich will zurück nach Lyon, und zwar sofort!«

Sie legte einen Zwanzig-Euro-Schein auf den Tisch.

»Das kann nicht dein Ernst sein! Wir haben noch eine Nacht, und die ist bezahlt!«

Gregor lief hinter ihr her nach draußen.

»Ich muss zurück, Gregor! Ich muss einfach. Bitte!«

Kapitel 41

Es war wie verhext! Die Autobahn war wegen eines Unfalls gesperrt. Gregor und Helen mussten durch die Provence zurück nach Lyon fahren, zusammen mit tausenden anderen Urlaubern. Es dauerte Stunden. Als sie Lyon endlich erreichten, war es fast Mitternacht. Max war überraschenderweise noch wach. Er und Corina hatten sich heftig gestritten. Gregor und Helen versuchten, ihn zu trösten. Es war fast zwei Uhr, als alle schliefen. Gegen sechs Uhr wurde die ganze Familie vom Telefon geweckt.

Schlaftrunken stand Gregor auf. Es war Oliver.

»Gregor, alter Junge! Ich hoffe, ich habe niemanden geweckt!«

»Doch! Ich hätte noch mindestens eine Stunde schlafen können. Aber das ist jetzt auch egal. Schön dich zu hören, was gibt's?«

Gregor ließ sich auf die Couch fallen.

»Ich bin beruflich in Genf und könnte heute Abend bei euch in Lyon sein, wie wär's mit Abendessen? Haben Max und Helen Zeit?«

»Toll! Ich werde uns irgendwo einen Tisch reservieren. Max kommt bestimmt nicht mit, weil er im Moment viel für die Schule lernen muss. Aber Helen wird sich freuen. Also sind wir zu dritt. Es sollte kein Problem sein, hier ein gutes Restaurant zu finden.«

»Nicht irgendeins. Ich *habe* uns schon einen Tisch reserviert, und zwar bei ›Paul & Maurice‹. Das ist derzeit das angesagteste Spitzenrestaurant in Lyon! Wir haben einen Tisch um acht. Kennst du das Restaurant?«

Gregor murmelte etwas Unverständliches.

»Was ist? Passt es euch nicht?«

»Doch, doch. Ich kenne es. Helen kennt sogar die Besitzer. Erzähle ich dir alles später. Hauptsache, wir sehen uns!«

»*Great*, wir treffen uns im Restaurant! Ich freue mich auf euch.«

Oliver hatte aufgelegt. Gregor blieb noch einen Moment auf der Couch liegen und starrte die Decke an. Er würde seine verfrühte Rückkehr dazu nutzen, im Büro vorbeizuschauen. Hoffentlich würde ihm das nicht die Laune für heute Abend verderben. Als Erstes musste er mit Charles Redoute sprechen.

Eigentlich war er Oliver für seinen frühen Anruf dankbar, denn als Gregor eine Stunde früher als sonst in die Firma kam, traf er Redoute auf dem Parkplatz.

Als dieser Gregor in der Entfernung sah, winkte er ihn zu sich.

»Guten Morgen, mit Ihnen habe ich noch gar nicht gerechnet. Aber gut, dass Sie da sind! Kommen Sie mit in mein Büro, ich muss mit Ihnen reden.«

Charles Redoute hatte einen sehr schnellen Schritt, und Gregor musste praktisch neben ihm herlaufen, um mithalten zu können. Als Redoute an seiner Sekretärin vorbeikam, die ihm einen Stapel Unterlagen in die Hand drücken wollte, winkte er ab.

»Später. Ich möchte nicht gestört werden!«

Redoute schleuderte seine Tasche hinter den Schreibtisch, zog dann schwungvoll seine Jacke aus und hängte sie über den Stuhl.

Er bedeutete Gregor, sich zu setzen.

»Gregor, alles, was ich Ihnen jetzt sage, darf diesen Raum nicht verlassen. Verstanden?«

»Selbstverständlich.«

»Ich habe das Wochenende im Büro verbracht, zusammen mit Baumgärtner und zwei Leuten von der Wirtschaftsprüfung. Ich muss mich bei Ihnen entschuldigen. Als Baumgärtner Sie als seinen Nachfolger vorschlug, war ich mir nicht sicher, ob Sie in seine Fußstapfen treten könnten. Sie waren nicht mein Favorit, ich muss zugeben, dass ich Julian Degasse ins Auge gefasst hatte. Aber Baumgärtner war von Ihnen überzeugt, und heute muss ich ihm recht geben.«

Redoute lehnte sich über seinen Schreibtisch.

»Julian Degasse und der Leiter eines Ihrer Labore, Professor Reinhardt, haben versucht, Ihnen die Schuld in die Schuhe zu schieben, Sie aus dem Unternehmen zu drängen, und das auf übelste Weise! Wir haben gründlich recherchiert und die Manipulationen entdeckt. Die beiden hatten es wirklich sehr geschickt angestellt, selbst ich habe an Ihrer Unschuld gezweifelt. Reinhardt hat Degasse die Daten gegeben und der hat sich dann in Ihren Computer-Account gehackt, um die E-Mails an NOVAK zu schreiben. Alles deutete auf Sie hin, zumal auch Bertrand aus der IT-Abteilung mit den beiden unter einer Decke steckt. Und es war kaum nachweisbar, dass nicht Sie selbst die E-Mails verschickt haben.«

Gregor war geschockt. »Was wird nun passieren? Ich kann das alles nicht glauben. Degasse und ich hatten von Anfang an ein schwieriges Verhältnis. Aber Professor Reinhardt und Bertrand schienen mir immer loyal und kooperativ.«

»Da sehen Sie, wie man sich täuschen kann. Ich traue im Prinzip jedem alles zu. Bei Reinhardt und Degasse sind über die letzten zwei Jahre ordentliche Summen Geld auf ihren Konten gelandet – da steckt garantiert NOVAK dahinter.«

»Reinhardt zu ersetzen wird schwierig werden, er ist ein herausragender Wissenschaftler. Ich kann immer noch nicht glauben, dass er mit Degasse gemeinsame Sache gemacht hat.«

»Niemand hat damit gerechnet. Aber jetzt kommt das Wichtige! Weder Degasse noch Reinhardt wissen bisher, dass sie aufgeflogen sind. Ich werde später beide in mein Büro zitieren, einer der Wirtschaftsprüfer und Baumgärtner werden anwesend sein, und Sie können sicher sein, dass die beiden heute Nachmittag das Gelände verlassen und nie wieder betreten werden! Bis dahin erwarte ich absolutes Stillschweigen von Ihnen. Ich werde Sie über die aktuellen Entwicklungen informieren. Gregor, ich möchte mich nochmals bei Ihnen in aller Form für diese unangenehme Situation und die falschen Verdächtigungen entschuldigen.«

Redoute erhob sich und ging um den Schreibtisch herum, um Gregor die Hand zu reichen. Beim Hinausgehen klopfte er ihm freundschaftlich auf die Schulter.

»Baumgärtner und ich gehen nächste Woche Golf spielen, hätten Sie vielleicht Lust auf eine Partie?«

»Gerne!«

Der Tag fing gut an. Die Anschuldigungen gegen ihn waren fallengelassen, Degasse war erledigt, der Chef hatte ihn zum Golfspielen eingeladen, heute Abend würde er Oliver wiedersehen, und sehr gut essen gehen würden sie auch noch. Jetzt konnte ihm bestimmt nichts mehr die Laune verderben …

Kapitel 42

Manchmal träumte er, wenn auch nicht sehr oft. Er wusste, dass er schlief, und er wusste, dass er träumte. Trotzdem konnte er den weichen, moosigen Boden unter seinen Füßen spüren und riechen, es hatte viel geregnet in den letzten Wochen und überall wuchsen orange- und kupferfarbene Pilze. Auf dem feuchten Boden kniend besah er sich die Gewächse. Sie sahen so zart und verletzlich aus. Liebevoll strich er über die zarten Lamellen. Er legte sich auf den waldigen Boden, es war ihm völlig egal, ob er schmutzig oder nass wurde. Er wollte ihnen einfach nur nahe sein. Jetzt nahm er ihren leichten Rettichgeruch wahr und atmete tief ein. Dieser Duft war ein kostbares Parfüm, aromatisch, hölzern, gemischt mit dem satten Duft des Waldes. Es gab nichts Schöneres für ihn.

Wundervoll sahen sie aus, wie sie in kleinen Gruppen zusammenstanden, wie kleine Familien. Er liebte die Variationen der verschiedenen Farben, wie sie sich von dem feuchten Laubboden abhoben. Stundenlang konnte er so daliegen. Wie konnte etwas, das so schön und unschuldig aussah, so gefährlich sein? Sie waren wie er. Schön und gefährlich. Aber nur manchmal und nur, wenn es gar nicht anders ging. Dann wurde er böse. Sehr böse. Bisher hatte er sich immer beherrschen können. Aber jetzt war Schluss! Er umklammerte den zarten zylindrischen Stil eines Pilzes und riss ihn aus. Dann noch einen und noch einen und noch einen. Sie brachten den Tod. Das war ihre Erfüllung und die seine! Er tötete nur aus gutem Grund und nicht zum Vergnügen. Er war ja nicht verrückt! Langsam würde sich das Gift ausbreiten, sehr langsam, bis es plötzlich zu spät war. Dann kam der Tod.

Kapitel 43

Helen hatte Gerda angerufen, die gerade einkaufen wollte, dann Mina beim Kochen gestört, und schließlich Jeanne. Bei Jeanne war besetzt, das war ein gutes Zeichen. Sie würde rasch den Müll runterbringen und dann gleich ins Dorf zum Bäcker laufen; auf dem Rückweg würde sie auf einen Sprung bei Jeanne vorbeischauen.

Die Treppe war noch feucht, als Helen mit ihrem Müllbeutel aus der Wohnung trat, die Putzfrau musste gerade gegangen sein. Auf dem Weg in den Keller begegnete ihr Eric, der ältere Herr aus der Erdgeschosswohnung. Sie begrüßten sich mit den üblichen Wangenküsschen. Normalerweise hielt sich Helen so kurz wie möglich im Keller auf. Müll weg und fertig. Aber irgendetwas war heute anders als sonst. Ihr fiel auf, dass kein Gerümpel mehr vor der uralten Tür stand, die Helens Neugier schon bei ihrem Einzug erregt hatte. Vorsichtig drückte sie die Klinke hinunter. Die Tür war unverschlossen. Vor ihr lag ein stockfinsterer Gang. Sie zögerte. Sollte sie einfach hineingehen? Sie tastete nach einem Lichtschalter, vergeblich, sie tat einen vorsichtigen Schritt in den Gang hinein.

»Hallo«, rief sie zögernd, und als sie keine Antwort bekam, etwas lauter, »Hallo!« Der Gang schien lang zu sein. Plötzlich hörte sie Schritte! Jemand rannte. Helen lauschte. Die Schritte entfernten sich.

»Hallo?«

Stille.

Helen musste herausfinden, wer da war und wohin der Gang führte. Sie sprintete nach oben in die Wohnung, zwei Treppenstufen auf einmal nehmend, um eine Taschenlampe zu holen. Die Taschenlampe lag im hintersten Winkel, hinter Glühbirnen, Batterien und diversen Elektrowerkzeugen. Den Schrank hatte Gregor noch nicht sortiert. Gerade als Helen die Wohnungstür hinter sich zuziehen wollte, klingelte das Telefon. Ausgerechnet jetzt. Sie nahm ab.

»Helen, ich bin es. Maurice.«

»Hallo Maurice, tut mir leid, ich habe die Macarons noch nicht getestet. Was gibt es denn?«

»Helen, es ist etwas Schreckliches passiert, ich kann dir das nicht am Telefon sagen. Kann ich kurz vorbeikommen?«

»Was ist denn passiert? Ist etwas mit Jeanne?«

»Das erzähle ich dir lieber persönlich. Ich bin in ihrem Haus, ich kann zu dir kommen oder kommst du her?«

»Ich komme!«

Panik ergriff sie, ihr Puls raste.

Sie legte auf, ließ die Taschenlampe fallen, rannte aus der Wohnung, durch den Garten und kletterte über den Zaun. Sie lief Richtung Haus, so schnell sie konnte.

Maurice stand auf der Terrasse und telefonierte. Als er Helen sah, beendete er das Gespräch und ging ihr entgegen. Atemlos stand sie vor ihm.

»Was ist mit Jeanne? Was? Ist sie tot?«

Er sah sie nur kurz an. An seinen Augen sah sie, dass er geweint hatte. Jeanne war tot, sie war sich sicher. Er nickte kurz. Helen konnte sich nicht mehr zurückhalten. Sie fing an zu weinen, und als Maurice sie in seine Arme nahm, wehrte sie sich nicht.

»Was ist passiert? Ich habe vorhin versucht, sie anzurufen, und da war besetzt, ich dachte, sie telefoniert und alles ist in Ordnung. Wann ist sie gestorben? Was ist passiert?«

»Komm, lass uns hineingehen, ich erzähle es dir.«

Behutsam führte Maurice Helen ins Haus. Dort roch es nach frischem Kaffee. In der Küche saß Amel schluchzend am Tisch. Paul stand reglos in einer Ecke und sah aus dem Fenster. Als er Helen und Maurice wahrnahm, verließ er ohne ein Wort die Küche. Maurice schenkte sich und Helen Kaffee ein.

»Soll ich vielleicht besser gehen?«, fragte Helen unsicher.

»Nein, nein, bleib nur. Das ist typisch Paul, beachte ihn nicht. Komm, wir gehen ins Wohnzimmer, dann erzähl ich dir alles.«

Helen nahm auf dem großen cremefarbenen Sofa Platz, wo sie schon so oft mit Jeanne gesessen hatte, und als sie Jeannes rote Strickjacke sah, fing sie wieder an zu weinen.

»Wir haben sie gestern Abend gefunden. Sonntagabends ist das Restaurant ja geschlossen, und Paul wollte hier kochen. Er hat sie im Flur gefunden, anscheinend hat sie versucht, Hilfe zu holen, der Telefonhörer lag neben dem Apparat. Wir haben gleich den Notarzt gerufen, aber der konnte nur noch ihren Tod feststellen. Amel hat erzählt, dass sie sich am Samstag schon nicht wohlgefühlt hat, sie hat über Bauchschmerzen geklagt und sehr viel getrunken. Der Arzt vermutet, dass es ein akutes Nierenversagen war.

Paul und ich haben bereits mit dem Bestattungsunternehmen gesprochen, die Beerdigung findet in zwei Tagen statt. Ich mache mir solche Vorwürfe, weil sie allein gestorben ist, ich hätte sie öfter besuchen müssen. Schrecklich, der Gedanke, dass …« Maurice sprach nicht weiter, Tränen standen in seinen Augen. Helen ergriff seine Hand.

»Danke, Helen, dass du da bist. Schließlich habe ich außer Jeanne niemanden mehr, nur noch Paul, und du weißt ja, wie der ist. Jeanne hat dich sehr gemocht, du warst für sie wie eine Tochter. Auch wenn ihr euch noch nicht so lange kanntet, hast du ihr sehr viel bedeutet.«

»Ich kann das alles nicht glauben, vor ein paar Tagen habe ich noch bei ihr im Garten gesessen. Wären wir nur nicht nach Nizza gefahren, dann hätte ich vielleicht irgendetwas tun können …«

Helen schluchzte. Maurice legte seinen Arm um sie.

Schweigend saßen sie nebeneinander; jeder in Gedanken versunken, trauerten sie um Jeanne.

Als ihr Mobiltelefon klingelte, zuckte Helen erschrocken zusammen. Es war Gregor. Sie ging hinaus auf die Terrasse.

»Hallo, mein Engel, ich habe großartige Neuigkeiten! Degasse ist raus, er hat mir den ganzen Mist mit den E-Mails eingebrockt! Reinhardt auch, aber das erzähl ich dir später! Ist natürlich noch streng geheim. Ich wollte dir das nur schnell sagen. Ist das nicht super, heute Abend lassen wir die Champagnerkorken knallen! Und dann …«

Helen schluchzte.

»Was ist los?«, fragte Gregor besorgt.

»Es ist etwas Furchtbares passiert! Jeanne ist tot.«

»Was?! Wann denn?«

Helen erzählte ihm, was passiert war.

Dann ging sie, ohne sich von Maurice oder Amel zu verabschieden, nach Hause.

Sie musste allein sein. Allein mit ihrem Schmerz.

Kapitel 44

Der dunkelblaue Jaguar hielt vor dem Restaurant. Aerosmiths »*Living on the edge*« dröhnte durch die geschlossene Tür. Gregor, der gerade aus seinem eigenen Wagen ausstieg, wusste schon von weitem, dass dies nur Oliver sein konnte. Die beiden Männer umarmten sich herzlich.

»*Living on the edge* – schön, dich zu sehen. Was hast du in Genf gemacht?«

Oliver grinste.

»Sie ist fast einsachtzig und rothaarig, war Snowboardweltmeisterin und arbeitet jetzt für die Vereinten Nationen. Wir trainieren zusammen für den Norseman Extreme Triathlon, der ist wegen der Wetterbedingungen in Norwegen noch schwieriger als der auf Hawaii. Besonders der Marathon am Schluss, die ersten fünfundzwanzig Kilometer sind eben, den Rest rennt man bergauf, Gaustatoppen liegt 1880 Meter hoch! Und es gibt keine Support-Teams, das heißt, ich muss mir selbst Leute mitbringen, die mich mit Wasser, Essen und dem Rest versorgen.«

»Du bist ja verrückt! Ich komme bestimmt nicht mit.«

»He, wo ist denn Helen?«, fragte Oliver.

»Eine Freundin ist gestorben. Erzähle ich dir alles später! Lass uns reingehen.«

Das Restaurant war voll. Für Gregor und Oliver war ein kleiner Tisch am Eingang reserviert. Gregor sah sich um, Maurice schien nicht im Restaurant zu sein, wahrscheinlich wegen Jeannes Tod. Er war erleichtert, umso mehr konnte er seinen Abend genießen. Der Service und das Ambiente waren perfekt. Oliver ließ sich als Allererstes die Weinkarte bringen und studierte sie ausführlich. Es waren ein paar sehr seltene Weine auf der Liste, unter anderem ein Petrus 1961 für über fünftausend Euro und ein 78er La Tâche von der Domaine Romanée Conti. Aber es gab auch viele sehr gute, erschwinglichere Weine und Champagner auf der Karte. Oliver war begeistert und konnte nicht widerstehen, er bestellte erst einmal eine Flasche Nicolas Feuillatte Palme d'Or Rosé von 2002.

Das Menü des Abends bestand aus fünf Gängen, unter anderem Noilly-Prat-Steinpilzsuppe, Hirschschinken mit Tomme de Chèvre auf Haselnusspüree, Weiße-Trüffel-Ravioli mit Charlottenzwiebeln in Darjeeling-Jus, rosa Entenbrust mit Wildem-Pfifferling-Risotto ... und für den Schluss war eine »Schokoladentraumexplosion« angekündigt. Der erste kleine Gruß aus der Küche, karamellisiertes *Foie-gras*-Püree auf Balsamico und geröstetem Sesam, war schon vielversprechend.

Die beiden hatten sich viel zu erzählen, über Jobs und Karrieren, Kontakte, gemeinsame alte Freunde, Oliver fragte nach Helen und Max. Sie schwelgten in Jugenderinnerungen, amüsierten sich über ihre Streiche. Während Gregor von Max' erster Liebe erzählte und von Helen und Jeanne berichtete, betrat Maurice in Begleitung dreier finster aussehender Männer das Restaurant. Sie gingen direkt Richtung Büro, und Gregor fand, dass er nicht allzu traurig aussah, in Anbetracht dessen, dass seine Tante gerade verstorben war. Oliver folgte seinem Blick.

»War das der Typ?«

»Ja, das war Maurice. Sein Bruder Paul ist der Koch hier, aber er ist wohl etwas schwierig, sagt Helen. Jeanne, von der ich dir erzählt habe – die gerade gestorben ist –, war ihre einzige Verwandte; die beiden haben keine Familie.«

»Dieser Paul ist wirklich ein genialer Koch. Der Hirschschinken war ein Gedicht. Kein Wunder, dass er einen Michelin-Stern hat!«

In dem Moment kehrte Maurice allein zurück in den Gastraum. Er unterhielt sich mit dem Chef de Rang, dann begrüßte er die Gäste an den Tischen und kam schließlich zu Gregor und Oliver. Er gab beiden die Hand und hieß sie freundlich willkommen; fragte Gregor, wie es Helen gehe, und unterhielt sich mit Oliver über Wein.

»Ich muss sagen, Ihre Weinkarte ist sehr beeindruckend! Mich interessieren natürlich die Weine, die nicht auf der Karte stehen. Jedes gute Restaurant hat doch ein paar solche Schätze im Keller. Hätten Sie da etwas Besonderes fürs nächste Mal?«

Maurice lächelte.

»Sie sind ein Kenner. Ich habe tatsächlich etwas, was Ihnen gefallen könnte. Einen Pape Clément könnte ich Ihnen anbieten.«

Oliver überlegte. Das wäre wirklich eine seltene Gelegenheit, der Spaß würde aber mit Sicherheit teuer. Nach einem kurzen Austausch blieb er unverbindlich.

»Vielen Dank, ich werde darüber nachdenken.«

Als der nächste Gang gebracht wurde, verabschiedete sich Maurice.

»Also wenn du mich fragst, wirkt er nicht so, als ob gerade eine nahe Verwandte gestorben sei«, bemerkte Gregor.

»Nein, so sieht er wirklich nicht aus. Ich wundere mich über den Pape Clément. Die gibt es nur sehr selten.« Oliver wirkte in Gedanken versunken.

»Wieso, das ist doch irgendein Burgunder, oder?«

»Bordeaux, und nicht irgendeiner. Vielleicht irre ich mich, aber ich bin mir ziemlich sicher, dass vor ein paar Jahren mehrere Kisten Pape Clément gestohlen wurden, das stand damals im *Feinschmecker*. Im Wert von fast einhunderttausend Euro.«

Kapitel 45

Helen wollte allein sein. Auf dem Balkon stand ein kleiner Tisch mit drei Korbstühlen. In einem davon saß sie, in eine Decke gewickelt, eine halbleere Tüte M&Ms vor sich und die Macarons, die Maurice ihr vor dem Wochenende gegeben hatte. Sie dachte an Jeanne und fühlte sich irgendwie schuldig. Zog sie das Unglück etwa an? Waren ihre unheimlichen Träume daran schuld?

Nein, so durfte sie nicht denken. Jeanne war an akutem Nierenversagen gestorben. Gregor öffnete die Balkontür, stellte ihr eine Tasse Kaffee hin und legte die *Financial Times* daneben. Er küsste sie auf die Stirn und verschwand wieder. Helen griff nach der Zeitung, sie musste auf andere Gedanken kommen. In einer Stunde war die Beerdigung. Und sie konnte nicht so verheult aussehen.

Gregor hatte sich den halben Tag freigenommen und fuhr mit ihr zum Friedhof. Helen war erleichtert, dass er sie begleitete. Eine Gruppe älterer Damen, unter ihnen auch Amel, hatte sich vor der kleinen Kapelle versammelt. Paul und Maurice redeten mit dem Pfarrer. Eigentlich redete nur Maurice mit ihm; Paul sah fast gleichgültig in die andere Richtung, er schien etwas zu beobachten. Als Helen näher kam, löste er sich von der kleinen Gruppe. Eine kleine, von Bäumen gesäumte Allee führte von der Kapelle zu den Gräbern. Paul verschwand hinter einem der Bäume und tauchte mit irgendeiner ausgerissenen Pflanze wieder auf. Er lief an Helen und Gregor vorbei und murmelte etwas vor sich hin. »Artemisia absinthium«, schnappte Helen auf. Sie sah ihm nach, wie er zu seinem Auto ging, einen Lappen herausholte, ihn an einem Wasserhahn befeuchtete, das Kraut einwickelte und im Wagen verstaute.

Mittlerweile waren noch mehr Leute eingetroffen, einige davon kannte Helen vom Sehen, viele waren Nachbarn.

Der Sarg stand in der kleinen Kapelle, umrandet von Rosen in den unterschiedlichsten Farben, Maurice und Paul saßen in der ersten Reihe, dahinter enge Freunde, Helen und Gregor.

Gregor beobachtete Maurice, der sich immer wieder die Tränen abtupfte, und ertappte sich dabei, dass er immer noch Eifersucht verspürte. Paul dagegen wirkte, als sei er gar nicht anwesend. Er hatte nicht eins der Lieder mitgesungen. Als Maurice eine kurze Rede über Jeanne hielt, weinten die meisten der Anwesenden, auch Maurice kämpfte mit den Tränen. Nicht so Paul, der scheinbar ohne jegliche Gefühlsregung dasaß und seinen Bruder anstarrte.

Plötzlich drehte er sich um und sah Gregor direkt in die Augen, dem ein Schauer über den Rücken lief. Als der Sarg aus der Kapelle getragen wurde und die Trauergäste ihm zum Grab folgten, blieb Helen mit ihrem Mann zurück.

»Ich weiß nicht, ob ich das schaffe. Es kommen zu viele Erinnerungen hoch.«

Gregor umarmte sie. Auch ihm ging das Ganze sehr nahe, es erinnerte ihn an die Beerdigung seines Vaters.

»Dann gehen wir zurück, mir geht es auch nicht so gut.«

»Es ist wegen deines Vaters, stimmt's?«

Gregor nickte.

»Lass es uns versuchen, und wenn es nicht geht …«

»Es wird schon gehen«, sagte Gregor gefasst. »Ich bleibe bei dir, mach dir keine Sorgen. Ich hole nur schnell einen Schirm. Es sieht aus, als ob es gleich ein Gewitter gibt.«

Am Himmel schoben sich dunkle Wolken ineinander.

»Helen«, Maurice stand plötzlich hinter ihr, »Gregor! Danke, dass ihr da seid. Begleitet ihr mich zum Grab?«

Helen wandte sich zu Maurice, während Gregor zum Auto eilte. Die Regenwolken wurden immer bedrohlicher. Als Gregor die Trauergemeinde wieder erreichte, war sie schon fast am Grab. Helen ging dicht neben Maurice. Lag etwa ihr Kopf an seiner Schulter? Gregor konnte es nicht richtig sehen, er spannte den Schirm auf und folgte schnellen Schrittes. Die Ruhestätte der Familie Dupont war beeindruckend. Ein riesiger schwarzer Engel stand über dem geöffneten Grab, das etwas abgeschieden lag, umgeben von hohen Zypressen. Gregor schob sich durch die Menge. Der Pfarrer sprach laut und theatralisch. Neben ihm standen Paul und Maurice, und daneben Helen.

Helen sah nur dieses tiefe schwarze Loch. Sie stand so dicht, dass sie hineingefallen wäre, hätte sie noch einen Schritt nach vorn getan. In der Nacht zuvor hatte es geregnet, die Erde unter ihren Schuhen war so nass und matschig. Sie verstand nur die Hälfte von dem, was gesagt wurde, und ihre Gedanken schweiften ab. Bilder von der Beerdigung ihrer Schwester stiegen in ihr auf, der hasserfüllte Blick ihres Bruders, die Gesichter ihrer Eltern, die vor Kummer und Verzweiflung um Jahre gealtert schienen. Das Begräbnis ihrer Mutter, und Jahre später ihr Vater. Nach seinem Tod hatte Helen das Gefühl gehabt, ganz allein und auf sich gestellt zu sein. Sie vermisste ihre Eltern jeden Tag. Als Jeanne in ihr Leben getreten war, hatte sie wieder etwas Mut gefasst, Jeanne hatte diese Leere gefüllt.

Der Sarg wurde hinabgelassen, und als Helen die goldenen Buchstaben auf dem Deckel sah – ›Jeanne, für immer geliebt‹ –, wurde ihr schwindlig. Maurice fing sie gerade noch auf, gleichzeitig schob sich Gregor durch die Menge.

»Komm, ich bring dich nach Hause«, flüsterte Gregor.

»Lass mich, ich muss da jetzt durch. Bleib einfach bei mir. Bitte.«

Helen stützte sich auf Gregors Arm, während die Trauergäste einzeln vortraten, um Abschied zu nehmen, und Blumen oder etwas Erde ins Grab warfen. Maurice hatte eine rote Rose. Als Paul an der Reihe war, gab es ein komisches Geräusch. Helen sah genauer hin – er hatte eine kleine Schachtel ins Grab geworfen.

Der Leichenschmaus fand in Jeannes Haus statt und war ganz anders, als Helen ihn aus Deutschland kannte. Überall standen Blumen, Ella Fitzgerald erklang aus den Lautsprechern, es gab ein Büffet mit kleinen Häppchen und Kreationen, die zweifelsohne Pauls Handschrift trugen. Champagner wurde gereicht, und Maurice begrüßte die Gäste mit einer kleinen Ansprache. Er forderte sie alle auf, Jeannes Leben zu feiern und nicht ihren Tod. Er bedankte sich bei seinem Bruder, bei Amel, bei Helen und dem Hausarzt Dr. Ansart für ihre Unterstützung. Helen sah sich um, sie kannte Dr. Ansart nur vom Hörensagen. Ein graumelierter Mann, Ende fünfzig, der sein Glas erhob und Maurice zunickte, das musste er sein.

Helen stellte sich vor.

»Da lerne ich Sie endlich auch mal kennen, wenngleich unter traurigen Umständen. Jeanne hat mir oft von Ihnen erzählt, Helen.«

»Mussten Sie Jeanne denn oft besuchen, aus gesundheitlichen Gründen, meine ich?«

»Nein. Wir haben gelegentlich zusammen Bridge gespielt.«

»Haben Sie Jeanne nach dem Tod gesehen? Ich will nicht neugierig sein, aber ich kann mir gar nicht vorstellen, warum sie so plötzlich an Nierenversagen gestorben ist. Ich meine, sie war doch nicht ernsthaft krank.«

»Das stimmt, sie war nicht ernsthaft krank, aber sie hatte schon immer sehr niedrigen Blutdruck. Der auch oft schwankte, weil sie ihre Medikamente unregelmäßig genommen hat. Akutes Nierenversagen kann auftreten, wenn die Nieren nicht ausreichend mit Blut versorgt werden.

Und bei einem niedrigen Blutdruck ist das im schlimmsten Fall durchaus möglich. Es gibt keinen Zweifel, dass Jeanne an akutem Nierenversagen gestorben ist, jede Hilfe kam zu spät.«

Sie verabschiedeten sich, und Helen sah, wie er sich das nächste Glas Champagner nahm. Gregor unterhielt sich mit Eric. Eigentlich hätte Helen einen Espresso gebrauchen können. Sie sah sich um, es gab keinen Kaffee, vielleicht in der Küche. Sie wusste, wo alles war, eine Dose mit kleinen Kapseln mit unterschiedlichen Kaffeesorten stand neben der Maschine. Helen griff nach einer Espressokapsel, atmete tief durch und sah aus dem Fenster. Das laute Geräusch der Kaffeemaschine übertönte die Stimmen zunächst, dann aber hörte sie Maurice und Paul, die sich offenbar stritten. Es war nicht richtig auszumachen, woher die Stimmen kamen. Dann entdeckte Helen, dass sie über die offenen Klappen eines alten Lüftungsschachtes in die Küche drangen. Maurice und Paul mussten irgendwo im Haus in der Nähe eines anderen Ausgangs des Lüftungssystems sein. Jeanne hatte ihr mal erklärt, dass das ein ganz altes System sei und eigentlich nicht mehr funktionierte, aber sie habe keine Lust, es herauszureißen. Helen drehte die Lüftungsschlitze weiter auf. Dreck und Staub kamen ihr entgegen. Die Stimmen waren sehr schwer zu unterscheiden. Sie presste ihr Ohr so dicht wie möglich an die Schlitze, hörte aber nur Satzfetzen. Und Schritte. Die beiden liefen vermutlich in einem Zimmer umher.

»Was soll das heißen?«

»Das, was ich gesagt habe.«

»Was war in …?!«

»… die Erlösung …«

»Und … heute?«

»Ich habe Jeanne alles auf einen Zettel geschrieben … einen Abschiedsbrief … ich weiß, dass du … Ich habe ihr einen Abschiedsbrief geschrieben und ... Vergebung ... im Päckchen war die Wahrheit!«

Die letzten Worte wurden förmlich geschrien, und Helen wich instinktiv zurück.

Die Küchentür öffnete sich. Amel kam mit einigen Damen herein.

Helen nahm ihren Espresso und ging auf die Terrasse. Gregor suchte sie schon, er musste ins Büro, versprach aber, nur kurz nach dem Rechten zu sehen und dann wiederzukommen.

Helen blieb allein zurück. Umzingelt von Bäumen, die sich im Wind bogen und etwas zu flüstern schienen.

»Im Päckchen war die Wahrheit.«

Kapitel 46

1983

Er saß auf der Bettkante und zog sich aus. Es war spät geworden, die Hausaufgaben, die er auf dem Gymnasium aufbekam, waren manchmal nicht einfach für ihn. Es gab Tage, da verlor er jeglichen Mut weiterzumachen. Wozu das Ganze? Er hatte das Kostbarste in der Welt verloren, seinen Großvater, seine Mutter, seine Jugend. Aber um keinen Preis der Welt wollte er so enden wie sein Vater. Der Gedanke an den alten Säufer und Tyrannen, der seine Mutter auf dem Gewissen hatte, ließ jeden Selbstzweifel verschwinden. So würde er nicht werden, er ekelte sich vor dem Alten. Nach Mutters Beerdigung waren dessen tägliche Übergriffe aufs Verbale beschränkt geblieben. Wahrscheinlich hatte er Angst, die Jungen würden jetzt zurückschlagen, wenn er handgreiflich würde.

Sein Zimmer war kalt. Er kroch unter die Bettdecke, sein Biologiebuch lag neben ihm, ein paar Seiten musste er noch lesen. Aber nach ein paar Minuten schon hörte er auf, er las und las doch nicht, er sah sich die Diagramme an und sah sie doch nicht – auf jeder Seite sah er das Gesicht seiner Mutter, jedes Wort, das da stand, verwandelte sich in etwas, das sie gesagt hatte, er hörte ihr Lachen, konnte sie riechen. Tränen ließen die Buchstaben verschwimmen; er klappte das Buch zu und legte es weg. Es tat so weh, er vermisste sie so schrecklich. Zusammengerollt auf der Seite liegend machte er das Licht aus. Unter der Verbindungstür zum Zimmer seines Bruders schien noch Licht durch. Auch sein Bruder hatte sich nach dem Tod der Mutter verändert.

Und irgendwie machte ihm das Angst. Sehr viel Angst.

Kapitel 47

Helen ging Pauls Bemerkung, die sie nach der Beerdigung in Jeannes Haus belauscht hatte, nicht aus dem Sinn. Was hatte das zu bedeuten? Die Wahrheit? Welche Wahrheit?

Noch etwas ließ ihr keine Ruhe. Die alte Tür im Keller und der geheimnisvolle Gang oder Raum dahinter. Jetzt war eine gute Gelegenheit, ihre Nachforschungen fortzusetzen, die durch Maurice' tragischen Anruf unterbrochen worden waren.

Sie war allein im Haus. Die Putzfrau war bereits weg und Eric unterwegs zum Wochenmarkt; sie hatte gesehen, wie er mit seinem Korb das Haus verlassen hatte.

Helen zog Turnschuhe an und nahm die Taschenlampe mit. Beim letzten Mal war die Tür offen gewesen; was, wenn sie dieses Mal verschlossen war? Sie nahm noch einen Schraubenzieher und Klebeband mit.

Die Tür war verschlossen. Ohne lange nachzudenken, versuchte sie es mit dem Schraubenzieher. Es gab ein paar Sachen, auf die sie nicht sehr stolz war. Nach dem Tod ihrer Schwester hatte sie ab und zu mit ein paar Typen herumgehangen, die ihr gezeigt hatten, wie man Schlösser knacken konnte. Nach wenigen Sekunden schob Helen den Riegel zur Seite, die Tür war offen. Helen klebte das Schloss mit Klebeband zu, so dass die Tür nicht mehr verschlossen werden konnte. Für alle Fälle. Als sie die Taschenlampe anmachte, lag vor ihr ein langer dunkler Gang. Einen Lichtschalter fand sie auch diesmal nicht. Entweder bedeutete das, dass es noch einen zweiten Eingang gab, oder der Gang war sehr alt. Helen lauschte, alles war still. Sie schätzte, dass sie mindestens hundert Meter durch den kühlen Gang gelaufen war, als sie in einen relativ großen Raum kam, in dem diverse Holzkisten standen. Es waren große Kisten, mindestens dreißig an der Zahl, alle zugenagelt. Sie zögerte einen Moment, aber die Neugierde war größer. Mit dem Schraubenzieher hebelte sie ein paar Nägel der obersten Kiste heraus. Alles, was sie fand, waren in Stroh gewickelte Weinflaschen. Sie verpackte sie wieder und nagelte den Deckel wieder fest. Merkwürdig, warum lagert jemand den Wein in Kisten im Keller, statt die Flaschen in Regale zu legen? In einer anderen Ecke standen Pappkartons. Helen öffnete einen der Kartons. Er enthielt Nummernschilder mit verschiedenen Landeskennzeichen, viele französische, aber auch welche aus Monaco, und Diplomatenkennzeichen. Sie verschloss den Karton vorsichtig wieder. Von dem Raum ging ein kleinerer, schmalerer Gang ab, er wirkte grob gehauen, und Erde lag auf dem Boden. Ein bisschen mulmig war ihr schon, aber es gab kein Zurück, sie musste einfach wissen, wohin der Gang führte. Er war kürzer, als sie erwartet hatte. Plötzlich stand sie vor einer Tür, die seltsamerweise weder eine Türklinke noch ein Schloss hatte. Das heißt, sie konnte nur von der anderen Seite geöffnet und verschlossen werden.

In diesem Augenblick hörte sie ein Geräusch hinter der Tür.

So schnell sie konnte, rannte Helen zurück in den Raum und durch den Gang in ihren Keller. Atemlos zog sie die Tür hinter sich zu. Das Klebeband! Sie zog es rasch ab, machte die Taschenlampe aus und lauschte – Schritte, dann blieb jemand stehen. Vorsichtig versuchte Helen, das Schloss mit dem Schraubenzieher zu verriegeln. Ihre Hand zitterte, jetzt hatte sie doch Angst. Endlich das erleichternde Geräusch des Bolzens, die Tür war zu.

Helen hastete nach oben und ließ sich in den nächsten Sessel fallen. So bald würde sie nicht mehr da hinuntergehen, obwohl sie natürlich wissen wollte, was sich hinter der zweiten Tür verbarg. Sie schreckte zusammen, als es an der

Wohnungstür klingelte. War der Unbekannte aus dem Keller hinter ihr her? Helen schlich sich an den Spion.

Sie war noch nie so erleichtert gewesen, den Briefträger zu sehen.

»Guten Morgen, Frau Ruben, ein Einschreiben für Sie, ich brauche bitte eine Unterschrift.«

Er hielt ihr den elektronischen Block hin.

Der Umschlag war aus weißem, sehr elegantem Papier. Helen befühlte ihn und drehte ihn um. Der Absender war ein Notar in Lyon. Helen ging in die Küche und schlitzte den Brief mit einem scharfen Messer auf. Es war eine Einladung zur Testamentseröffnung in einer Woche.

Kapitel 48

1983

»Ich habe dir hundertmal gesagt, ich will dich nicht im Wohnzimmer sehen, das ist mein Reich!« Sein Vater spuckte die Worte in sein Gesicht. »Hättet ihr euch doch gleich mit eurer Mutter verabschiedet, dieser Schlampe! Du und dein dämlicher Bruder!« Er stand nur wenige Zentimeter vor ihm, sie waren jetzt gleich groß, und er konnte dem Alten direkt in die Augen sehen. Er versuchte, so ruhig wie möglich zu bleiben. In den Augen sah er den Wahnsinnigen, den Abhängigen, den Selbstzerstörer. Aber Angst machte er ihm keine mehr.

Selbstbeherrschung war etwas, was er über Jahre perfektioniert hatte. Deshalb sagte er ganz ruhig: »Vor der Tür steht ein Polizist, der mit dir reden will, du wirst dich jetzt zusammenreißen und ganz ruhig zu ihm gehen. Alter Mann.«

Dann drehte er sich um und verließ das völlig vermiefte Zimmer, das nach kaltem Rauch, dreckiger Wäsche und Alkohol stank. In seinem eigenen Zimmer riss er ein Fenster auf und schnappte nach Luft, dann zündete er sich eine Zigarette an und zog genüsslich daran. Er rauchte nicht oft, er wollte nicht abhängig werden und gelbe Finger und Zähne bekommen wie der Alte.

Sein Vater sprach leise mit dem Polizisten, aber er verstand trotzdem alles. Anscheinend war es in der Kneipe gestern zu einer Schlägerei gekommen, und jemand hatte Anzeige gegen den Alten erstattet. Sollte er doch für den Rest seines Lebens im Knast verrotten! Aber den Worten des Polizisten war zu entnehmen, dass es bei einer Verwarnung bleiben würde.

Er warf seine Zigarette aus dem Fenster, als sein Bruder hereinkam.

»Hör auf damit!«

»Womit?«

»Zu rauchen und den Dreck aus dem Fenster zu schmeißen!«

»Reg dich ab.«

Ein Päckchen reichte etwa einen Monat, aber sein Bruder fand es trotzdem unmöglich, dass er gelegentlich rauchte. Überhaupt hatte sein jüngerer Bruder eine Obsession für alles entwickelt, was mit seinem Körper und der Ernährung zusammenhing. Er trieb in jeder freien Minute Sport und achtete genauestens darauf, was er aß. Vor zwei Tagen waren sie bei Madame Molak zum Essen eingeladen gewesen. Es hatte Fisch gegeben, und sein Bruder hatte sich mit einer Lupe, die er seit Kurzem immer mit sich herumtrug, die Augen des Fisches besehen.

»Wo kommt der Fisch her, Madame Molak?«

»Vom Markt, ganz frisch.« Sie kannte seine Eigenheiten und wunderte sich nicht mehr.

»Der ist nicht frisch. Von welchem Händler kommt er?«

»Wie immer, von Monsieur Polliar. Iss, mein Junge, und mach dir keine Sorgen.«

Madame Molak war schon fast fertig mit ihrem Fisch, während der Junge immer noch den seinen inspizierte.

»Nein, ich esse den Fisch nicht! Man hat Ihnen schlechte Ware verkauft. Die Augen des Fisches sind tot, er ist erblindet, wahrscheinlich durch einen Virus, der Einblutungen in das Gewebe verursacht. Dadurch hat sich sein ganzes Fleisch dunkel gefärbt und ist nicht mehr genießbar.«

Er starrte seinen Bruder fassungslos an. Madame Molak ließ vor Schreck ihre Gabel fallen, stand auf und räumte wortlos den Tisch ab. Dann stellte sie einen Obstauflauf auf den Tisch.

»Gut, dann essen wir direkt den Nachtisch! Ich kann nicht glauben, dass mir Polliar schlechten Fisch verkauft. Dieser Halsabschneider, dem erzähle ich nächste Woche was! Danke, mein Junge. Ich wünschte nur, ich hätte es früher gewusst. Es ist nur schade um die Pilze, die ich in die Soße getan habe. Naja, ein paar Wochen ist ja noch Saison.«

Die beiden Brüder sahen sich an und hatten plötzlich den gleichen Gedanken. Jetzt wussten sie, wie sie ihren Vater ein für alle Mal aus ihrem Leben schaffen konnten.

Zwei Tage später kochten sie ein Forellenfilet, ganz frisch, mit Pilzragout. Die Pfanne mit der Forelle und dem Pilzragout stand in der Küche, als der Alte abends nach Hause kam. Wie immer war er hungrig und machte sich gierig über das Essen her. Die Jungen saßen auf der obersten Treppenstufe im Dunkeln und lauschten.

Jetzt mussten sie nur noch warten.

Aber nicht lange.

Bevor sie drei Tage später in die Schule gingen, tranken sie wie immer schweigend einen großen Milchkaffee in der Küche. Mitten auf dem Tisch stand die leere Pfanne. Es roch noch nach Fisch und Pilzen. Er sah seinen Bruder an und nickte.

»Wir sollten mal nach dem Schwein sehen. Komm.«

Als sie die Tür zum Wohnzimmer öffneten, erschlug sie fast der Gestank. Es war eine Mischung aus Alkohol, kaltem Zigarettenrauch, Urin und Kotze. Der Vater lag leblos in der Nähe der Tür, eine leere Flasche Whisky direkt neben ihm.

Der Arzt wurde gerufen. Aber der war noch bei einer anderen Patientin und ließ sich Zeit. Als er eintraf, war er müde, stellte aber ohne Zweifel den Tod fest.

Der Alte hatte sich zu Tode gesoffen, im wahrsten Sinne des Wortes.

Niemand wunderte sich.

Niemand vermisste ihn.

Madame Morak hatte versprochen, sich um alles zu kümmern. Die Jungen waren ihr dankbar. Zwei Tage später fand die Beerdigung statt. Knapp ein Jahr nach der Mutter den Vater zu verlieren war tragisch, das sagte zumindest der Pfarrer. Die armen Vollwaisen! Gott sei Dank war jemand da, der sich der Armen annahm. Und dann sahen sie sie zum ersten Mal. Die Schwester ihres Vaters.

Schlank, groß, blond und schön.

Jeanne.

Kapitel 49

Außer Helen waren nur Paul und Maurice anwesend. Die Kanzlei des Notars lag mitten in der Stadt, auf der Halbinsel zwischen der Saône und der Rhone. Das Büro war groß, aber chaotisch, überall in den offenen Holzregalen standen Aktenordner, aus denen Papier herausquoll. Helen saß neben Paul. Es war der einzige Platz, der noch frei gewesen war, als sie zehn Minuten zu spät im Büro eintraf.

»Tut mir leid, es gab eine Demonstration, und ich musste einen Umweg fahren.«

»Das weiß man vorher, solche Dinge werden stündlich im Radio ...« Paul wurde von seinem Bruder unterbrochen, der ihn mit dem Ellbogen anstieß.

»Das reicht, Paul! Schön, dass du da bist, Helen.«

Der Notar kam ohne Umschweife zur Sache und legte einen Umschlag auf den Tisch, auf dem eindeutig Jeannes Handschrift zu erkennen war. Er öffnete den Brief, erklärte ein paar rechtliche Sachen auf Französisch und sprach dann überraschenderweise Englisch.

»Madame Dupont hat mich gebeten, ihren letzten Willen in Englisch wiederzugeben, wegen der Anwesenheit von Madame Helen Ruben.«

Paul drehte sich zu Helen um: »*Cela ne peut pas être vrai, maintenant nous devons parler anglais à cause de ...* Jeanne war ja offensichtlich ein großer Fan von dir!«

Helen spürte, wie sie errötete, die Situation war ihr sehr peinlich.

Der Notar bestand auf Englisch, weil Jeanne es so gewollt habe, und fuhr fort:

»Wenn Ihr Euch alle in diesem Büro versammelt, werde ich tot sein. Mein treuer Freund und Berater, Notar Dr. Treca, wird meinen Letzten Willen verlesen. Ich möchte mich bei Euch bedanken, Paul und Maurice, für die Freude, die

Jeannes Tod verkauft werden. Jeanne wollte so verhindern, dass Sie etwas Unüberlegtes tun. Es war ihr wichtig, dass Sie und Paul sich einig sind, was sie mit den Häusern machen möchten.«

Dr. Treca sah die Brüder an und fragte: »Wollen Sie denn verkaufen?«

»Nein«, sagte Paul, noch bevor Maurice antworten konnte.

Maurice sah seinen Bruder kurz an. Das konnte ja wohl alles nicht wahr sein! Er öffnete seinen Hemdkragen und lockerte seine Krawatte.

»Nein, das Haus und das Grundstück werden auf keinen Fall verkauft! Ich möchte es zu einem Restaurant und Hotel umbauen.«

Maurice sah seinen Bruder fassungslos an.

»Von welchem Geld willst du denn den Umbau finanzieren? Wir haben ein Restaurant!«, fuhr er ihn an.

»Ich verkaufe das Chalet in Chamonix und einige der Gemälde.« Paul wirkte sehr gelassen und zufrieden, fand Helen, die nicht wagte, nach dem Wert ihres Anteils zu fragen. Die Spannung zwischen Maurice und Paul war fast körperlich spürbar. Während Paul entspannt auf seinem Stuhl saß, die Beine ausgestreckt und einen Arm auf Helens Stuhllehne ruhend, wirkte Maurice verkrampft. Sein Oberkörper war nach vorne gebeugt. Helen sah, dass er schwitzte und seine Muskeln angespannt waren. Warum hatte ihr Jeanne nur den ganzen Schmuck hinterlassen? Sie hatte das Gefühl, sich zwischen die Brüder gedrängt zu haben. Als ob er ihre Gedanken erraten hätte, wandte sich Dr. Treca nun an Helen.

»Helen, an Sie geht der Schmuck im Wert von etwa fünfhunderttausend Euro, er ist in einem Banksafe aufbewahrt. Den Wert der Kleider, Handtaschen und Schuhe kann ich leider nicht genau schätzen; Jeanne ging es hauptsächlich darum, Ihnen persönliche Dinge zu vermachen. Ich werde Ihnen die Einzelheiten zum Banksafe gleich schriftlich geben, aber Sie können in Absprache mit Paul und Maurice jederzeit die Kleider und Accessoires abholen.«

Helen musste einige Unterschriften leisten, dann überreichte Dr. Treca ihr einen Umschlag und die Schlüssel für den Safe. Maurice und Paul verabschiedeten sich gleichzeitig, und Maurice bat Helen, sich zu melden, wegen der Kleider. Als sie ein paar Minuten später auf die Straße hinaustrat, fuhr Paul auf einem Motorrad davon. Maurice sah ihm nach, anscheinend hatte er auf sie gewartet.

»Helen, ich möchte mich in Ruhe mit dir unterhalten. Komm später vorbei. Ich bin am frühen Abend in Jeannes Haus. Dann kannst du nach den Kleidern und dem ganzen Zeug sehen.«

Er ging, ohne sich von ihr zu verabschieden.

Kapitel 50

Es roch nach Laub. In der Luft hing aber noch ein anderer Geruch, den Helen nicht identifizieren konnte. Sie war über den Zaun geklettert und lief den Weg zum Haus entlang, doch als sie den schmalen Pfad erreichte, der zu dem kleinen Kräutergarten führte, zögerte sie einen Moment. Das letzte Mal, als sie diesen entlegenen Teil des Gartens aufgesucht hatte, hatte sie die unschöne Begegnung mit Paul gehabt. Doch nun fühlte sie sich geradezu magisch angezogen.

Die unterschiedlichsten Kräuter, Pilze und Sträucher standen beieinander.

Helen kniete nieder und roch an den Pflanzen. Die meisten kannte sie nicht. Und dieser Geruch – was war das nur? Zitronenverbene. Helen zerrieb ein Blatt zwischen ihren Fingern. Ein wundervoller Duft. Doch dann fiel ihr Blick auf eine Pflanze am Rande des Beetes, und sie erschrak. War das nicht Blauer Eisenhut? Sie war sich nicht hundertprozentig sicher.

Blauer Eisenhut war sehr giftig und konnte tödlich sein, selbst die Berührung der Blätter war gefährlich, das wusste sie. Umso mehr wunderte sie sich, dass der Stängel leicht abgeknickt war, als ob ihn jemand umgebogen hätte. Vielleicht war es auch ein Fuchs oder irgendein anderes Tier gewesen. Aber was wäre, wenn … Es war zwar unwahrscheinlich, aber was wäre, wenn Jeanne die Pflanze berührt oder sich daran verletzt hatte? War sie vielleicht daran gestorben? Konnte Blauer Eisenhut akutes Nierenversagen auslösen? Helen zog ihr Mobiltelefon aus der Tasche und machte ein Foto von der Pflanze. Das wollte sie später im Internet recherchieren.

Die Terrassentür stand offen, als Helen durch den Garten auf Jeannes Haus zuging.

Maurice stand im Wohnzimmer mit dem Rücken zu Helen und telefonierte. Sie verstand zwar kein Wort, weil Maurice sehr schnell sprach, aber es klang nach einem heftigen Streit. Helen trat einen Schritt zurück und wartete draußen. Kurze Zeit später beendete Maurice das Gespräch und kam mit einem großen Glas Whisky auf die Terrasse. Er war überrascht, Helen zu sehen.

»Tut mir leid, bin ich zu früh?«, fragte sie.

Ohne ihr zu antworten, trank er sein Glas halb leer.

»Nein, du bist nicht zu früh. Im Moment scheint alles in meinem Leben zu spät zu sein.« Er sah sie an. »Willst du auch ein Glas?«

»Nein, ich will gar nicht lange bleiben. Ich wollte nur kurz einen Blick auf Jeannes Sachen werfen, du und Paul habt bestimmt viel zu organisieren. Ich möchte nicht stören.«

Maurice nickte und bedeutete ihr mitzukommen. Es war ein merkwürdiges Gefühl, durch das Haus zu gehen, die große Treppe hinauf zu Jeannes Zimmern. Helen hatte das Gefühl, Jeanne müsse jeden Moment irgendwo hervortreten.

»Du weißt sicher, wo Jeanne ihre Kleider, die Taschen und das ganze Zeug aufbewahrt?«

Er öffnete das Ankleidezimmer und ließ Helen den Vortritt.

»Ich war öfter in ihrem Ankleidezimmer. Aber ich weiß nicht, ob mir die Sachen passen. Es ist mir unangenehm, ihre Schränke zu durchstöbern.«

»Jeanne wollte es so. Sieh dich einfach um, ich bin unten im Büro. Paul ist nicht hier, er hat es mir überlassen, die ganzen Papiere durchzuschauen. Typisch! Wenn er nicht in der Küche ist, geht er fechten, sonst ist er zu nichts zu gebrauchen.«

»Ihr versteht euch im Moment nicht so gut, oder?«

»Hm«, er leerte sein Glas in einem Zug. »Paul ist nicht

einfach, ihm fehlt jegliches Feingefühl und in Situationen wie diesen merkt man das besonders. Der Tod von Jeanne war überraschend, das Ganze hat mich sehr mitgenommen, es geht mir nicht gut. Sie war mir sehr nahe und …« Helen sah Tränen in seinen Augen. »… ich vermisse sie sehr, auch wenn wir nicht immer einer Meinung waren. Sie war eine außergewöhnliche Frau! Aber Paul hat keine Träne vergossen, entweder frisst er alles in sich hinein oder er empfindet wirklich nichts. Auf jeden Fall redet er mit mir nicht darüber.« Maurice fasste sich wieder.

»Es ist schön, dass du hier bist.« Er nahm ihre Hand und wollte sie küssen, doch Helen zog sie weg.

»Tut mir leid, ich wollte dir nicht zu nahe treten. Wir sind selbstverständlich nur Freunde.« Er drehte sich um und verließ das Zimmer.

Helen blieb allein zurück. Jeanne hatte ihre Kleider nach Jahrzehnten sortiert, beginnend mit den Sechzigern.

Die meisten Kleider aus der Zeit sahen zwar toll aus, waren aber mit Ausnahme von einem oder zwei Teilen Helen zu eng. Jeanne musste damals sehr dünn gewesen sein. Sie legte sich einen ganzen Stapel Kleider hin, die sie nacheinander anprobieren wollte. Eine willkommene Abwechslung. Jeanne würde sich sicher freuen, wenn sie ihre Kleider in Ehren hielte. Dafür würde sie sogar ihren Schrank aufräumen!

Maurice saß in Jeannes Büro über Rechnungen, als sein Telefon klingelte. Es war der Papst.

»Was willst du?! Wir haben uns doch vorhin schon gesprochen!«

»Hör zu, ich habe es mir anders überlegt. Ich bin kein schlechter Mensch, und statt dir und deinem Bruder meine Jungs auf den Hals zu hetzen, wird am Montag ein kleiner Artikel in der Zeitung erscheinen!«

»Nein, nein, bitte nicht. Du bekommst dein Geld, das verspreche ich, ich muss nur Paul davon überzeugen, dass …«

»Nein! Ich habe dir schon zu viel Zeit gegeben. Du hast Zeit bis Sonntagmorgen.«

Er hatte aufgelegt.

Maurice warf wütend einen Locher gegen die Wand, dessen Inhalt sich auf dem Teppich verteilte.

Fluchend ließ er sich in den alten Ledersessel fallen. Er vergrub sein Gesicht in den Händen. Tränen der Wut stiegen in ihm auf. Wo sollte er nur so schnell so viel Geld herkriegen?! Er musste eine Lösung finden! Helen – vielleicht würde sie ihm einen Teil von Jeannes Schmuck überlassen, aus Sentimentalität! Es waren ein paar sehr wertvolle Ringe darunter. Er würde sich eine rührende Geschichte einfallen lassen! Er sprang auf und eilte die Treppe nach oben. Helen hatte sein Klopfen nicht gehört. Sie stand vor dem Spiegel in einem von Jeannes Abendkleidern, besetzt mit schwarzen Strass-Steinen, rückenfrei, barfuß, sie sah umwerfend aus. Vom Plattenspieler erklang Nina Simone. Helen erschrak, als Maurice plötzlich hinter ihr stand. Er lächelte sie an. Hatte er geweint, wegen Jeanne?

»Schenkst du mir einen Tanz? Bitte.«

»Ich weiß nicht, das ist doch etwas unpassend.«

»Nein, ist es nicht. Jeanne würde sich freuen, wenn sie hier wäre.«

»Na, gut, nur kurz.«

Er legte seinen Arm um ihre Hüfte und ergriff ihre Hand. Rumba. Helen war überrascht, wie elegant und rhythmisch Maurice sich bewegte. Zum Schluss wirbelte er sie einmal herum und verbeugte sich galant.

»Du tanzt ausgesprochen gut! Tut mir leid, ich habe seit Jahren nicht mehr getanzt und fast alles vergessen.«

»Nein, nein, du bewegst dich wunderbar zur Musik. Das

hätte Jeanne gut gefallen. Du siehst in diesem Kleid übrigens umwerfend aus! Das musst du unbedingt nehmen.«

»Ja, auf jeden Fall. Bist du schon fertig im Büro?«

»Nein, aber ich wollte dich um etwas bitten.«

»Können wir das in der Küche bereden? Ich würde gern etwas trinken.«

Helen ging voraus. Im Kühlschrank stand nur noch eine fast leere Flasche Mineralwasser.

»Warte, ich glaube, Jeanne hat noch mehr im Keller, ich gehe schnell.« Maurice verschwand im Flur. Der Keller? Helen fiel ein, dass sie keine Ahnung hatte, wo in diesem Haus der Keller war. Vielleicht endete hier der lange Gang, den sie vor ein paar Tagen entdeckt hatte? Sie lief in den Flur und sah die halboffene Tür, die perfekt mit der Vertäfelung im Flur verschmolz. Eine Geheimtür! Helen ging die gut beleuchtete Steintreppe hinunter. Modergeruch kam ihr entgegen, der Keller war groß, überall stand irgendwelches Zeug, völliges Durcheinander. Helen konnte Maurice weder sehen noch hören. Leise ging sie weiter und dann sah sie sie: die Tür, die sie vor ein paar Tagen entdeckt und hinter der sie Geräusche gehört hatte.

Ein Verbindungsgang, der offensichtlich noch genutzt wurde. Was hatte das zu bedeuten?! Rasch rannte Helen die Kellertreppe wieder hinauf, sie musste aufpassen, nicht auf ihr Kleid zu treten. Als Maurice zurückkehrte, saß sie am Küchentisch. Ob er wusste, dass sie im Keller gewesen war? Wenn, ließ er sich nichts anmerken. Er stellte die Wasserflasche etwas zu fest auf den Tisch, setzte sich ihr gegenüber und starrte sie schweigend an. Helen wurde etwas nervös.

»Du wolltest mich um etwas bitten?«, unterbrach sie die Stille und schenkte sich Wasser ein.

»Das stimmt. Ich weiß, dass du den ganzen Schmuck von Jeanne geerbt hast, aber es gibt da einen Ring, der meiner

Mutter gehört hat. Ich weiß, es klingt komisch, aber ich hätte ihn gern wieder, aus sentimentalen Gründen, ich habe sonst nichts, was mich an sie erinnert. Selbstverständlich zahle ich dich aus! Sobald ich mit Paul alles geklärt habe – es würde mir sehr viel bedeuten! Allerdings bräuchte ich ihn jetzt, morgen ist ihr Todestag. Ich hatte schon mal mit Jeanne darüber gesprochen, sie wollte ihn mir geben, aber jetzt ist es zu spät.«

Helen war unsicher, sah aber keinen Grund, warum sie ihm den Ring nicht geben sollte.

»Gut. Ich melde mich, sobald ich alles durchgesehen habe.«

»Danke.« Er stand auf. »Ich muss hier noch ein paar Sachen organisieren. Vielleicht kommst du in den nächsten Tagen wieder und packst dir die Sachen ein, die du mitnehmen willst. Ich denke, Paul und ich werden verkaufen.«

»Ich dachte, Paul will nicht verkaufen?«

»Doch, er sieht ein, dass wir das Haus nicht unterhalten können.«

Helen wunderte sich über den schnellen Meinungswechsel, sagte aber nichts dazu. »O.k., ich ziehe mich rasch um und gehe dann.«

Helen ging nach oben, legte Jeannes Kleid ab und schlüpfte wieder ihre eigenen Sachen. Als sie wenige Minuten später wieder nach unten kam, saß Maurice noch immer in der Küche. Sie verabschiedete sich und ging. Er drehte sich noch nicht mal um.

Das zersplitternde Glas hörte Helen nicht mehr.

Maurice hatte mit voller Wucht einen Stuhl in eine der Glasvitrinen geschleudert.

Kapitel 51

Eisenhut. Helen saß wie gebannt vor ihrem Computer. Die Symptome, die nach einer Vergiftung mit Eisenhut auftraten, ähnelten denen eines akuten Nierenversagens: Übelkeit und Erbrechen, Koliken und Frösteln. Helen starrte auf den Bildschirm. Könnte Jeanne tatsächlich daran gestorben sein? Und wenn ja, war es ein Unfall oder Absicht? Oder gar Mord?! Unmöglich, niemand hätte einen Grund, Jeanne umzubringen. Oder doch? Sie klappte ihr Laptop zu. Das war absurd! Jeannes Hausarzt könnte ihr vielleicht Auskunft geben, aber das durfte er eigentlich auch nicht, weil sie keine Angehörige war. Sie würde einen Termin bei Dr. Ansart machen. Heute war Sonntag, montags war in Frankreich fast alles geschlossen. Also frühestens am Dienstag.

Gregor spielte heute mit seinem Chef außerhalb von Lyon Golf und würde erst am späten Abend wieder da sein.

Plötzlich stand Max in der Tür.

»Ich dachte, du lernst, schreibst du nicht morgen eine Bio-Klausur?«, fragte sie.

»Doch, aber ich brauche mal eine Pause. Kochst du mir was?«

Helen durchsuchte ihren Kühlschrank. Konnte Paul hinter Jeannes Tod stecken?

Sie schob den Gedanken beiseite, doch er schlich sich immer wieder in ihr Bewusstsein. Der ambitionierte Koch, der erheblich vom Tod seiner Tante profitiert hatte und sich mit Pflanzen auskannte. Aber würde er so weit gehen?

Irgendwann in der Nacht kam Gregor nach Hause, sie wurde kurz wach, als er seinen nackten Körper an sie schmiegte.

Kurz nach halb sieben wurde Helen von Geräuschen im Bad geweckt. Gregor sang unter der Dusche.

Helen stand auf, schlurfte in die Küche. Max saß gähnend über einem Buch, als sie kam, klappte er es zu. Sie gab ihm einen Kuss und fragte: »Immer noch beim Lernen?« »Klar«, antwortete Max verschlafen. »Aber ich glaub, ich kann jetzt alles.«

Helen kochte Kaffee, zog sich an und holte die Zeitung von draußen, die Max sich sofort griff. Zu ihrer Überraschung erschien in diesem Augenblick Gregor in Unterhosen und mit dem Bügelbrett in der Küche.

»Was machst du denn da?«, fragte sie.

»Mein blaues Hemd ist nicht gebügelt, ich brauche es heute.«

»Du hast mindestens zwanzig im Schrank, nimm ein anderes.«

»Nein, es muss dieses sein, ich brauche eins für Manschettenknöpfe. Du hättest es ja schon vor einer Woche bügeln können, ich habe es aus einem gigantischen Haufen gewaschener Wäsche rausgezogen. Sieh es als eine gute Übung für mich, etwas entspannter zu werden.«

»Was ist dir denn über die Leber gelaufen? Beim Golf verloren?«

»Sorry, ja, und wie. Baumgärtner ist ein super Spieler; ich war mit Abstand der Letzte, das ist mir noch nie passiert.«

»Hört mal«, unterbrach Max. »Hier steht etwas von dem Restaurant, in dem du immer deinen Kochkurs machst, ›Paul & Maurice‹, angeblich müssen sie ein paar Tage schließen, wegen Umbauarbeiten.«

Er schob Helen die Zeitung hin und verschwand in seinem Zimmer.

Es stimmte, was Max gesagt hatte, aber Maurice hatte gar nichts von Umbauarbeiten erwähnt.

»Als ich mit Oliver da war, sah alles perfekt aus. Die müssen ja in Geld schwimmen, so voll wie der Laden war und bei den Preisen. Aber dieser Maurice ist mir irgendwie suspekt!«

»Bist du etwa eifersüchtig?«, neckte Helen ihn.

Gregor machte eine ausladende Handbewegung und verbeugte sich vor ihr. Mit einem stark französischen Akzent sagte er:

»Aber, Madame, natürlich würde ich mich duellieren, wenn man es wagen würde, mein wundervolles Weib anzufassen. Ein Gregor Ruben lässt sich doch nicht von einem schmierigen Macaronsdackel zum Narren halten. Und jetzt entschuldigen Sie mich, Madame, die Arbeit ruft, und ich muss mich noch ankleiden. Eines meiner unzähligen blauen Hemden soll es heute sein. Madame werden doch nicht denken, dass ich halbnackt zu meinen Lakaien galoppiere!«

Damit verschwand auch Gregor aus der Küche.

Helen musste lachen. Sie las den Zeitungsartikel noch einmal durch. Um was für Umbauarbeiten es sich hier wohl handelte?

Plötzlich fiel ihr der Ring ein! Das hatte sie völlig vergessen, sie musste sofort mit Maurice reden! War heute nicht der Todestag seiner Mutter?

Sie wartete, bis Gregor und Max das Haus verlassen hatten, und rief dann Maurice auf seinem Mobiltelefon an, aber er antwortete nicht. Ohne eine Nachricht zu hinterlassen, legte sie auf. Sie würde es später nochmals versuchen. Jetzt wollte sie erst eine Runde laufen. Unterwegs kamen ihr wieder Jeanne und Paul in den Sinn. Irgendetwas stimmte da nicht, sie musste mit Maurice über Jeannes Tod reden.

Auf dem Rückweg kaufte sie sich eine *Financial Times* und ein Croissant.

Mehr unbewusst als bewusst las sie beim Frühstück die Stellenanzeigen. Sie würde gerne wieder arbeiten. Ihr Französisch war zwar sicher noch nicht gut genug, aber in Lyon gab es genügend internationale Firmen. Eine neue Herausforderung würde sie auch ablenken. Aber sie wollte keinen großen Konzern, eher ein kleineres Unternehmen. Eines mit Persönlichkeit. Sie war offen für Neues.

Sie räumte rasch die Wohnung auf und bereitete das Mittagessen für Max vor. Während der ganzen Zeit dachte sie an Jeanne.

Es war nach zwölf Uhr, als sie erneut versuchte, Maurice zu erreichen, wieder vergeblich. Sie würde zuerst in Jeannes Haus nachsehen und dann einfach mal im Restaurant vorbeigehen.

Wie immer kletterte sie über den Zaun, lief durch den Garten und einmal ums Haus herum. Alles war fest verschlossen, sie klingelte, nichts regte sich. Also war er vermutlich im Restaurant.

Maurice' Wagen stand auf dem Parkplatz. Die Tür des Restaurants war verschlossen. Als Helen klopfte, öffnete ihr einer der Köche. Maurice sei in seinem Büro. Helen hörte ihn lautstark reden. Kurze Zeit später stürmte der Souschef heraus, der Ärger stand ihm ins Gesicht geschrieben. Ihm folgten einige Mitarbeiter, die Helen vom Sehen kannte.

»Geht alle und lasst mich in Ruhe!«, brüllte Maurice hinter ihnen her.

Nichts deutete hier auf Umbauarbeiten hin. Sie warf einen Blick in die Küche, Paul war nicht da. Sie zögerte, sie kam offensichtlich ungelegen, vielleicht sollte sie besser wieder gehen. Aber sie schob ihre Zweifel beiseite.

Je mehr sie sich dem Büro näherte, umso deutlicher konnte sie Maurice hören, er sprach Französisch.

»Es tut mir leid, aber wir hatten einen größeren Wasserschaden in der Küche und brauchen einige Tage, um … nein, nein, selbstverständlich reservieren wir Ihnen einen Tisch, sobald der Schaden behoben ist.« Ein zweites Telefon klingelte, und er hob ab, nachdem er am anderen Apparat aufgelegt hatte. Er sprach schnell und erregt. Er schrie fast ins Telefon. Helen beschloss, vor der Tür zu warten. Im Flur stand ein metallener Rollwagen, einige Kisten standen darauf und irgendwelche Metallschüsseln, in Folie gewickelt, Helen setzte sich daneben. Redete er mit den Handwerkern? Die meisten Wortfetzen verstand sie.

»Was soll denn jetzt passieren … Ich weiß, dass du mich gewarnt hast! Verdammt … Wir haben uns ewige Verbundenheit geschworen und jetzt … Ich habe das Geld nicht! Wie oft soll ich dir das noch sagen … Ich habe alles getan, was ich konnte! Die Alte hat das Testament kurz vor ihrem Tod geändert … Verdammt! Ich wünschte, ich hätte früher gehandelt!«

Helen konnte nicht glauben, was sie da hörte. Was genau meinte Maurice damit? Sie musste raus hier, und zwar schnell! Als sie aufsprang, fiel eine der Metallschüsseln klirrend zu Boden. Sie rannte den schmalen Gang entlang, doch sie hörte Maurice hinter sich und fühlte gleich darauf seinen festen Griff um ihren Arm. Sie sah seinen wütenden Blick, sein Atem roch nach Whisky.

»Lass mich los!«

»Warum? Damit du wegrennst? Was willst du überhaupt hier?«

»Ich wollte dir den Ring geben, von deiner Mutter. Wenn du mir sagst, wie er aussieht, kann ich ihn holen.«

»Lüg mich nicht an! Komm mit!«

Er zerrte sie in sein Büro, schubste sie in den Stuhl vor seinem Schreibtisch und schloss die Tür ab.

»Bitte, Maurice, ich wollte dir nur sagen, dass du den Ring haben kannst.« Sie versuchte, so ruhig wie möglich zu klingen.

»Wie lange bist du schon hier?«

Er setzte sich auf den Schreibtischstuhl und fixierte sie.

»Nicht lange, ein paar Sekunden. Ich wollte gerade klopfen, da fiel die Schüssel runter.«

»Und wie bist du reingekommen?«

Jetzt nur nicht in die Falle tappen, sie wusste, dass einer der Köche hinter sich abgeschlossen hatte, und sicher wusste das auch Maurice.

»Ich bin rein, als dein Personal ging, und bin dann direkt auf die Toilette gegangen.« Sie wich seinem bohrenden Blick aus.

Er lehnte sich entspannt zurück.

»Ach so, dann ist ja alles in Ordnung! Meine süße Ganache.«

»Ich muss aber jetzt gehen, ich melde mich später noch mal wegen des Rings.« Helen ging zur Tür. Doch Maurice versperrte ihr den Weg.

»Du lügst mich an.« Er streichelte ihr über die Wange.

»Was soll der Blödsinn!? Lass mich sofort raus! Du machst mir keine Angst!«

Helen zerrte an der Tür, aber Maurice war stärker. Er stieß sie zurück in den Stuhl.

»Ich bin sicher, dass du das Telefongespräch mitgehört hast, und dein Französisch ist gut genug, um zu verstehen, worum es ging. Und außerdem, was schnüffelst du in Jeannes Garten herum? Als du gestern ins Haus kamst, konnte ich riechen, dass du an der Zitronenverbene gewesen warst. Wahrscheinlich hast du auch die anderen Pflanzen gesehen?«

Helen sah ihn voller Entsetzen an.

»Hast du die anderen Pflanzen gesehen?«, brüllte er sie an.

Helen nickte.

»Du hast also die wunderschönen Pfifferlinge gesehen?«

Er sprach langsam, aber in seinem Blick lag etwas Irres. Sie musste sich ruhig verhalten, er war unberechenbar.

Plötzlich zog er eine Pistole aus der Schreibtischschublade, schraubte einen Schalldämpfer auf den Lauf und richtete sie auf Helen.

Dann öffnete er einen kleinen Metallkasten hinter seinem Schreibtisch, ohne Helen aus den Augen zu lassen, drückte ein paar Knöpfe und schloss den Kasten wieder.

»Das ist die Zentralverriegelung. Alle Türen sind zu, und die Alarmanlage ist eingeschaltet. Hier kommt keiner rein und auch keiner raus! Gib mir dein Handy!«

Helen zögerte.

»Sofort! Ich weiß, dass du es immer dabeihast, und ich will dir ungern die hübschen Fingerchen brechen!«

Helen schob es ihm hin, er nahm es und schmetterte es gegen die Wand, dass es zersprang. Er sprang um den Tisch herum und hielt die Pistole an Helens Kopf. »Nicht bewegen! Es wäre schade um den schönen Kopf und meine Tapete.«

»Maurice, hör bitte auf. Das bringt doch nichts!«, flehte sie.

»Halt den Mund!«, schrie er und schlug Helen ins Gesicht.

Ihre Nase fing an zu bluten und ihre Wange brannte wie Feuer. Helen rührte sich nicht vor Angst.

Dann legte er die Pistole ab und nahm eine Rolle Klebeband, zerrte ihre Arme nach hinten und klebte sie mit dem Band zusammen. Einen Streifen riss er ab und klebte ihr ihn auf den Mund.

»Damit du mir nicht mehr widersprechen kannst!«

Er setzte sich, nahm seine Pistole und richtete sie wieder auf Helen.

»Ich würde dir gern etwas Pilzrisotto anbieten, aber es ist leider nichts mehr übrig. Jeanne mochte es sehr. Eigentlich war es ganz einfach. Diese aromatischen Pfifferlinge haben ein paar sehr giftige Verwandte, die den jungen Pfifferlingen zum Verwechseln ähnlich sind … Und mit dem neuen Pacojet kann man daraus ein traumhaftes Mousse fabrizieren. Es schmeckt hervorragend. Ist aber leider tödlich. Und zu meinem Glück schwer nachweisbar! Jetzt haben wir etwas Zeit, und …« Das Telefon klingelte. Helen geriet in Panik. Ihr schlimmer Verdacht hatte sich also bewahrheitet: Jeanne war ermordet worden. Fieberhaft überlegte sie, wie sie Maurice entkommen konnte. Maurice schleuderte das Telefon zu Boden.

»So, jetzt werden wir nicht mehr gestört! Ich musste Jeanne umbringen, es gab keine andere Möglichkeit, ich brauche ihr Geld!« Sein Blick war eiskalt, und Helen wusste, dass ihre Chance gering war, hier lebend rauszukommen.

»Paul hatte keine Ahnung, ich habe die Giftpilze später ins Essen gerührt. Dieser emotionale Krüppel! Alles, wofür er lebt, ist Kochen! Essen und seine Kräuterküche! Natürlich ist er ein Genie, aber er sieht nicht, was dieser ganze Laden kostet, das Leben, alles hier!« Er trank einen Schluck Whisky, ohne die Pistole oder den Blick von Helen abzuwenden. Er schien gefährlich.

»Ich habe viele schreckliche Dinge in meinem Leben gesehen, Helen, zu viele! Mein Vater hat meine Mutter missbraucht und misshandelt, vor unseren Augen. Ich habe versucht, sie zu schützen, aber ich habe versagt! Ich kam ins Heim und wurde missbraucht. Aber hat es mir geschadet?! Nein. Ich habe gelernt zu kämpfen und zu überleben! Nur ums Überleben geht es! Mein Überleben! Mein Restaurant! Dafür würde ich alles tun! Alles! Das lasse ich mir auch nicht von einer Frau zerstören! Nicht von dir, nicht von Catherine. Sie war meine große Liebe. Als ich dich zum ersten Mal sah, dachte ich, sie wäre zurückgekommen, so ähnlich seht ihr einander. Aber dann habe ich mich irgendwann daran erinnern müssen, dass sie tot ist. Sie hat mich verlassen. Ein großer Fehler, sie hatte einen tödlichen Autounfall. Das erledigt mein Freund, mein Blutsbruder, der Papst.«

Er trank noch einen Schluck. Und wählte eine Nummer auf seinem Handy, aber anscheinend sprang nur der Anrufbeantworter an, denn Maurice sagte nur: »Ruf mich zurück! Ich habe hier eine schöne Frau, die leider zu viel weiß!«

Dann wandte er sich wieder Helen zu, die immer panischer wurde. Maurice war wahnsinnig!

»Ich kann kein Risiko mehr eingehen. Du wirst hierbleiben, bis ich eine Lösung gefunden habe. Einstweilen erzähle ich dir noch ein bisschen aus meinem Leben.« Er trank einen Schluck, diesmal direkt aus der Flasche. »Meine liebe Ganache, du weißt einfach zu viel! Vor ein paar Tagen hast du den Verbindungsgang zwischen deinem Haus und Jeannes Haus entdeckt. Dieser Gang wurde während des Krieges gebaut, dort wurde alles versteckt, was den Deutschen nicht in die Hände fallen durfte. Außerdem war es ein Fluchtweg. Jeanne dachte, er sei halb eingestürzt. Ich habe dich gehört, erst war ich mir nicht sicher, ob du es bist oder einer von Sebastians Männern, die Gesandten des Papstes.«

Er lächelte: »Ich war ebenfalls im Keller, als ich ein Geräusch von der anderen Seite der Tür hörte. Dann habe ich die Fußspuren gesehen, das konnten nur deine gewesen sein. Die Kiste hast du auch nicht besonders geschickt wieder zugemacht. Du hast mein Versteck enttarnt. Ich lagere hier unbezahlbar teure Weine, die auf nicht ganz legalen Wegen in meinen Besitz gekommen sind und die nur an bestimmte Kunden gehen, und natürlich die Nummernschilder, aber das ist eine andere Geschichte.« Er nahm einen gewaltigen Schluck aus der Flasche. Dann fuhr er fort. Die Pistole war immer noch auf Helen gerichtet.

»... akutes Nierenversagen! Arme Jeanne, ein qualvoller Tod. Aber sie musste nicht allzu lange leiden. Ich habe mich persönlich davon überzeugt! Du warst mit deinem Mann an der Côte d'Azur, Amel hatte frei, und als ich hörte, dass sie sich nicht wohl fühlte, wusste ich, es war so weit! Endlich, das war eine Erleichterung! Ich habe noch ein paar Stunden gewartet und bin dann durch den Verbindungsgang ins Haus, da kam sie schon angekrochen. Röchelnd lag sie vor mir auf dem Boden, wie ein Wurm! Widerlich! Versteh mich nicht falsch, ich habe sie respektiert, aber ich mochte sie nicht. Schon seit sie bei der Beerdigung meines Vaters aufgetaucht ist, mit ihrem reichen Mann und ihren schönen Kleidern, hat sie mich geschnitten, sie mochte nur Paul! Wahrscheinlich hat sie die Abgründe meiner Seele erkannt!« Er lachte kurz und bitter. »Und jetzt wird es Zeit, dir diese Abgründe zu zeigen!«

Kapitel 52

Die Klausur war besser gelaufen, als Max gehofft hatte. Heute hatte er als Letzter die Klasse verlassen, sein Mathematiklehrer hatte ihn um ein Gespräch gebeten. Max mochte Mathe sehr gerne. Oft langweilte er sich und bekam Zusatzaufgaben. Überhaupt interessierten ihn Zahlen. Umso mehr freute er sich, dass sein Lehrer ihm einen Platz in einem mathematischen Forschungscamp im CERN, dem europäischen Kernforschungszentrum in Genf, besorgt hatte. Einige aus den höheren Klassen waren im vorigen Jahr dort gewesen und begeistert zurückgekommen. Er konnte es kaum abwarten, seinen Eltern davon zu erzählen. Das Camp fand im Februar statt, würde eine Woche dauern, und er würde von der Schule Sonderurlaub bekommen.

Es roch nach Quiche, als er die Wohnungstür öffnete. Er rief ein paarmal nach seiner Mutter, aber sie war nicht zu Hause. Merkwürdig, kein Zettel! Max schaltete den Backofen ein, um die Quiche zu wärmen. Dann fuhr er Helens Laptop hoch, das auf dem Küchentisch stand. Er wollte gerade auf Facebook gehen, als Skype sich meldete. Es war Mina, Helens beste Freundin.

»Hi Mina, hier ist Max. Mama ist nicht da.«

»Hallo Max, schön, dass ich dich auch mal dran habe. Helen und ich waren eigentlich für diese Uhrzeit verabredet, sie sagte, es sei sehr dringend, sie brauche meinen Rat. Ich mache mir etwas Sorgen, weil sie befürchtete, dass Jeanne vielleicht ermordet – vergiftet – worden sei, und sie müsse das herausbekommen. Ich hoffe, sie macht keinen Blödsinn!«

»Was!? Jeanne vergiftet, wie kommt sie denn da drauf?« Max wunderte sich. »Ich weiß nicht, wo sie gerade sein könnte. Höchstens in Jeannes Haus oder im Restaurant.«

»Versuch bitte mal, Helen auf dem Handy anzurufen. Ich bleibe solange in der Leitung.«

Max griff zum Hörer der Festleitung und wählte.
»Da springt nur der Anrufbeantworter an!«
»Hm. Traust du dich, mal nebenan nachzusehen, bei Jeanne?«
»Warum nicht? Und wenn sie da nicht ist, ruf ich Papa an, der kann beim Restaurant vorbeifahren.«
»Max, sie soll mich unbedingt anrufen, wenn sie wieder da ist! Bitte!«
Max legte auf, zog seine Turnschuhe an, schaltete den Backofen aus und ging los. Die Quiche konnte warten. Das war ein kleines Abenteuer, bei Jeanne über den Zaun zu klettern. Er kam sich vor wie ein Einbrecher, als er auf der Terrasse stand und durch die Scheibe spähte. Im Haus war kein Licht und es wirkte leer, er klopfte ein paarmal und rief laut Helens Namen. Dann sah er an der Vorderseite des Hauses nach und klingelte, aber niemand antwortete. Sollte er doch seinen Vater anrufen? Oder war das etwas übertrieben, vielleicht war sie nur einkaufen? Er kehrte auf demselben Weg, den er gekommen war, zurück in die Wohnung, doch Helen war inzwischen nicht eingetroffen. Er kickte seine Turnschuhe in die Ecke, nahm das Telefon und rief Gregor an.

Kapitel 53

Ein Klopfen an der Tür unterbrach Maurice.

»Verdammt! Wer ist denn da!?«

Maurice verließ das Büro. Das war ihre Chance! Helen kippte ihre Füße so, dass sie aus ihren Ballerinas schlüpfen konnte, jetzt würde sich der qualvolle, regelmäßige Gymnastikunterricht auszahlen, den sie als Kind hatte über sich ergehen lassen müssen.

Sie versuchte, mit den Zehenspitzen den kleinen Brieföffner zu angeln, der auf seinem Schreibtisch lag. Es war schwieriger als gedacht, aber sie musste es schaffen! Sie hörte, wie Maurice seelenruhig mit jemandem sprach. Der Brieföffner lag nah an der Kante, aber ihre Zehen griffen immer wieder ins Leere. Vor Verzweiflung und Angst stiegen Tränen in ihr auf. Sie musste es schaffen, schnell! Maurice schloss die Tür ab, sie hörte seine Schritte im Flur. Der Brieföffner fiel herunter, jetzt musste sie zugreifen! Und dann hatte sie ihn, schob ihn in ihre Ballerinas und schlüpfte wieder hinein – die Tür ging auf. Maurice war zurück und warf einen Stapel Briefe auf den Schreibtisch. Dann kam er langsam auf sie zu.

»Jetzt ist aber Schluss …«

Das Mobiltelefon klingelte, Maurice sah die Nummer an und hob ab, ohne Helen aus den Augen zu lassen.

»Ja, ich habe sie hier. Sie weiß zu viel, sie kennt den Keller und weiß, dass ich Jeanne umgebracht habe. Sie muss verschwinden … Ja … gut!«

Er legte auf.

»Es ist wirklich schade um dich! Sebastians Männer holen dich nachher ab, du wirst einen tödlichen Autounfall haben. Niemand wird Verdacht schöpfen. Los, steh auf! Vorwärts!«

Er drängte Helen mit der Pistole in der Seite die Kellertreppe hinunter. Der kleine Brieföffner drückte sich bei jedem Schritt in ihre Fußsohle. Dann packte er sie und stieß sie in den Vorraum des Kühlraums, sie fiel zu Boden.

»Hier wird dich niemand hören. Leb wohl, meine Ganache!«

Er grinste sadistisch. Wie sehr hatte sie sich getäuscht in ihm!

Maurice kontrollierte noch mal die Klebebänder, dann spürte sie einen Schlag auf den Kopf und alles wurde schwarz.

Als sie wieder zu sich kam, schmerzte ihr Kopf, und es dauerte einen Moment, bis sie wusste, wo sie war und warum. Um sie herum waren Dunkelheit und Stille.

Sie lauschte, wollte sicher sein, dass er nicht zurückkam. Vielleicht saß er aber auch vor der Tür. Sie hatte keine Ahnung, wie lange sie bewusstlos gewesen war. Zwei Minuten, zehn Minuten, eine Stunde. Sie zitterte am ganzen Körper, und ihr Herz schlug laut. Da fiel ihr der Brieföffner ein.

Sie zog die Ballerinas aus und rutschte sich so zurecht, dass sie den Brieföffner in ihre Hände schieben konnte. Sie schob ihn hin und her, damit er schräg in das Klebeband stach, aber mit den Händen auf dem Rücken war es anstrengend. Immer wieder versuchte sie es; Blut lief an ihren Fingerspitzen herunter. Endlich gab das Band nach. Helen riss sich das Klebeband vom Mund und atmete tief durch. Dann griff sie nach dem Brieföffner und versuchte, sich zu orientieren, wo war die Tür in diesem Raum? Helen tastete sich vorsichtig auf den Knien vorwärts, bis sie eine Wand berührte.

Wo war denn nur diese verdammte Tür!? Oder wenigstens ein Lichtschalter? Panisch suchte Helen weiter. Wenn nur nicht ihr Kopf so weh täte. Da – endlich, sie hatte die Tür gefunden und den Lichtschalter. Im Licht sah Helen, dass ihre Hände blutverschmiert waren. Sie hatte eine klaffende Wunde am linken Daumen und fühlte auf ihrem Hinterkopf eine große Beule, die offensichtlich auch blutete, ihre Haare waren verklebt.

Die Tür war verschlossen. Sie versuchte, das Schloss mit dem Brieföffner zu knacken, hielt jedoch inne. Was, wenn Maurice direkt vor der Tür saß? Sie brauchte eine Waffe! In den Regalen standen verschlossene Kisten. Helen öffnete eine: Schokoladenpastillen. Die nutzten ihr jetzt gar nichts und nach den Etiketten zu urteilen, waren in den anderen Kisten auch irgendwelche Süßigkeiten. Der Kühlraum. Vielleicht war da etwas Brauchbares. Helen öffnete so leise wie möglich die schwere Metalltür. Links und rechts in den Regalen standen diverse Lebensmittel, und am Ende eine riesige Gefriertruhe. Gefrorener Fisch, Fleisch, Beeren – Helen griff sich eine gefrorene Kalbshaxe.

Das Schloss war schwer zu öffnen, lange stocherte Helen darin herum, bis sie das erlösende Knacken hörte. Leise öffnete sie die Tür, die schwere Kalbshaxe in der rechten Hand. Der Flur war dunkel. Sie erinnerte sich, dass es irgendwo einen Lieferanteneingang gab, hinter der Küche war eine Tür, die in eine kleine Seitenstraße führte. Sie schlich sich die Treppe hoch, vorbei an Maurice' Bürotür bis zur Küche, in der Licht brannte. Sie wartete einen Moment und lauschte, niemand schien da zu sein. Helen beeilte sich, sie musste es versuchen! Es war eine Metalltür mit einem eigenartigen Riegel, vorsichtig versuchte sie, ihn zu öffnen. Plötzlich erscholl ein ohrenbetäubender Alarm. Aber so plötzlich, wie er angefangen hatte, endete er auch wieder. Dann ging das Licht aus. Helen zerrte verzweifelt an der Tür.

Schritte näherten sich. Sie griff nach der gefrorenen Haxe, die sie vor Schreck hatte fallen lassen, und tastete sich zurück Richtung Küche. Wenn Maurice jetzt hinter ihr her war, war der kleine Gang ihr Todesurteil. Sie musste einen anderen Ausweg finden. Kaum hatte sich die Schwingtür hinter ihr geschlossen, hörte sie ihn.

»Hallo, meine süße Ganache. Ich weiß nicht, wie du es geschafft hast, aus dem Keller zu kommen, aber die Küche wirst du nicht lebend verlassen!«

Er lallte, offensichtlich war er betrunken. Die Küche war dunkel, bis auf zwei rote Lämpchen an irgendwelchen Geräten. Helen hielt sich geduckt, sie hielt in der einen Hand die Haxe und in der anderen den Brieföffner. Sie wagte kaum zu atmen, während ihr Herz so heftig schlug, dass sie das Gefühl hatte, auch Maurice müsse es hören. Die Schritte kamen immer näher. Dann roch sie den Whisky. Blitzschnell stand sie auf und schlug einmal um sich. Der gefrorene Knochen traf hart und schnell. Er schrie auf. Helen rannte los, sie wusste nicht wohin.

»Ich bring dich um!«, brüllte Maurice.

Geschirr fiel zu Boden, und Helen spürte, dass sie in die Scherben getreten sein musste, ihr Fuß tat höllisch weh, aber sie musste ihm entkommen. Warum nur hatte sie die Schuhe im Keller gelassen?! Immer wieder versperrte ihr Verfolger den Weg, sie konnte ihn fühlen, riechen.

Da legten sich zwei Hände um ihren Hals und drückten zu. »Lass alles fallen! Oder ich drücke fester zu!«, hauchte er in ihr Ohr. Der Gestank von Alkohol brannte sich in jede Pore ihres Gesichts. Helen gehorchte und ließ Haxe und Brieföffner fallen.

»Ich habe dich unterschätzt! Bist wohl ungeduldig geworden. Aber mach dir keine Sorgen, du wirst gleich abgeholt.« Er lachte hämisch. »Weißt du, warum er der Papst heißt? Als er ins Heim eingeliefert wurde, waren seine Schuhe blutrot, getränkt mit dem Blut des Mannes, den er umgebracht hatte. Rote Schuhe, wie der Papst sie trägt! Los, komm!« Er griff ihre beiden Arme und hielt sie mit einer Hand auf ihrem Rücken zusammen, so fest, dass Helen vor Schmerzen aufschrie. Dann spürte sie die Pistole an ihrem Kopf.

»Lass mich los! Ich werde nichts sagen, bitte!«, flehte sie ihn an.

»*Lass mich los, bitte!*« äffte er sie nach. »Halt die Klappe! Du bist wie Catherine, die hat auch so viel geredet!«

Plötzlich drang eine vertraute Stimme an Helens Ohr. Gregor! Maurice musste die Vordertür entriegelt haben, als er den Strom ausgeschaltet hatte.

»Helen?«

»Wehe, du tust auch nur einen Mucks!«, zischte Maurice.

Helen schrie nicht, aber sie trat um sich und traf einen Rolltisch, von dem klirrend etwas zu Boden fiel. Bitte, Gregor, hilf mir!

»Du Schlampe! Das wirst du mir büßen.« Maurice stieß Helen zu Boden, sie schlug mit dem Kopf auf. Maurice hielt immer noch ihre Hände auf dem Rücken, sein Knie bohrte sich in ihre Nieren, die Pistole spürte sie an ihrem Kopf.

Das Licht ging an. Gregor stand in der Tür und starrte fassungslos auf das Bild, das sich ihm bot. Erschrecken spiegelte sich in seinem Gesicht.

»Gregor. Ich habe dich schon erwartet!«, keuchte Maurice.

»Lass sofort meine Frau los!«, schrie Gregor und ging auf Maurice los, der die Pistole nun auf ihn richtete und die Waffe entsicherte.

»Sonst passiert was genau? Wie bist du überhaupt reingekommen?«

»Die, äh, die Tür war offen. Ich habe Helen gesucht.«

»Uhhh – *ich habe Helen gesucht* – mir kommen gleich die Tränen! Leg dich flach auf den Boden, Gesicht nach unten!«

Helen versuchte, ihren Kopf zu bewegen, aber es tat ihr alles weh, sie hob ihn an, so weit es ging, und konnte gerade noch Gregors Schuhe und Hose sehen.

Dann passierte alles blitzschnell. Gregor trat Maurice die Pistole aus der Hand.

Maurice warf sich auf ihn. Helen sah den Brieföffner in Maurice' Hand. Zu spät! Er musste die ganze Zeit in ihrer Nähe gelegen haben. Helen versuchte aufzustehen, doch in diesem Augenblick stach Maurice zu. Gregor schrie auf.

»Gregor! Hilfe!«, schrie Helen.

Sie musste zu ihm! Doch Maurice war schneller, blitzschnell war er über ihr und riss sie an den Haaren hoch. Helen schrie vor Schmerzen.

Gregor lag auf dem Boden, er atmete flach und hatte das Bewusstsein verloren. Der Brieföffner steckte tief in seiner Schulter, Blut lief aus der Wunde.

Wie aus dem Nichts tauchte hinter Maurice plötzlich eine weitere Gestalt auf. Paul. Er hielt einen Degen in der Hand und bohrte die Spitze in den Rücken seines Bruders.

»Lass sofort Helen los, und dreh dich langsam um, nimm die Hände nach oben!«

Paul nickte Helen zu. Sie hatte sich noch nie so über seine Anwesenheit gefreut. Langsam ging sie rückwärts und dann vorsichtig zu Gregor. Sie beugte sich über ihn und sprach ihn an. Sie musste Hilfe holen! In einer seiner Taschen fand sie sein Mobiltelefon.

Maurice drehte sich um, Hände erhoben, und sah seinen Bruder überrascht an.

»Du willst mich ja wohl nicht mit diesem Ding bedrohen! Wieso bist du überhaupt hier?«

Paul hielt den Degen gegen das Kinn seines Bruders und drückte dessen Kopf leicht nach oben.

»Ich habe die Nase voll von dir und deinen Mafiafreunden, mit denen du unser Geld verspielst! Es hat etwas gedauert, bis mir klar wurde, dass du Jeanne umgebracht hast, wie damals unseren Vater und wie Catherine. Als Jeanne an akutem Nierenversagen starb, wurde es mir klar: Du hast Orangefuchsigen Raukopf in die Pfifferlinge gemischt – in *mein* Püree! In *meinen* Risotto! Und warum?!

Aus purer Geldgier! Und weil dein Plan nicht aufgegangen ist und du nicht alles geerbt hast, sollen wir alle dafür bezahlen.«

»Du weißt von Catherine?«, fragte Maurice.

»Ja. Sie ist verschwunden, nachdem du einen deiner Trips für die Mafia gemacht hast. Sie war weg, als du zurückkamst, angeblich hatte sie ihre Koffer gepackt. Aber sie wusste zu viel! Zu viel über dich und über den Papst. Er hat sie beseitigen lassen! Stimmt's!?«

Maurice wurde nervös.

»Es ist jetzt sowieso zu spät, niemand wird dir glauben! Lass mich gehen, ich bin dein Bruder.«

»Nein. Ich werde dich der Polizei übergeben.«

Im nächsten Augenblick bückte Maurice sich und hatte blitzschnell wieder die Pistole in der Hand, ein Schuss fiel.

Paul stieß zu.

Kapitel 54

Helen lehnte erschöpft an der Wand. Sirenen näherten sich. Sanitäter kamen, Ärzte, Polizei. Maurice starb noch auf dem Weg ins Krankenhaus, der Degen hatte ihn im oberen Halsbereich tödlich verletzt. Helen blieb mit einer ausgekugelten Schulter, Kiefer- und Nasenbeinbruch zwei Wochen im Krankenhaus. Wenigstens waren Gregor und sie in einem Zimmer untergebracht. Sein linker oberer Lungenflügel war verletzt. Beide waren auf dem Weg der Besserung und wurden von Gerda versorgt, die, von Max verzweifelt verständigt, umgehend angereist war.

Überall wurde ausführlich über den Vorfall berichtet. Helen erfuhr, dass Paul einen Streifschuss an der Hüfte hatte. Es würde eine Verhandlung geben, aber man ging davon aus, dass Paul freigesprochen würde. Helen hatte sich in einem Brief dafür bedankt, dass er Gregor und sie gerettet hatte.

Der Papst, Boss der Lyoner Mafia, wurde verhaftet, er würde den Rest seines Lebens hinter Gittern verbringen. Mehrere Morde und Auftragsmorde gingen auf sein Konto.

In den darauffolgenden Wochen verfolgten Helen und Gregor die Berichterstattung über den Fall im Fernsehen und in den Zeitungen.

Eines Tages stand Paul plötzlich vor ihrer Tür und überreichte Helen einen großen Blumenstrauß. Sie war freudig überrascht. Noch überraschter war sie, als er sie zur Begrüßung herzlich umarmte.

»Komm rein, Paul.«

»Nur kurz, ich treffe mich gleich mit einem Architekten in Jeannes Haus. Aber ich trinke gern einen Kaffee, wenn du einen machst.«

Er hatte sich verändert, nicht nur äußerlich. Seine Haare

waren kurz geschoren, er trug zwar immer noch Schwarz, aber seine Haltung, sein Gesichtsausdruck waren anders.

»Helen – ich bin hier, um mich bei dir zu entschuldigen!«

Sie sah ihn an. Wofür sollte er sich entschuldigen? Paul fuhr fort.

»Ich war oft nicht sehr rücksichtsvoll. Es fällt mir manchmal schwer, mit Menschen umzugehen, aber ich arbeite daran. Es tut mir auch leid, was Maurice dir und deinem Mann angetan hat. Ich hoffe, es geht euch beiden besser? Danke auch für deinen Brief. Ich mache mir Vorwürfe, dass ich diesen Irren nicht schon früher gestoppt habe.« Paul saß auf dem Sofa und sah in den Garten hinaus. »Ich wusste, wie gefährlich er war. Er konnte jeden um den Finger wickeln. Mich auch. Mein Vater war ein Monster, und Maurice war ihm ähnlich. Ich habe mich jahrelang von ihm unterdrücken lassen. Jetzt fühle ich mich befreit und habe trotzdem ein schlechtes Gewissen.«

»Mach dir keine Vorwürfe, du hättest nichts verhindern können. Maurice war intelligent und charmant. Er wusste, wie er Menschen manipulieren konnte.«

Paul nickte und sah Helen direkt in die Augen.

»Lass mich zum eigentlichen Grund meines Hierseins kommen. Ich werde Jeannes Haus zu einem Luxushotel umbauen und darin ein zweites Restaurant eröffnen. Ich will unbedingt meinen zweiten Michelin-Stern erkochen. Um die Finanzen und das Management kann ich mich allerdings nicht kümmern. Das müsste jemand übernehmen. Jemand, der sich zutraut, mit mir zu arbeiten. Jeanne erwähnte mal, dass du im Management gearbeitet hast. Vielleicht ist das nicht so dein Bereich, aber ich würde dir gerne die Stelle als Restaurant- und Hotelmanagerin anbieten. Außerdem bist du eine Feinschmeckerin, du weißt mein Essen zu schätzen, hast diverse Kochkurse besucht, und vor allem hast du ein gutes Gefühl für Menschen.«

Helen war überrascht. Sie hatte schon lange von solch einer Gelegenheit geträumt. Andererseits hatte sie noch nie in der Branche gearbeitet und war sich nicht sicher, ob sie sich den Job zutraute. Außerdem, mit Paul zu arbeiten, war sicher nicht einfach.

Als ob er ihre Gedanken erraten hätte, sagte Paul:

»Keine Angst! Ich gebe dir völlige Freiheit, mich interessiert der ganze Finanzkram nicht, du musst mir die Leute vom Hals halten. Ich brauche dich in meinem Team. Bitte.« Und dann lächelte er – zum ersten Mal, seit sie ihn kannte.

»Paul, ich bin ganz ehrlich. Das kommt sehr überraschend. Ich habe bisher nur Erfahrung in großen Investmentfirmen, das ist ja was völlig anderes als die Gastronomie.«

»Das verstehe ich, aber ich könnte dir helfen, und ich würde zusätzliche Fachkräfte einstellen, die dich unterstützen. Wir müssen, um auf diesem Level mithalten zu können, auch alle Englisch können. Der Kunde von heute erwartet das und du wärst perfekt. Ich vertraue dir.«

Paul hatte sich wirklich sehr verändert.

Helen versprach, über sein Angebot nachzudenken und ihm bald Bescheid zu geben.

Als Helen wieder allein war, dachte sie an Jeanne. Ihr würde es sicher gefallen, wenn aus ihrem Haus ein schönes Hotel und Gourmettempel würde. Aber der Gedanke, dass sie in dem Haus arbeiten sollte, in dem Jeanne ermordet worden war, war ihr unangenehm.

Abends erzählte sie Gregor von dem Angebot.

»Ich habe ja Paul nur kurz kennengelernt. Zugegeben, er ist etwas merkwürdig, aber er war mir sofort sympathisch. Und dass er so ehrlich mit dir redet und ein ausgezeichneter Koch ist, spricht für ihn. Du bist doch die Frau mit der Intuition, was sagt denn dein Gefühl?«

»Mein Bauch hat sofort Ja gesagt, aber mein Verstand zögert. Ich weiß nicht, ob ich das kann und ob ich es will.«

»Klingt eigentlich optimal, deine Arbeitsstelle wäre direkt nebenan, es ist keine riesige Firma, du wärst der Boss. Das hast du dir doch immer gewünscht.«

»Und ich komme immer zum Mittagessen!« Max stand in der Tür und hatte den größten Teil der Unterhaltung mitbekommen.

Er ließ sich zwischen seine Eltern aufs Sofa fallen.

»He, Mama, du hast einen Mordversuch überlebt! Was soll dir jetzt noch passieren?! Außerdem wärst du eine Supermanagerin.«

»Danke, ihr seid toll. Aber ich muss es mir wirklich gut überlegen.«

In der darauffolgenden Nacht schlief Helen sehr fest und ruhig. Im Traum sah sie sich selbst in Jeannes Garten, der überhaupt nicht mehr dunkel und düster war, es gab Ruheecken, sie sah fröhliche Menschen, die spazieren gingen und im Pool ihre Bahnen zogen. Und sie sah das Restaurant, groß, hell. In Jeannes Bibliothek war eine Bar eingerichtet, die farblich sortierten Bücher standen immer noch in den Regalen, leise Jazzmusik erfüllte den Raum, Menschen saßen in Ledersesseln und tranken Kaffee, einige lasen oder unterhielten sich. So musste es sein! Und plötzlich stand Jeanne im Raum. Mit ihrer roten Strickjacke und einem schicken Hosenanzug nahm sie lächelnd an einem der Tische Platz …

NF 236/1/11.14

Der höllische Höhlenpilz

Drachenpilz, Wolfsblut, Fliegenpilz, Stinkmorchel: Wenn der »Pilzkönig« Holger Haglund seine legendären Seminare abhält, liegen ihm die Frauen zu Füßen. Auch die reiche, welterfahrene Schlossbesitzerin Madeleine erliegt seinem Charme. Sehr zum Leidwesen von Gunnar, Haglunds Sohn, der zeitlebens im Schatten seines Vaters stand. Als die Liebe zwischen Holger und Madeleine abzukühlen droht, fasst Holger einen heimtückischen Plan.

Was, wenn Vater und Sohn die gleiche Frau lieben? Und giftige Pilze im Spiel sind? In *Pilze für Madeleine* meistert Marie Hermanson die Verbindung von schauriger Spannung, absurder Tragödie und zärtlich-ernsthafter Liebesgeschichte. Ein modernes Märchen für Erwachsene – Happy End inbegriffen.

Marie Hermanson, Pilze für Madeleine. Roman. Aus dem Schwedischen von Regine Elsässer. insel taschenbuch 4327. 164 Seiten.

NF 237/1/11.14

Solange die Geister der Vergangenheit nicht ruhen

Ein Anruf – und Almas Leben in Seattle gerät aus den Fugen: Ihre Schwester Vicky ist tot, erfroren in einer klirrend kalten Januarnacht. Alma muss zurück zu ihrer Familie nach Montana, an den Ort, dem sie vor langer Zeit den Rücken gekehrt hat, das ist sie Vicky schuldig. Früher waren die Berge, die urwüchsigen Wälder und weitläufigen Täler ihre Heimat, jetzt lösen der eiserne Griff des Winters und die abweisende Art der Menschen Beklommenheit in ihr aus. Und während die Erinnerungen an ihr früheres Leben, an ihre Schwester und an schmerzhafte Erlebnisse wieder ans Licht drängen, erscheinen auch die Umstände von Vickys Tod zunehmend rätselhaft und werfen immer mehr Fragen auf …

Denn wir waren Schwestern erzählt von einer jungen Frau, die sich auf die Suche macht, nach ihren Wurzeln, nach sich selbst – und nach dem Mörder ihrer Schwester: der Kälte trotzend, getragen vom Geist indianischer Mythen und der Kraft der mächtigen Landschaft Montanas. Und nicht zuletzt von der Liebe zu einem Ort, den man Heimat nennt.

Carrie La Seur, Denn wir waren Schwestern. Roman. Aus dem Amerikanischen von Christel Dormagen und Brigitte Heinrich. insel taschenbuch 4343. 330 Seiten.

NF 238/1/11.14

NF 182/1/6.13

NF 212/1/07.14

NF 192/1/03.14

Catering ins Glück

Luises Leben ist alles andere als perfekt: Im Job kommt sie nicht voran, in der Liebe will es auch nicht so recht klappen, und ihre ins Alter gekommene Mutter erlebt ihren zweiten Frühling. Richtig glücklich ist sie nur, wenn sie ihre Freunde um den Küchentisch versammelt und nach allen Regeln der Kunst bekocht. Als sie von heute auf morgen ihren Job verliert, macht sie ihre Passion zum Beruf und gründet den Catering-Service »Essen mit Freunden«. Dabei erlebt sie nicht nur kulinarische Überraschungen …

Ein spritziger und warmherziger Roman über Neuanfänge, gutes Essen und die Unvorhersehbarkeiten der Liebe.

»Mit viel Liebe erzählt, ein bisschen schnulzig, sehr kulinarisch und absolut herzerwärmend.« *Existenzielle.de*

Ilke S. Prick, Essen mit Freunden. Roman. it 4246. 253 Seiten

NF 187/1/9.13